Back

Namen und Handlungen dieses Buches sind frei erfunden. Ähnlichkeiten mit lebenden oder toten Personen oder wahren Ereignissen sind zufällig und nicht beabsichtigt.

BURT LENNART ARTHUR

Back

Band 1

Bibliografische Information der Deutschen Nationalbibliothek
Die Deutsche Nationalbibliothek verzeichnet diese Publikation in der
Deutschen Nationalbibliografie; detaillierte bibliografische Daten sind im
Internet über http://dnb.dnb.de abrufbar.

© 2016 Burt Lennart Arthur
Satz, Umschlaggestaltung, Herstellung und Verlag:
BoD – Books on Demand
ISBN 978-3-7392-8065-3

Inhalt

Einige der Personen in Band I	7
Vorwort / Danksagung »BACK«	9
Der Autor	10
»Back«	11
1 »Frank«	13
2 »Erinnerungen«	27
3 »Joe Miller«	30
4 »Marie und Louise«	33
5 »Die Frau an der Bar«	38
6 »Angus Black«	46
7 »Big Willys Niederlage«	52
8 »Charles Hardin Holly«	60
9 »Angus Blacks Theorie«	67
10 »Hell's Gate Sanatorium«	74
11 »Big Willy's Guilt«	83
12 »Peggy Sue«	94
13 »Frank und Marie«	100
14 »Rocket 88 Umbau«	118
15 »Jealousy«	139
16 »Verwandlung«	158
17 »Angus Blacks Zweifel«	172
18 »Peters Auto ist zurück«	184
19 »Angus Blacks Überlegung«	204
20 »Wirklich zurück?«	210
21 »Der Beweis«	213
22 »Irene hier?«	216

Einige der Personen in Band I

1. Frank, der mit seinem alten V 8 durch die Gegend fährt und alles für einen riesigen Spaß hält.
2. B. C. hat nur ein Ziel: Er will vergessen, dass er seine Frau verlor, und er erlebt zusammen mit Frank sein größtes Abenteuer.
3. Joe Miller, der seinen Sohn verloren hat und bis zu diesem Tag, als die beiden Helden ankommen, ganz alleine lebt.
4. Angus Black, ein junger Student, der genauso genial wie eine ganze Bücherei ist.
5. Marie, eine große rothaarige Frau mit sehr viel Temperament, die aber den falschen Mann zum Freund hatte.
6. Louise, etwas schüchtern. Eine Frau, die noch nie einen Freund hatte, weil sie niemand als Frau will.
7. Big Willy, Anführer einer Gang, der sich sehr stark fühlt, bis zu jenem Tag ...
8. Dave, die rechte und linke Hand von Big Willy, der nicht sehr viel Verstand hat, sich aber sehr gut mit Motoren auskennt.
9. Ace Bauers, seines Zeichens ein alter Freund von Joe Miller, hat mit Autos und Schrott zu tun.
10. Big Willys Vater, ein kleiner dicker Mann mit Glatze, der ein kleines Geschäft führt.
11. Irene, Witwe, die sich mehr in der Bar aufhält als zu Hause und versucht, einen Mann zu finden.
12. Ein junger Mann, der eine Tankstelle hat und den beiden nur so weiterhilft.
13. Zwei Männer in schwarzen Anzügen, die mit aller Gewalt den Tod von Frank und B. C. wollen.
14. Und noch sehr viele mehr, die in dieser Geschichte wichtig sind.

Vorwort / Danksagung »BACK«

Liebe Leserin, lieber Leser,

ich wünsche Ihnen viel Freude beim Lesen dieser Geschichte. Ich hoffe, dass ich mein Ziel erreicht habe, Sie in eine andere Welt zu »entführen«. Eine Welt, in der Sie Ihren Träumen freien Lauf lassen können. Oder haben Sie vielleicht Erinnerungen an diese Zeit? Sehen Sie mal genau hin. Dann werden Sie erkennen, was ich meine.

Um ein solches Buch zu schreiben, bedarf es eigentlich nicht viel. Im Grunde genommen braucht man nur eine Idee, einen Kugelschreiber und einige Blöcke Papier. Dann kann man auch schon loslegen.

Wirklich? Ganz so einfach ist es dann auch wieder nicht. Denn man braucht hier und da ein wenig Unterstützung. Bei allen, die mir geholfen haben, dieses Buch zu schreiben, will ich mich an dieser Stelle bedanken.

Ein besonderer Dank gilt meiner Frau, die mit einer Engelsgeduld ertragen hat, dass ich während der Arbeit an dem Buch nicht immer so für sie da war, wie sie es von mir gewohnt ist.

Danken möchte ich auch meiner inspirierenden Freundin und Muse Scarlett aus Mannheim, die mir immer wieder gute Ideen und Einfälle beschert hat.

Für die technische, mathematische und wissenschaftliche Beratung möchte ich mich bei Sascha Fischer aus Speyer bedanken.

Ein weiteres Danke spreche ich Alexander Bernheinz aus Hessheim aus, der mich in allen Fragen rund ums Auto beraten hat.

Mannheim, im Frühjahr 2012

Der Autor

Burt Lennart Arthur
»BACK«
1 grauer Kasten
2 Rockabillys
1 altes Auto
20–40 schwarze Anzüge
5–10 halbstarke Rocker
3–4 Frauen
1 altes Haus
1 Garage
und viel Rock 'n' Roll
und noch mehr Pomade

»Back«

Eine Geschichte über Rock 'n' Roll, Autos und Frauen, Liebe, Neid, Sex und sehr viel Pomade.

An einem lauen Sommertag saß ich mit meinem Gepäck irgendwo auf der Landstraße und überlegte, wie ich weiterkommen sollte, als ich durch das dumpfe Blubbern eines V8 aus meinen Gedanken gerissen wurde. Da hielt ein alter Chevy Bj. 1954 mit grauer Lackierung neben mir. Aus dem Radio klang Rock 'n Roll vom Feinsten. Von innen wurde die Beifahrertür aufgerissen und die Stimme des Fahrers versuchte, die Musik zu übertönen. »Hey Mann, wenn du mitfahren willst, dann komm!«, rief er. So stand ich auf und ging zum Kofferraum, um mein Gepäck einzuladen.

Im Inneren stand auf der linken Seite ein grauer Kasten mit den Maßen 30 × 40 cm, dem ich aber keine große Beachtung schenkte. Also ab nach vorne zum Fahrer, der mit ziemlich von Tattoos übersäten Armen und Brust hinter dem Lenkrad saß. Kaum hatte ich die Tür zu, gab der Typ Gas, sodass ich das Gefühl hatte, die Reifen würden sich in den Asphalt fressen. So fuhren wir eine Weile stillschweigend durch die Landschaft. Nur der Motor des Autos gab wütende Geräusche von sich. Bis sich auf einmal der Fahrer zu mir drehte und meinte »Hey, irgendwie kommst du mir bekannt vor.« »Kann sein«, gab ich zur Antwort. »Von einem Konzert oder einer Party.« Ich wusste, dass ich nicht gerade wie ein Rockabilly aussah. Mit langen Haaren und einem Fünftagebart, nicht wirklich.

1 »Frank«

Während der Fahrt musterte er mich weiter und sein Blick fiel auf den Ring, den ich an der linken Hand trug. »Ich hatte recht, dass du B. C. bist, der in der Szene in den 80ern öfter für Aufsehen gesorgt hat«, meinte er und war völlig hin und weg. Vor lauter Freude hatte er vergessen, auf die Straße zu sehen. »Hey, sieh mal auf die Straße, wir wollen hier ja nicht draufgehen!«, meinte ich. Als er auf einmal merkte, dass der Gegenverkehr auf uns zukam, riss er die Karre herum, das die Reifen nur so pfiffen. »Alles in Ordnung«, meinte er und schob sich eine Zigarette in den Mund. »Hast du noch was zu rauchen?«, fragte ich ihn. »Da müssten im Handschuhfach noch zwei bis drei Packungen liegen«, meinte er. Mit einem Ruck ging der Deckel auf. Es waren aber keine Zigaretten, die mir entgegenkamen, sondern eine 9 mm und eine 454 Ruger mit einigen Packungen Patronen. »Wofür zum Henker brauchst du solche Puster?«, fragte ich ihn. »Zur Jagd«, gab er mir zur Antwort. »Was jagt man mit einer Ruger 454?«, fragte ich ihn. Worauf er ganz still wurde und seine Augen ganz hektisch in den Rückspiegel schauten, als ob er dort was Bestimmtes suchen würde. Nach langem Zögern fing er an zu erzählen. »Hast du eine Ahnung, was $C_{16}H_{36}$ ist?«, fragte er. »Leider nein«, gab ich zu. »Das ist der Grundstoff, die Formel für Benzin.« »Was hat das mit den beiden Knarren hier zu tun?«, fragte ich. »Ein Freund von mir arbeitete an einem großen Forschungsobjekt für erneuerbare Energie bzw. Benzin, das künstlich hergestellt werden kann. Jedem großen Ölkonzern war das natürlich ein Dorn im Auge. Denn die würden sonst auf ihrem Rohöl sitzenbleiben.« »Was natürlich auch Sinn macht«, gab ich zur Antwort. »Und deinem Freund ist das wohl gelungen?«, fragte ich. »Vor ungefähr zwei Wochen wollte er damit an die Medien gehen, um seinen Erfolg zu feiern. Einen Tag vorher kam er bei einem Feuer in seinem Labor ums Leben. Hast du den grauen Kasten gesehen, als du dein Gepäck eingeladen hast? Dort sind Pellets drin, die mit etwas Benzin zu Kraftstoff werden. Und nun bin ich auf der Flucht vor den Leuten, die ihn umbringen ließen.« Auf einmal wurde das Auto von hinten gerammt. »Was soll diese Scheiße?«, rief ich. »Genau diese Typen sind hinter dem grauen Kasten und der Formel her!«, schrie er aufgeregt.

Als ich nach hinten blickte, sah ich nur zwei grelle Lichter, die immer näher kamen. »Los, tritt drauf« schrie ich. Das Auto schien auf einmal zu fliegen, die Nadel kletterte nach oben. Langsam schien die alte Kiste doch etwas schneller zu werden,als er dann schrie: »Halte dich irgendwo fest.« Mit einem Griff links unter dem Armaturenbett zog er einen roten Knopf. Es war ein Gefühl, wie in einer Rakete zu sitzen. Die Nadel des Tachos war längst einmal rum. »Lachgaseinspritzung geht ab wie die Sau, hält aber auch nicht ewig. Aber lange genug, um einigen richtig davonzufahren.«

»Was ich dich schon die ganze Zeit fragen wollte: Wie heißt du?« »Frank, ganz einfach Frank«, war seine Antwort. So rollte der V8 weiter durch die Nacht. »Die werden wohl wiederkommen?«, fragte ich. »Worauf du einen lassen kannst. Seit Monaten ist es mir gelungen, vor diesen Typen in Deckung zu bleiben.«

Nach einigen Stunden Fahrt beschlossen wir, uns ein Zimmer für die Nacht zu suchen. In einem Dorf nahe der Autobahn fanden wir ein kleines Hotel, das die guten Zeiten hinter sich hatte. An der Anmeldung klebten Bilder von frühreren Stars, die längst schon tot waren. So tot wie dieses Hotel. Weder Gäste noch ein Portier, der die Zimmer vergab, waren zu sehen. Nach längerem Hämmern auf die Glocke kam jemand oder besser gesagt etwas. Mit schlurfenden Schritten kam ein alter Mann an, der wie sein eigener Tod aussah. »Was zum Teufel wollt ihr um diese Zeit eigentlich von mir?«, fragte er nach ausgiebigem Strecken und Gähnen. »Natürlich ein Zimmer«, sagte ich. »Aber nicht im 2. oder 3. Stock. Eher was Ebenerdiges nach hinten raus.« »Habt ihr Schnösel mit fettigen Haaren auch Geld, um das zu bezahlen?«, fragte er barsch. Mit einem beherzten Griff zog Frank ein Bündel Geldscheine aus der Tasche und haute es auf den Tresen des Hotels. »Glaube, das würde für den ganzen Laden hier reichen«, gab er zur Antwort. Mit seinen gierigen Augen starrte der alte Mann auf das Geld. »Ihr bekommt es für 300 die Nacht«, sagte er. »Du bekommst 500, und wir waren nie hier, und wenn dich jemand nach uns fragt, hast du uns noch nie gesehen«. »Ja« murmelte der Alte, als er mit gierigen Fingern das Geld zu sich zog. »Habe verstanden. Den Gang runter, die zweite Tür links« rief er. »Na dann wollen wir uns mal eine Runde Schlaf gönnen«, sagte ich.

Nach dem Öffnen der Tür wussten wir, es ist nicht das Hilton, aber es wird schon gehen. Frank ging zur Terrasse, um zu sehen, ob wir auch schnell verschwinden konnten. »Sieht gut aus, von hier keine zehn Meter bis zum Auto. Dürfte gerade reichen, falls wir Besuch bekommen.« So gingen wir auf die Terrasse, und Frank zog aus seiner Tasche, die er mit sich führte, eine Buddel Whisky. Nach einem Schluck reichte er sie mir und steckte sich eine Zigarette an. Langsam blies er den Rauch durch die Nase und blickte ins Dunkel der Nacht. »So, jetzt kennst du mein Problem.« »Bist du auf der Flucht?«, fragte er mich mit dunkler Stimme. »Das ist eine lange Geschichte«, sagte ich, »und ich bin noch zu nüchtern, um sie zu erzählen.« Nachdem ich einen langen Schluck aus der Flasche genommen hatte, störte das dumpfe Geräusch eines Schalldämpfers die Stille. Das Fallen eines Körpers war zu hören, Schritte kamen den Gang herunter. Wir beide sahen uns an und Frank zeigte nach draußen. Bis auf einmal ein Wummern große Löcher in die Tür stanzte, die immer weiter und mehr wurden und plötzlich die Tür eingetreten wurde und unsere Freunde in der Tür standen und munter weiterfeuerten. »Na, dann mal los«; rief ich Frank zu. »Wird Zeit, hier zu verschwinden.« Als wir losliefen, feuerten die beiden Kugeln in die Nacht und versuchten, uns zu treffen. Nach einem kurzen Sprint im Zickzackkurs erreichten wir unser Auto. »Wie konnten die uns hier am Arsch der Welt finden?«, schrie ich Frank an, der den Schlüssel drehte und Gas gab, dass der Kies unter den Reifen nur so spritzte.

So fuhren wir durch die Nacht ohne Schlaf. Unsere Freunde, die uns killen wollten, hatten wir dafür ständig im Nacken. »Wegen der Kohle brauchst du dir keine Sorgen zu machen«, meinte Frank. Ist alles von unseren Freunden. Habe es mal einem oder zweien abgenommen, Euros, Dollars und Franken, so etwa 2,5 Millionen.« »Wenn du so willst, bezahlen sie unseren Lebensunterhalt.« »Aber wie zum Henker haben die uns gefunden?«, fragte Frank. »Keinen blassen Schimmer«, gab ich Frank zur Antwort.

Auf einmal tauchte auf der Seite eine Tankstelle auf. »Fahr mal hier rein!«, meinte ich. »Will mal sehen, ob ich etwas finde.« Frank bremste an der Tanke und ich sprang aus dem Auto und lief einmal herum. Rechts hinten am Kotflügel blinkte ein rotes kleines Etwas. Mit zwei Fingern löste ich das Ding und ging zu Frank, der überrascht aussah und ein wenig weiß im Gesicht wurde. »Ich habe aber eine Idee für unsere Freunde«, gab ich ihm zur Antwort. Langsam ging ich über den Parkplatz, um zu sehen, was da an Autos parkte. Meine Wahl fiel auf einen BMW älteren Baujahres. Mit einem schnellen Griff in den Radkasten hatte ich unser Problem vorübergehend gelöst. Mit langsamen Schritten ging ich zum Auto zurück, machte mir zuerst mal eine Zigarette an, zog den Rauch tief ein und wartete. Frank saß im Auto und sah aus, als ob er gestorben und wieder auferstanden wäre. »Jetzt haben unsere Freude mal etwas zu tun«, meinte ich. »Dann wollen wir mal weiterfahren«, brummte Frank.

So fuhren wir beide durch die Nacht oder den Morgen, bis wir einen Feldweg fanden und dort parkten, um wenigstens noch ein paar Stunden zu pennen. Frank blieb auf der Frontbank liegen, reichte mir die 9 mm nach hinten, für sich die Ruger.

»Im schlimmsten Fall schießt du einfach drauf los«, sagte er. »Der nächste Tag wird es dann zeigen, wie es weitergeht«, sagte ich. So drehten wir uns in die Decken, die wir aus dem »toten Hotel« hatten mitgehen lassen, und schliefen. So drangen laute Geräusche vom Schnarchen und Sägen aus dem Auto. Sonst war nichts zu hören.

Waren es Minuten oder doch Stunden? Jedenfalls war es zu kurz zum Ausschlafen. Am Himmel stand die Sonne und schien durch die Fenster. Draußen am Auto stand Frank und machte Frühstück mit Whisky und Zigaretten. »Morgen, B. C., wünsche, gut geschlafen zu haben. Hier, nimm einen Schluck aus der Flasche, dann geht es dir wieder besser«, meinte er. »Mir wäre ein Kaffee lieber zum Wachwerden«, sagte ich. »Na, dann wollen wir mal sehen, was man da tun kann«, meinte Frank. »Obwohl ich mein Frühstück schon hatte, aber etwas Kaffee könnte ich auch vertragen«, gab Frank zu. Bald hatten wir einen Rasthof gefunden und parkten direkt vor dem Eingang. So saßen wir mit Blick auf Eingang und Straße bei Kaffee, Müsli und Brötchen, Obst und mehreren Zigaretten. Nach einiger Zeit machten wir uns zum Auto auf, da warf Frank mir beim Laufen den Schlüssel zu. »Du fährst jetzt mal eine Weile. Dann könnte ich noch eine Runde pennen. Die Nacht steckt mir in den Knochen.« Nachdem Frank sich auf der Rückbank hingehauen hatte, ließ ich den Motor an, der sich auch mit einem Blubbern meldete, und wir rollten los. So fuhren wir weiter durch den kommenden Tag. Im Radio liefen die Stray Cats mit ihrem besten Lied für mich: »Rock this Town«. Der Tag schien wieder mit Sonne nicht zu sparen. Auf der Rückbank sägte Frank gerade die Bäume, die wir hinter uns ließen, zu Kleinholz. So rollten wir weiter durch die Gegend, immer mit dem Blick in den Spiegel, ob unsere Freunde auftauchen könnten. Doch dem war nicht so. Die Fahrt lief glatt und ruhig. Frank schlief und aus dem Radio lief weiter Rockabilly, besser konnte es gar nicht laufen. Als wir durch ein Dorf kamen, bremste ich kurz, sprang aus dem Auto, schloss ab und fand, was ich suchte. Denn ich brauchte mal wieder einen Haarschnitt. Beim Eintritt sahen mich mehrere ältere Damen an. Die glaubten, ich käme von einem anderen Stern. Der Meister des Ladens kam und fragte, was ich wollte. »Natürlich ein Schnitzel und ein Pfund Hackfleisch« sagte ich. »Haben wir nicht«, bekam ich zur Antwort. »Na, dann doch einmal Haareschneiden«, sagte ich. »Da würde ich aber erst einen Ölwechsel machen«, gab er zurück. »Dafür ist keine Zeit«, und ich zog ein paar Scheine aus der Tasche. »Haben wir uns verstanden?«, fragte ich. »Dann mal Platz nehmen, sind in 10 bis 20 Minuten fertig. Dauert nicht so lange, ist keine große Sache«, meinte der Meister der Schere. Durch den Salon flogen nur so die Haare und nach 20 Minuten war der Meister auch fertig. Er rieb noch etwas Pomade in die Frisur. An der Kasse schob ich ihm zwei bis drei Scheine zu und machte, dass ich wieder zum Auto kam. Eins war aber sicher: Frank würde noch pennen. Ich hatte recht. Frank sägte immer noch, wie ich ihn verlassen hatte.

    Damit wir nicht so auffielen, fuhr ich wie ein guter Bürger wieder los, sodass unsere Freunde nicht gleich wussten, wo wir uns befanden. Die klebten an uns wie Scheiße an den Stiefeln. So mussten wir uns bedeckt halten und nicht so viel Staub machen. An einem Kiosk holte ich mir einige Packungen Zigaretten, eine Tageszeitung und Franks Lieblingsgetränk Whisky. Langsam rollten wir weiter Richtung Landstraße. So fuhr ich weiter, immer mit einem Blick in den Rückspiegel, ob nicht plötzlich doch unsere Freunde auftauchten. Es war nach wie vor ein Rätsel, wie die uns immer wieder fanden. Obwohl wir letzte Nacht doch eine Wanze gefunden hatten, waren sie immer wieder aufgetaucht. Mit diesen Gedanken, die mir wieder durch den Kopf gingen, rollte der alte Chevy durch die Landschaft. Aus dem Radio lief »I´m a Road Zombie« von den Go Getters. Dann sah ich, dass die Tankuhr langsam auf null ging. Gar nicht weit würde bald eine Tankstelle auftauchen. Dort würde ich mal für ein oder zwei Scheine Benzin in den Tank laufen lassen. Nach etwa einer halben Stunde sah ich eine Tankstelle, die irgendwie nicht ins Jahr 2009 passte, sondern in die 50er-Jahre. Mit einem satten Blubbern erstarb der V8 und kam zum Stehen.

Beim Öffnen der Autotür knarrten die Scharniere, die nach einem Tropfen Öl schrien. »Sollte man mal machen«, dachte ich. Es war ein guter Morgen und die Sonne brannte vom Himmel, sodass die Pomade in den Haaren wieder flüssig wurde. Aus dem Tankhäuschen trällerte Ted Herold »Ich bin ein Mann« und andere Schlager. Hausfrauenzeug und von älteren Leuten Musik, die heute nur noch in der Szene gehört wird. Mit einem Knarren ließ sich der Tankdeckel öffnen. Ein Blick – den bleifreien Sprit würde der V8 nicht vertragen. So steckte ich den Tankstutzen bei Super Plus rein und ließ es einfach laufen, als auf einmal Frank wie von der Tarantel gestochen aus dem Auto sprang. »Kannst du mir zur Hölle sagen, was du hier treibst?«, brüllte er mich an. »Na, was wohl«, gab ich zur Antwort. Mit einem schnellen Griff riss er den Tankstutzen heraus, hakte ihn wieder an die Säule zurück. »Nun«, sagte Frank, »die paar Liter können nicht schaden. Du weißt doch nun, weshalb »unsere Freunde« hinter uns her sind«, sagte Frank. »Ja, wegen dem grauen Kasten und der Formel für den Benzinersatz«, gab ich Frank zur Antwort. »Genau, und deshalb brauchen wir uns um Benzin keine Sorgen zu machen, zwei bis drei Pellets aus dem grauen Kasten reichen, um die nächsten Kilometer zu fahren«, beendete Frank seine Rede. »Wenn wir gerade davon reden. Lass uns mal nachsehen ob das Lachgas noch reicht«, meinte ich. So machte sich Frank daran, die Gasflaschen zu kontrollieren, ob noch genug da war, nur für den Fall. Aus dem Tankhäuschen kam ein Typ gelaufen, der locker im Lauf eines Panzers baden könnte. »Kann ich euch helfen?«, nuschelte er durch seine Zahnspange. Er war nicht gerade der Größte, so etwa 156 Zentimeter, seine Haare aber mit Pomade an den Kopf angeklebt. Mit seiner Brille konnte er locker einen Waldbrand erzeugen, die Gläser hatten die Stärke von einer Lupe. »Ja«, sagte ich. »Hole mal ein paar Packungen Zigaretten und eine Flasche Whisky, da könntest du dich etwas nützlich machen.« »Habt ihr überhaupt Kohle, um den Sprit und was ihr noch wollt zu bezahlen?«, fragte er. »Es wird noch ein kleines Trinkgeld für dich drin sein.« So machte er sich auf den Weg, um die Bestellung zu holen, die ich ihm aufgegeben hatte. Zu dieser Zeit lag Frank unter dem V8 und fluchte vor sich hin. Die Ironie war, dass unsere Freunde jederzeit auftauchen könnten. Dann würde hier die Hölle los sein, und die Bullen könnten dämliche Fragen stellen, was nicht von Vorteil für uns wäre. Während mir diese Gedanken durch den Kopf gingen, stand auf einmal der Billy mit seiner großen Brille vor mir. »Ich habe alles, was ihr wollt«, meinte er und zeigte auf eine Tüte, die an seinen dünnen Armen pendelte. »Kohle«, nuschelte er durch seine Zahnspange. »Na meinetwegen«, sagte ich. Mit einem Griff in die Hose zog ich den Geldbeutel heraus und entnahm zwei bis drei Scheine. Da bekam der Billy große Augen, die größer als seine Brille waren. »Du hast uns nie gesehen, wenn dich jemand fragt oder nach dem Auto. Habe ich mich verständlich genug ausgedrückt?« »Ja, wenn es denn sein muss«, sagte der Billy mit heftigem Kopfnicken und dem Blick auf die Kohle, die ich in der Hand hielt. Mit seinen kleinen Händen riss er mir die Scheine aus den Fingern und ließ sie wie durch Magie verschwinden. Nun lief er auch noch um den alten V8 herum und versuchte, einen Blick ins Innere zu erwischen. »4,5 Liter Hubraum oder mehr?«, fragte er. Frank brüllte unter der Haube dass es weit mehr seien. Immer öfter war das Klirren von Werkzeug zu hören. Plötzlich stand Frank vor dem Auto. »Es sieht alles noch ganz aus, bis auf die Gasflaschen«, meinte er. »Könnten noch zwei brauchen, aber wo willst du so etwas in einem Kaff wie hier bekommen?« »Hey Jungs, ich habe da vielleicht die Lösung für euer kleines Problem«, meinte der Billy. »Ja?«, wollte ich wissen. »Und hinter dem Haus wohnt vielleicht Elvis«, lachte Frank. Der Billy lief langsam los zur Werkstatt. Wir folgten ihm im gewissen Abstand. Frank, der sich beim Gehen eine Zigarette anmachte, sah mich mit fragendem Gesicht an. »Ich hab keine Ahnung, was los ist.« Nach einem lauten Quietschen der Tür hatten wir den Blick in eine dunkle Halle frei, die groß war. An den Seiten standen Regale mit Teilen von Autos Bj. 1940 bis 1960. Kurz: eine Schatzkammer für jeden Schrauber, das Paradies auf Erden. Und das alles gehörte diesem Billy, der aussah, als ob er sich gerade mal die Haare kämmen konnte. »Ich glaube, dass hier noch ein paar Flaschen herumliegen sollten«, nuschelte er, während er durch die Regale lief. Und wenige Minuten später fand er sie auch. »Hier sind sie, wusste doch, dass noch welche hier sind.« Frank sah im hinteren Teil etwas stehen, das wie ein Auto aussah. Abgedeckt, der Dreck schien schon Jahre darauf zu liegen. »Und was hast du hier stehen?«, wollte Frank wissen. »1932 Ford Big Block, 7,4 Liter, Vierfachvergaser, Holly«, meinte der Billy. »So etwas gehört eigentlich auf die Straße und nicht in eine dunkle Werkstatt«, meinte Frank. »Ja, ich weiß es«, gab der Billy zurück. Statt einer Antwort zog der Billy sein Hemd aus. Auf dem ganzen Brust- und Bauchraum waren Narben, die wie ein Puzzle verliefen. »Das war er«, und zeigte auf das Auto. »Bei der ersten Fahrt mit ihm überschlug ich mich. Und als ich wieder zu mir kam, waren zwei Jahre vergangen. Dies ist meine Geschichte«, meinte der Billy. »Und danach habe ich »IHN« wieder aufgebaut und nie wieder gefahren.« »Und seitdem steht er hier?«, wollte ich wissen. »Ja, alle paar Monate sehe ich ihn an und dann ist wieder gut. Er ist mein Leben oder Tod«, gab der Billy zurück. »Und vor was lauft ihr davon?«, fragte der Billy. »Jeder hat so eine Geschichte, die ihn aus der Bahn wirft oder weshalb er mit seinem Leben nicht klarkommt«, sagte ich. Und der Billy erschrak, wurde weiß und ganz still. »Langsam sollten wir mal wieder die Hufe schwingen und vom Hof reiten, wir sind schon zu lange hier«, knurrte Frank. So gingen wir Richtung Auto zurück. Mit den zwei Flaschen unter dem Arm und immer ein Auge auf die Straße. »Und wo wollt ihr jetzt hin?«, fragte der Billy. »Dahin, dorthin, wo uns der Wind hin weht«, meinte ich. Während wir am Auto lehnten, rauchten wir eine Zigarette und Frank holte sein spätes Frühstück, genauer Mittagessen nach.

Aus dem Radio hämmerten die Stray Cats »Runaway Boys« raus, und die Welt war für ganze 20 Minuten in Ordnung. Bis auf einmal aus der Ferne zwei schwarze Limousinen mit vollem Tempo angerast kamen. Als sie auf Höhe waren, gingen die Fenster runter, dunkle Läufe kamen zum Vorschein. Kugeln jagten auf die Tankstelle zu, rissen Löcher in Backstein, Blech und Glas. Es war nur noch ein Chaos und drei Mann lagen auf dem Boden und hofften, nicht getroffen zu werden. »Los, lass uns verschwinden!«, brüllte ich durch das Hämmern der MPs. Mit einem Sprung war Frank auf den Beinen und zog die Ruger aus dem Gürtel. Ganz ruhig zielte er auf das erste Auto. Der Schuss klang wie eine Kanone. So jagte er die ganze Trommel raus. Nicht ohne Ergebnis. Zwei bis drei Kugeln fanden den Weg in den Kühler des ersten Autos. Der Wagen kam von der Straße ab und blieb auf einmal stehen. Rauchend und dampfend blieb das Auto stehen. Wer aber lief, waren unsere Freunde, die weiterhin Kugeln hämmerten. Kugeln, die wie Hornissen um uns herum pfiffen. Einfach alles, was sie fanden, zertrümmerten sie. Auf einmal hörten wir ein dumpfes Blubbern hinter uns. »Er wird doch nicht«, rief Frank. »Der wird sich doch umbringen, für was«, schrie ich Frank zu. Mit dem Fuß auf dem Pedal raste der Ford auf die Straße zu. Der Billy hatte nicht die Kraft, diese PS-Zahlen zu kontrollieren. Er schoss im Zickzackkurs auf unsere Freunde zu, die immer noch aus allen Rohren feuerten. Die meisten Kugeln fanden aber ihr Ziel nicht bei uns, sondern auf dem Auto. Der Billy konnte nicht mehr die Kraft des Motors halten, denn die Kugeln hatten die Scheiben und Türen komplett durchsiebt. War nur eine Frage der Zeit, bis er stehenblieb. »Oh verdammte Scheiße, jetzt gehen hier noch Unschuldige drauf«, rief Frank. Durch den Krach der MPs war nicht jedes Wort zu verstehen. Mit einem Blick auf den Ford, der immer noch lief, schleuderte er durch die Luft. Durch einen Treffer in den Reifen links vorne überschlug er sich zweimal und blieb auf dem Dach liegen. Auf einmal herrschte Stille, und unsere Freunde stellten das Feuer ein und nahmen Kurs auf den Ford. Aus der Ferne sah es aus, als ob es vorbei sei. Die Männer aus dem ersten Wagen machten sich auf den Weg zum alten Ford. Dort angekommen zielten sie mit ihren Knarren auf den Ford. So zwei bis drei Meter neben dem Ford gab es eine Feuersäule und danach ging er mit einem Knall hoch. Durch den Druck wurden drei von unseren Freunden glatt von den Füßen gerissen. Keiner stand mehr. Schreiend lagen sie am Boden. »Drei zu null für mich«, meinte Frank. »Und eins zu null für Billy«, meinte ich mit Husten im Hals. »Jetzt wäre es Zeit, zu verschwinden«, schrie Frank. »Ja, dann mal los, aber schnell, wenn ich bitten darf«, schrie ich. Frank riss den Schlüssel rum, trat das Pedal durch und der Chevy flog davon. Aus dem Radio erklang Johnny Cash »Walk the Line". Welche Ironie, an so einem Tag folgte wirklich einer der Line, nämlich der Billy. Nur um zu helfen, gab er sein Leben. Für zwei Männer, die er nicht mal kannte. Der V8 dröhnte, als ob er eine Melodie singen wollte. Der Anblick der Tankstelle, die in Klump geschossen wurde, war kein schöner. Glas und Blech hatten Löcher groß wie Fäuste eingefangen. Rauch stieg immer noch aus dem Ford auf. Ein Schlachtfeld für den kleinen grauen Kasten und die paar Stücke Papier, auf denen die Formel für den künstlichen Sprit stand.

Frank brachte uns, so schnell er konnte, aus dem Ort raus, wobei er leicht die Geschwindigkeit überschritt. Mit einem leisen Klicken schaltete ich das Radio aus. Plötzlich war uns wieder bewusst, wie schnell das Leben enden konnte. So fuhren wir stillschweigend durch die Landschaft, die an uns vorbeizog. »Jetzt haben wir ein paar Probleme mehr am Hals«, meldete Frank sich, als wir unterwegs waren. Mit diesem Auftritt würde bald die ganze Polizei des Landes nach uns suchen. Keine

Möglichkeit, uns irgendwo zu verpissen. »Klar, aber wir haben doch nicht angefangen zu ballern«, gab ich zu. »Es geht hier um weitaus mehr«, sagte Frank. »Das Problem geht höher als du denkst, Geld, Macht, Wirtschaftswachstum. Wir reden hier von ein paar Milliarden von Euros für die Konzerne, die Öl fördern. Und unsere Freunde wollen dies auf alle Fälle verhindern, damit die Multis weiterhin ihr Geld verdienen können.« »Und ausgerechnet wir zwei sitzen auf der Lösung für dieses Problem?« »Ja genau«, warf Frank ein. »Und deswegen sollten wir uns immer wieder richtig umsehen, sodass wir am Leben bleiben. Mit denen ist nicht zu spaßen. Die haben alle Möglichkeiten, um uns zu finden.«

Nach einer Weile schaltete ich das Radio wieder ein, nur um zu hören, was auf der Welt passiert ist. Der Sprecher machte Witze übers Wetter. Dann redete er auf einmal über einen schweren Autounfall, bei dem ein junger Mann um die 20 Jahre ums Leben gekommen sei. »Das ist jetzt noch keine 2 Stunden her«, meinte ich. »Genau, und es wird von einem Unfall mit Todesfolge gesprochen, nicht von einer Schießerei«, schrie Frank. »Jetzt weiß ich, zu was die in der Lage sind«, gab ich zu. Nach den Ereignissen der letzten Stunden lagen unsere Nerven blank. Frank hatte sich wieder eine Zigarette angemacht und spülte mit Whisky nach, um wieder runterzukommen. »Willst du auch etwas?« Fragend hielt er mir die Flasche hin. »Ja, auf den Schreck sollte man einen Schluck zu sich nehmen«, sagte ich. »Dabei hatte der Tag so gut angefangen«, meinte Frank. »Und innerhalb von Minuten kannst du tot sein«, gab ich zurück. »Die haben überhaupt keine Skrupel, einen umzulegen. Es sind bis jetzt vier. Alles wegen dem grauen Kasten«, sagte Frank. »Da fällt mir ein, dass ich etwas tun sollte«, knurrte er. Er ließ den V8 langsam in einen Waldweg rollen, stellte den Motor ab und stieg aus. »Komm, ich glaube, dass dich das interessieren könnte«, sagte Frank. Er öffnete den Kofferraum und den grauen Kasten. In dem lagen über 10 Reihen mit Glasscheiben, die wie Pillen aussahen. »Und wegen den Dingern müssen Leute sterben?«, wollte ich wissen. »Was genau passiert, wenn die in den Tank geworfen werden?«, fragte ich. »Ist irgendwie ein chemischer Prozess, der Festes in eine Flüssigkeit bzw. Benzin verwandelt«, meinte Frank. Ich griff nach so einem Teil, ließ es in der Hand liegen, roch daran, es war völlig O. K. Kein Geruch nach Benzin oder einer Flüssigkeit, trocken und fest. »Wie viele brauchst du für eine Tankfüllung?«, wollte ich wissen. »Der ganze Rest reicht so die nächsten drei bis vier Jahre.« Ich überlegte, grob durch den Kopf gerechnet, würde man so jede Menge Geld fürs Tanken sparen. Jetzt wurde mir auch die Masche und Gründlichkeit unserer Freunde bewusst. Mit dieser Formel in den Händen ist es, als habe man die Erlaubnis, sein eigenes Geld zu drucken. Frank hatte sich drei bis vier Stücke herausgenommen und warf sie in den Tank, schloss den Kasten ab, machte sich eine Zigarette an, lehnte sich ans Auto und rauchte. Er zog den Rauch tief ein und blickte in den Himmel. »Weißt du, eigentlich ist doch alles in Ordnung. Wir sind doch weiter gekommen, als angenommen«, meinte Frank. »Es wird Zeit, dass wir hier mal darüber nachdenken, wie es weitergeht«, meinte ich. »Wir haben genug Sprit im Tank, ausreichend Kohle und keiner schreibt uns etwas vor«, sagte ich. »Dennoch haben wir die Scheiße am Hacken und diese Kerle machen uns das Leben zur Hölle, auf die ich keine Lust habe«, sinnierte Frank, der immer noch rauchend am Auto lehnte. Aus dem Radio klangen immer noch die Nachrichten über den Autounfall mit Todesfolge. Frank lief nach vorne und schob eine CD rein, und wieder erklangen uns wohlvertraute Stimmen des Rockabilly der Vergangenheit und von heute. »Hey Mann, mein Magen könnte mal wieder etwas Festes vertragen. Der läuft schon auf Notstrom«, sagte ich. »Und eine Dusche wäre auch nicht schlecht.« Denn der Dreck von der Tankstelle war noch in unseren Klamotten zu finden. So machten wir uns zur Landstraße auf. Der folgten wir, bis wir an einen Rasthof kamen. Wir packten unser Zeug, um erst mal zu duschen, um wieder wie Menschen auszusehen. Andere Jeans, ein neues Hemd, wieder ausgiebig etwas essen und nicht an unsere Freunde denken müssen. Mit anderen Klamotten, die Haare frisch gewaschen, mit genug Pomade wieder in Form gebracht, sah die Welt ganz anders aus. Als wir wieder im Auto saßen und Richtung Nirgendwo unterwegs waren und die Landschaft an uns vorbeizog, hatten wir immer einen Blick nach hinten, um zu sehen, ob wir noch alleine waren. So rollte der alte V8 weiter durch die Gegend mit der Genauigkeit einer Schweizer Uhr.

2 »Erinnerungen«

Nach einer Weile Fahrt schaute Frank zu mir rüber und fragte mich: »Und weshalb bist du auf der Flucht?« »Auf der Flucht wohl kaum, eher vor dem, was hinter mir liegt«, antwortete ich. Dann begann ich, ihm meine Geschichte zu erzählen. »Du hast eine Frau, eine Wohnung, einen Job, jede Menge Freunde, und auf einmal ist alles weg.« »Wie weg?«, fragte Frank. »Ganz einfach: Du kommst von der Arbeit nach Hause und bekommst einen Anruf, dass es bei der Firma, wo deine Frau arbeitet, eine Verpuffung gegeben hat und dass das Gebäude, wo sie arbeitet, nicht mehr steht. Dass es fast keine Überlebenden gegeben hat. Danach ist alles nur noch bergab gegangen. Nach der Beerdigung lief nichts mehr glatt. Beim Job gab es jede Menge Probleme, und deshalb ließ ich mich für ein Jahr von der Arbeit freistellen, um den Kopf wieder frei zu bekommen. Auto und Wohnung deckte ich mit der Lebensversicherung meiner Frau ab. Und das ist meine Geschichte«, schloss ich ab. »Das ist aber starker Tobak«, meinte Frank nach einer Weile, als er einen langen Schluck aus seiner Flasche nahm. So fuhren wir mit dem alten V8 weiter durch die Gegend. Mit einem leisen Knacken des Feuerzeugs macht ich mir eine weitere Zigarette an und saß schweigend auf den Sitz und dachte über alles nach. Bis mich Frank aus meinen Gedanken riss. »Lade mal die Ruger nach. Ich glaube, dass ich die vielleicht noch brauchen werde«, meinte er. Die Ruger hatte ein Gewicht und eine Trommel, die ganze fünf Patronen fasste. Ein richtiges Monster, das fiese große Löcher machte, und das auf große Entfernungen. Aus dem Handschuhfach nahm ich eine Packung für die Ruger raus, leerte die Trommel und schob fünf neue Patronen in die Kammern. Mit einem schweren Knacken ließ ich die Trommel wieder einrasten. Zum Abschluss zog ich den Hahn und ließ die Trommel kreisen, wie beim Russisch-Roulette. Nur dass alle Kammern geladen waren statt nur einer. Ganz in Gedanken zielte ich auf das Auto vor uns. »Ganz langsam«, meinte Frank »sonst geht der Knaller hier noch los« »Wir wollen doch nicht auffallen«, sagte ich, sonst würden unsere Freunde uns bald wieder am Hintern kleben. »Jetzt haben wir mal ein paar Stunden Ruhe vor denen und sollten irgendwo was essen gehen.« Bald darauf fuhren wir zu einem Rasthof und parkten mit den Heck nach hinten, um für alle Fälle wieder schnell verschwinden zu können. Nun saßen wir bei Steak, Pommes und Bier beisammen und ließen es uns gut gehen. Einfach nur essen und an nichts denken. Stress hatten wir die letzten Tage genug. Bald gingen wir wieder zum Auto zurück, rauchend und etwas ausgelassen, nur gut drauf. Dann rein in den alten V8. Aus dem Radio hämmerten Skinny Jim and the N. 9 Blacktops »Horsepower« raus. Kaum losgefahren hatten wir Besuch von unseren Freunden, die wie aus dem Nichts aufgetaucht waren. Nur waren es dieses Mal drei Autos, die hinter uns her waren und die immer schneller auf uns zu rasten. Kaum in Reichweite mit dem alten V8, eröffneten sie das Feuer auf uns. Kugeln umschwirrten uns, als sie Blech und Kotflügel streiften. »Frank, die meinen es richtig ernst. Die ballern aus allen Rohren auf uns«, schrie ich. »Ja, heute ist kein guter Tag um zu sterben«, meinte er. Mit einem beherzten Tritt aufs Gaspedal schoss der V8 mit 160 über den Asphalt. Doch der Abstand konnte sich nicht wirklich vergrößern. Um die Entfernung zu halten, trat Frank voll aufs Pedal und der alte V8 lief auf voller Leistung. Mit einem Griff zog er die Gaseinspritzung, um noch mehr PS zu bekommen. Dadurch bekam die Nadel im Tachoglas nicht mehr die Runde und das Glas zersprang. Nun fegte der alte V8 mit 295 über die Autobahn.

Merkwürdigerweise fanden wir uns von einem hellblauen Licht angezogen. Draußen sollte die Sonne scheinen. Wie lange wir so fuhren, wussten wir nicht. Nur dass unsere Freunde nicht mehr da waren. Langsam verblasste das Licht und die Autobahn hatte sich in eine Schotterstraße verwandelt. Frank ließ das Auto rollen und fuhr an die Seite. Als wir ausstiegen, sahen wir uns die Gegend an. Sie kam uns nicht vertraut vor. Irgendwie sah es nach dem mittleren Westen aus. Die Sonne leuchtete auf ein Bergmassiv, das in Europa nicht vorkam, außer in der Schweiz. »Wo zum Henker sind wir gelandet?«, fragte Frank suchend. »Wenn ich das wüsste, wäre ich auch schlauer«, sagte ich. »Aber wie geht das denn? Eben noch auf der Autobahn und jetzt stehen wir am Arsch der Welt«, meinte Frank. So stiegen wir wieder in den alten V8 und fuhren langsam weiter. Doch der Motor hörte sich nicht gut an. Irgendwie hatte er etwas abbekommen. Musste wohl von der großen Beschleunigung gekommen sein. Mal ganz abgesehen von den Dellen, die von den Kugeln von unseren Freunden stammten. In der Hoffnung, bald ein Haus oder eine Stadt, ein Dorf oder irgendetwas zu finden, wo es Leute gab, die uns weiterhelfen könnten. Nach etwa 30 Minuten, die uns wie Stunden vorkamen, sahen wir von Weitem ein altes Haus an, dessen Rückseite auch eine Garage war. Doch bis dorthin war es noch ein weiter Weg. So machte der alte V8 trotz defektem Motor seinen Weg mehr schlecht als recht. Mit letzter Kraft hielten wir vor dem Haus, nichts ging mehr. Auf der Veranda saß ein alter Mann in abgetragenen Latzhosen. Der erhob sich aus einem Schaukelstuhl, streckte sich und gähnte, als ob er dort drei bis vier Stunden geschlafen hätte. Nun beide raus, und wir mussten schieben. Der Wagen sprang einfach nicht mehr an. Fluchend und schwitzend machten wir uns an die Arbeit.

3 »Joe Miller«

Als wir völlig k. o. an dem alten Haus angekommen waren, lief uns der Mann mit einem fragenden Gesicht entgegen. Beim Näherkommen sah man, dass er in seiner Jugend viel Sport gemacht haben musste. Es war kein Gramm Fett an ihm zu sehen. Bei 185 cm und 85 kg war der alte Mann sehr gut in Form. Die Haare hatten die Farbe von Silber. Furchen durchliefen sein Gesicht, das von der Sonne braun gebrannt war. »Morgen, Jungs«, meinte er und sah zu uns in den Wagen. Er zeigte auf den alten V8 und meinte »Glaube, dass ihr mit dem nicht weiterkommt.« »Sie sind wer?«, fragte ich. »Die meisten nennen mich Joe Miller«, und er streckte mir seine kräftige Hand entgegen. »Wollen mal sehen, was dem Wagen fehlt«, sagte Joe.

Frank entriegelte die Haube, die mit einem lauten Knarren aufging. Mit geübtem Blick ließ Joe seine Augen über den Motor laufen, griff auf einmal an die Verteilerkappe, zog sie ab und hielt sie hoch und sah kurz rein. »Mit dieser Kappe kommt ihr nicht weiter«, meinte Joe, »diese ist völlig ausgebrannt, kommt ziemlich selten vor.« »Wo bekommen wir eine neue?«, fragte Frank. »Unten bei der Stadt ist eine Werkstatt«, sagte Joe. »Ist keine Stunde von hier«, und er zeigte in eine Richtung. »Den könnt ihr aber bei mir stehen lassen. Wir schieben ihn in die Garage und ich werde sehen, ob ich ihn wieder zum Laufen bringe.« Gemeinsam schoben wir den alten V8 Richtung Garage. Dort öffnete Joe die Tür und drinnen stand ein mattschwarzer Buick mit niedrigem Dach, einfach nur böse. Schien lange nicht mehr auf der Straße gewesen zu sein. »Der gehörte mal meinem Sohn, der aber bei einem Straßenrennen ums Leben gekommen ist. Seitdem steht er hier«, meinte Joe. »Was ist denn passiert?«, wollte Frank wissen. »Mein Sohn Peter wollte mit dem Auto eine Probefahrt machen, ist dann aber in ein Rennen geraten, das nicht gut für ihn ausging«, meinte Joe. »Es gibt hier eine Gang, die nur ihre Autos im Kopf hat und immer mehr Leistung aus den Motoren zu holen versucht.«

»Joe, was bekommst du fürs Unterstellen?«, fragte ich. »Ist nicht der Rede wert«, gab er zurück. »Ist doch nett, mal wieder Besuch zu bekommen.« Frank lief ein wenig herum und fand noch mehr Autos, die hier rumstanden. Ein 1952er Buick Special Coupé in Cremeweiß mit roten Sitzen. Ein 1941er De Soto, der aussah wie vom Werk. Zwei Chevrolet Bel-Air Hardtop Sport Coupé von 1955 und ein Bel-Air Station Wagon von 1955. Autos, die jeden Rockabilly an den Rand des Wahnsinns treiben konnten. »Den Bel-Air könnt ihr für ein paar Tage haben«, meinte Joe. »Oh, das können wir nicht annehmen«, sagte ich. »Darauf bestehe ich aber. Der steht eh nur hier rum. Wird Zeit, dass er wieder mal läuft«, sagte Joe. Er lief um den Bel-Air, öffnete die Fahrertür, stieg ein, drehte den Schlüssel und der Motor sprang sofort an. Er fuhr Richtung Tor und ließ ihn laufen. »Fahrt mir die Karre nicht in Klumpen. Wäre schade um ihn«, und er fuhr mit der Hand über die Haube. »Los jetzt«, brummte Joe, »bevor ich es mir noch mal überlege.« »Hey Joe«, rief ich, »keine Sorge, du bekommst ihn so wieder.« Der Bel-Air roch noch neu oder wie eine Frau, die ein gutes Parfüm aufgetragen hatte. Er fühlte sich gut an und er lief wie ein Schweizer Uhrwerk. Frank drehte den Knopf am Radio und suchte nach Musik. Nach wenigen Minuten hatte er etwas gefunden: Bill Haley's Comets mit dem »A.B.C Rock«, den wir beide kannten. »Ist ja wie eine Sendung zum Todestag für diese Bands«, meinte Frank. »Wo ich mir noch nicht ganz sicher bin«, sagte ich. »Ja«, meinte er. »Wir wissen noch immer nicht, wo wir gelandet sind. So wie es aussieht, hat jemand sich viel Mühe gegeben, um uns richtig dranzubringen, alles scheint so echt zu sein«, meinte Frank. Während wir weiterfuhren, dachte ich über die Ereignisse der letzten Stunden nach: Joe, die Autos, die Gegend, in der wir gerade fuhren. Bald darauf fuhren wir in eine Stadt, eher ein mittleres Dorf. Überall standen Autos, aus allen Jahren von 1930 bis 1956, alle im Bestzustand. Die Häuser alle im Stil der 50er-Jahre, Kids, die aus der Schule kamen. »Hast du Hunger, Frank?«, fragte ich. »Dann wollen wir mal was essen gehen«, sagte ich, bevor Frank antwortete. Am Ende der Straße war eine Bar zu sehen, mit viel Chrom. Autos, die auf ihre Bestellung warteten. Hier würde der Bel-Air kaum auffallen, die sahen doch wohl alle gleich aus, hier würde keiner auf uns ballern. Als ich den Bel-Air geparkt hatte, zog Frank die 9 mm raus und warf sie mir zu. »Für alle Fälle«, sagte er. »Kohle für diesen Zweck habe ich genug.« So gingen zwei Rockabillys von 2009 in eine Bar, die es vor 53 Jahren gegeben hatte. Zu übersehen waren wir wohl kaum. Frank, der seine zwei Meter maß, und seine stolzen 150 Kilo, die gut verteilt waren. Von seinen Armen, die von Tattoos übersät waren, nicht zu reden. Ebenso die gewaltige Tolle, die er trug. Die Stiefel, dunkelblaue Jeans, schwarze T-Shirts sahen irgendwie aus, als wären wir von hier. Ich mit meinen 72 Kilo und einer Größe von 178 cm und fast der gleichen Haarpracht wie wohl alle in der Szene. Ich hatte ein wenig Sorge, was auf uns zukommen könnte. Beim Öffnen der Tür wurde es auf einmal still für wenige Minuten. Danach setzten die Leute ihre Gespräche wieder fort. Sonst nahm niemand Notiz von uns. Der Laden war gut besucht, Arbeiter, die nach dem Job ein paar Bier tranken und sich über Sport unterhielten, die Regierung und weiß Gott noch alles. Jungs mit dicken Brillen, die über ihren Büchern saßen und Cherry-Coke tranken. Cheerleaders, die sich kichernd über den am besten aussehenden Jungen der Schule unterhielten. So machten wir uns auf den Weg zur Bar. Dort angekommen blieben und warteten wir, bis jemand kam und uns was zu trinken gab.

4 »Marie und Louise«

Aus der Tür hinter der Bar trat eine Frau, die von Kopf bis Fuß Rasse hatte. Sie kam auf uns zu, lehnte sich zu uns über die Bar und hauchte mit rauchiger Stimme: »Was kann ich für euch tun?« »Wir hätten gerne eine Flasche Whisky ohne Eis und zwei Gläser«, sagte ich. Nach ein paar Minuten kam sie wieder mit dem Gewünschten und stellte es vor uns ab. »Ich hoffe, dass ihr auch Geld habt, um diese Flasche zu bezahlen«, hauchte sie. Frank zog ein Bündel Scheine aus seiner Jacke und legte ihr einen großen Schein auf die Bar. »Zufrieden?«, meinte ich. Statt einer Antwort ließ sie die Kohle mit spitzen Fingern in ihrer Bluse verschwinden. »Woher kommt ihr eigentlich?«, wollte sie wissen. »Von weit her«, meinte Frank. »Sehr weit, weiter als du denkst«, fügte ich hinzu. »Auf alle Fälle nicht von hier, so viel steht fest.« »Hier wollte ich nicht begraben sein« meinte Frank ironisch. So tranken wir und rauchten eine Weile, ohne dass etwas geschah. Bis auf einmal die Tür hinter der Bar aufging und eine andere Frau reinkam. Sie war etwa 175 cm groß, fülliger an den Hüften und trug eine Brille, die dieser Zeit entsprach. Ihre schwarzen Haare waren auf allen Seiten mit Haarspray angeklebt. Sie kam auf uns zu und stellte sich uns vor. »Hey, mein Name ist Louise. Die Bar gehört mir und meiner Schwester Marie.« »Ihr seid Schwestern?«, fragte Frank. »Das bekomme ich immer öfter zu hören«, meinte sie. »Marie ist die Ältere von uns, ganze drei Jahre, aber ihr Aussehen habe ich nicht mitbekommen.« Worauf Louise sich wieder den anderen Gästen widmete.

Draußen fuhren plötzlich mehrere Autos vor. Der Lärm war nicht zu überhören. Laut grölend kamen sie rein. Eine Gruppe von ungefähr 10 bis 15 Leuten. Alle in abgestoßenen Jeans, Stiefeln, Chucks und mit jeder Menge Pomade in den Haaren. »Nicht die schon wieder«, meinte Louise, »mit denen gibt es nur

Ärger und jede Menge Schaden. Nach dem letzten Mal mussten wir alles wieder aufbauen. Das kostete jede Menge Kohle.« Allen voran ging »Big Willy«, der fast die Größe von Frank hatte. Nur sein Gesicht hatte wohl mit einem spitzen Gegenstand Bekanntschaft gemacht. Eine Narbe lief von der linken Schläfe bis zu seinem Kinn, was ihm ein brutales Aussehen gab. Big Willys auffälligster Begleiter war ein Typ, der 170 cm groß war und etwas breiter gebaut war. Ziemlich lange Haare, die an dem Versuch gescheitert waren, mit Pomade alles anzukleben. Er hatte dicht in einem Stück zusammengewachsene Augenbrauen und einen stieren Blick, als wolle er gleich schreiend auf jemanden losstürmen oder gar einen töten. Frank und ich sahen uns dieses Rudel Wölfe mit fragendem Blick an. Worauf Frank meinte: »Könnte ein paar Probleme geben.« »Worauf du einen lassen kannst«, sagte ich. »Halte dich etwas zurück.« »Wenn es denn unbedingt sein muss«, meinte Frank. Im Hintergrund dudelte die Musikbox, aus der Musik von Elvis kam. Lauter Lieder, die jeder kennt. So kam, was kommen musste. Sie sahen uns an und kamen in unsere Richtung. Big Willy baute sich vor uns auf, und nach kurzem Mustern fragte er mit dumpfer Stimme: »Was sind denn das für komische Figuren? Wo kommt ihr denn her?« »Wir wollen nur in Ruhe etwas trinken«, meinte Frank. Worauf Big Willy das Glas nahm und es Frank ins Gesicht leerte. »Jetzt habt ihr getrunken und könnt gehen«, brummte er. »Kumpel«, sagte Willy und legte seine Hand auf meine Schulter. »Hör mal, ich bin nicht dein Kumpel, und wenn du nicht die Hand da wegnimmst, werde ich sie dir brechen«, sagte ich in aller Ruhe. »Der hat wohl den Verstand verloren«, meinte der Typ mit dem stieren Blick. Die anderen Mitglieder der Gang lachten und machten Witze über mein Ableben. »Gut, du hast es nicht anders gewollt«, sagte ich ganz ruhig, bevor ich von der Bar aufstand. »Ich hoffe, du weißt, was du da tust. Der legt dich glatt um«, hatte Frank so seine Bedenken. Nun stand Big Willy mitten in der Bar und sah sich schon als Sieger, lange bevor der Kampf angefangen hatte. Kaum standen wir uns gegenüber, wurden wir von Big Willys Gang umringt, Big Willy ließ zur Demo seine dicken Oberarme spielen. Alles lachte. Er überragte mich um mehr als 35 cm. Willy setzte nur auf seine Kraft, über die er auch verfügte. Während ich so da stand, hatte ich die Hände in die Taschen geschoben, als würde ich auf den Bus warten. Als ob Big Willy nicht da sei. Was er aber nicht wusste, ich hatte noch mein Feuerzeug einstecken. Es fühlte sich gut an, etwas Vertrautes zu haben. Und Big Willy kam wie ein wilder Stier auf mich zu, die Fäuste wild schwingend. So machte ich nur einen Schritt auf die Seite, und er lief ins Leere. Er drehte und kam zurück, wütender als zuvor. Seine rechte Faust zischte knapp an meinen Gesicht vorbei. Mit einer schellen Drehung aus der Hüfte trat ich Willy in die Seite, worauf er in die Knie ging und nach Luft schnappte. Es war ein Tritt in die Niere. Immer noch am Boden liegend, nach Luft ringend sah Willy aus, als ob er aufgeben wollte. Er schaffte es aber wieder, auf die Beine zu kommen, und griff wieder an. Doch infolge des Tritts war seine Orientierung eingeschränkt. Mit einer schnellen Bewegung schlug ich Big Willy auf die Nase. Es krachte und er fiel wie ein nasser Sack zu Boden. Ein Zucken durchlief ihn, dann lag er still da. Eigentlich war es kein großes Ding. Ich hatte nicht mal fünf Minuten gebraucht, um ihn auf die Bretter zu schicken. Der Rest der Gang stand nur noch dumm da. Ich machte mich auf den Weg zur Bar. Bis Frank plötzlich schrie: »Hinter dir!« Der Typ mit dem stieren Blick kam auf mich zu gerannt mit einem Messer in der Hand. Ich drehte mich und war leider einen Schritt zu langsam. Er stieß mit der rechten Hand Richtung Brust, erwischte mich aber an der linken Seite auf Hüfthöhe. Der Schnitt blutete heftig. Nun hatte er seine Möglichkeiten ausgeschöpft. So griff ich ihn mit einer schnellen Folge von Schlägen an, die er nicht abblocken konnte. Jeder Schlag kam ins Ziel. Er hatte keine Zeit, sich zu verteidigen. Meine Schläge landeten, wo ich wollte. Der Schnitt an der Hüfte brannte und blutete. Der Schmerz kam langsam durch. Bis auf einmal Marie zwischen uns stand und sagte »Dave, das reicht jetzt. Los, verschwinde jetzt.« Marie stand mit einem Krug Wasser über Big Willy und goss ihm den Inhalt über den Kopf. Prustend und spuckend wurde Big Willy wieder wach und wollte wieder auf mich losgehen. Blut rann ihm aus der Nase, welches er mit der linken Hand abfing und es an seiner Hose abwischte. »Lass es jetzt gut sein«, sagte Marie. »Dieser Kerl hat mir die Nase gebrochen. Dafür werde ich ihn alle machen!«, brüllte Big Willy mit rotem Gesicht. »Wir werden uns wiedersehen«, meinte ich. »Los, Dave, wir machen die Fliege«, meinte Big Willy. So setzte sich Big Willy, gestützt von Dave und seiner Gang, in Bewegung. »Und du blutest mir den ganzen Boden voll«, stellte Marie trocken fest. Louise stand die ganze Zeit hinter der Bar und beobachtete alles durch die Finger, die sie vor ihre Brille hielt. Sie kam um die Bar gerannt auf mich zu und nahm mich in den Arm. »Du kommst schön mit mir mit«, sagte sie sehr bestimmt. Sie nahm mich mit hinter die Bar, wo es eine Treppe hinaufging, und öffnete die Tür.

»Mein Zimmer«, sagte sie stolz. »Am besten legst du dich aufs Bett. Ich hole heißes Wasser und Verbandszeug«, und ging. Ich zog die Packung Zigaretten aus der Jacke, nahm eine, steckte sie mir an und rauchte. Die Tür öffnete sich und Louise trat ein mit allem, was man braucht, um eine Schnittwunde zu versorgen. »Setz dich mal aufs Bett, damit ich die Wunde auswaschen kann«, meinte sie. Ich setzte mich auf und zog das Shirt aus, und Louise schaute auf meine Tattoos. Als sie das Bild einer Frau unter meinem Herzen sah, fuhr sie mit ihren Fingern darüber. »Wer ist sie? Gab es diese Frau wirklich in deinem Leben?«, fragte sie. »Ist schon eine lange Zeit her. Sie war meine Frau. Doch dies ist eine zu lange Geschichte«, sagte ich. So begann Louise, die Wunde mit heißem Wasser auszuwaschen, anschließend mit Salbe einzucremen und mit mehreren Mullbinden zu verbinden. »Dies ist nicht mein erster Verband. Denn hier gibt es öfter mal eine Schlägerei, ist ja eine Bar«, sagte sie. »Es ist ein guter und fester Verband, danke«, sagte ich. Worauf Louise rot wurde und sehr verlegen. Sie bekam wohl nicht oft Dank oder ein Kompliment zu hören. Langsam zog ich mich wieder an und ging mit ihr die Treppe wieder runter. Frank parkte noch immer an der Bar, die Flasche hatte sich fast zur Hälfte geleert. »Hey Mann, habe schon geglaubt, dass du draufgegangen bist«, sagte er. Darauf schlug er mir voller Freude auf die Schulter, schenkte mir Whisky nach und wir tranken darauf, dass wir diese Geschichte überstanden hatten. »Wie geht es jetzt weiter?«, fragte ich Frank. »Keine Ahnung«, meinte er und nahm einen Schluck aus seinem Glas. »Wir sollten uns mal wieder bei Joe blicken lassen, vielleicht hat der eine Idee«, meinte ich. Gerade als wir loswollten, tauchte Marie wieder hinter der Bar auf. »Sagt mal, Jungs, wo kommt ihr eigentlich her? So wie er Big Willy flachgelegt hat, ist das noch niemand gelungen«, stellte sie fest. »Und wenn dieser kleine Scheißer nicht gewesen wäre, wäre ich auch nicht zum Bluten gekommen.« So stand ich mit meinem Glas in der Hand an der Bar und sah mich um, während Marie versuchte, Frank auszufragen, woher wir kommen und wo wir hinwollten. Sie gab einfach keine Ruhe, Frank gab ihr Antworten, die simpel und einfach waren.

5 »Die Frau an der Bar«

Ich griff in die Jacke und nach der Packung Zigaretten, nahm eine raus und steckte sie mit dem Feuerzeug an. Ich zog daran, und auf einmal nahm eine Hand mir die Kippe aus dem Mund. An der Bar saß eine hellblonde Frau, die meine Zigarette rauchte. Mit ihren 175 cm und ihrer sportlichen Figur war sie eine Schönheit. Mit langen, genussvollen Zügen zog sie an der Zigarette und ließ den Rauch in Ringen wieder erscheinen. Sie drehte den Kopf, schaute mich an und meinte: »Hallo, danke für die Zigarette.« »Nichts zu danken. Habe genug davon. Auf eine oder zwei kommt's nicht an«, meinte ich. Sie drehte den Kopf und lächelte. Dadurch sah man, dass ihr links ein Zahn fehlte, was ihrem Aussehen aber nicht schadete. Es gab ihr etwas Geheimnisvolles. Sonst gab es an ihr nichts auszusetzen. Als sie sich drehte, sah ich, dass ihre Beine in schwarzen Jeans steckten. Sie trug eine weiße Bluse und hohe rote Pumps. Aus dem Glas vor ihr strömte der Duft von Whisky, den sie aber schon getrunken hatte. »Das mit Big Willy war ganz große Klasse. War mal Zeit, dass er was auf die Fresse bekommt«, meinte sie. »Übrigens, mein Name ist Irene«, und sie streckte mir die Hand entgegen. »Wie wäre es mit etwas zu trinken?«, fragte ich sie. »Ich bin leider etwas abgebrannt«, gab sie zu. So winkte ich Louise, die uns eine Flasche Whisky brachte. Louise sah mich mit weiten Augen an. Es schien, als hätte sie etwas gegen Irene. Den Grund habe ich nicht gesagt bekommen. Ich füllte die Gläser und danach stießen wir an. »Du und dein Freund«, begann sie, »habt euch mit Big Willys Niederlage jede Menge Ärger eingehandelt«, meinte sie, nahm ihr Glas und trank weiter. Sie steckte eine weitere Zigarette an und blickte in den Spiegel hinter der Bar. »Hast du die Narbe in Big Willys Gesicht gesehen?«, fragte sie. »Ist ja nicht zu übersehen«, bemerkte ich. »Das ist ein Geschenk von Marie.

Die ist total ausgerastet, als Willy mit einer anderen Frau geredet hat. Da ist sie mit einem Messer auf ihn losgegangen. Hätte auch schiefgehen können«, sagte Irene. »Marie? Du machst wohl Scherze! Die kann doch keiner Fliege etwas zuleide tun«, sagte ich. »Marie ist zu allem fähig«, widersprach Irene. »Wenn es um Männer geht, ist sie nicht zu bremsen. Pass auf deinen Freund auf. Man weiß ja nie, was sonst passieren könnte.« Ich schaute zu Frank der sich immer noch mit Marie unterhielt, und dachte darüber nach, was Irene gesagt hatte. »Marie und Big Willy, die Schöne und das Biest.«

Tolle Aussichten; als wenn wir keine anderen Probleme hätten. Mit dem Glas in der Hand machte ich mich auf den Weg zu Frank. »Frank, wir müssen reden«, sagte ich. »Würdest du uns ein paar Minuten alleine lassen?«, fragte ich Marie. Die ging entsetzt, beleidigt und schmollend an das andere Ende der Bar und kümmerte sich um die anderen Gäste, die von Louise nichts wissen wollten. »Was gibt es denn?«, fragte er und sah mich von oben her an. »Diese Frau wird uns noch mehr Ärger bringen als unsere Freunde. Falls du noch wissen solltest, dass wir vor denen im Moment noch Ruhe haben«, sagte ich. »Marie und Big Willy waren einmal ein Paar«, fuhr ich ruhig fort, »und die Narbe in seinem Gesicht hat er Marie zu verdanken. Nur weil er sich mit einer anderen Frau unterhalten hatte.« »Du machst Witze?«, fragte er und sah mich erstaunt an. Ich zeigte auf Irene, die immer noch an der gleichen Stelle saß und ihren Whisky trank und rauchte. »Gehe hin zu ihr und frage sie«, sagte ich, »dann wirst du mir glauben.« »Am besten sollten wir uns bei Joe blicken lassen und fragen, was z. B. unser Auto macht«, meinte ich beiläufig. »Jau, keine Frau der Welt ist solch einen Ärger wert«, brummte er. »Dann lass uns mal vom Hof reiten. Ich fahre, du hast zu viel Whisky gehabt«, sagte ich. So setzten wir uns in Bewegung Richtung Tür, bis auf einmal der Rest der Gang vor uns stand. »Wir machen euch platt. Du hast Big Willy die Nase gebrochen!«, schrie einer und zeigte auf mich. Sie fingen an, uns zu umzingeln. Ketten fielen zu Boden, Messer schnappten, manche zogen Schlagringe über die Faust. Es wurde ziemlich gefährlich, zwei gegen zehn. Die Frauen hatten sie zu Hause gelassen. »Es gibt keine Sharks mehr. Aber die hier schon«, sagte ich zu Frank. »Keine Sorge, hier kommen wir schon lebend raus, glaube mir«, sagte Frank. Er schob mich auf die Seite und ging auf Dave zu. Das Größenverhältnis war groß: Dave 177 cm, Frank 202 cm. Dave musste an Frank hochsehen, David und Goliath. Bis auf die anderen, die noch übrig waren. Zwei vielleicht, die noch Ärger machen würden. Frank griff nach unten, fasste Dave am Hals, hob ihn hoch, sodass beide Köpfe auf gleicher Höhe waren. Mit der anderen Hand zog Frank die Ruger aus dem Gürtel, spannte den Hahn und presste den Lauf gegen die Stirn von Dave. »Jetzt habe ich aber die Schnauze gestrichen voll«, sagte Frank. Blasse Gesichter zeigten, dass der Mut der Gang auf null gesunken war, wie die Titanic auf den Boden der Tatsachen, beim Anblick der Ruger, eines ganz großen Pusters, der einen Motorblock wie Butter durchschlägt. Dave aber starb alle Tode auf einmal. Schwitzend und auf den Lauf sehend ließ Dave alle Hoffnung fahren. »Ihr habt jetzt genau eine Minute, um hier zu verschwinden«, sagte Frank ruhig. Er machte die Hand auf und Dave plumpste auf den Hosenboden, rappelte sich auf und sah zu Frank hoch. Er versuchte, die Gang wieder aufzuhetzen. »Macht sie fertig, es sind nur zwei Leute. Ihr seid zu zehnt. Los, gebt es ihnen«, schrie Dave voller Hass. »Ohne uns. Wir wollen uns doch keine Kugel von einem solchen Ballermann einfangen«, meinte ein großer Typ, dessen Gesicht von Pickeln übersät war. Der Rest stimmte nickend zu. »So, Jungs, ihr habt euren Spaß gehabt und wir wollen doch keine Toten hier haben«, meinte Marie, die hinter der Bar stand und wieder für Ruhe und Ordnung sorgte. »Dave, verschwinde und nimm die Gang mit, bevor noch etwas passiert.« Dave machte kehrt und seine Gang folgte ihm wie eine Meute geprügelter Hunde, denen man den Knochen abgenommen hatte. Frank ließ die

Ruger wieder im Gürtel verschwinden, trat an die Bar und goss sich das Glas wieder voll. Er trank es auf einmal aus. Von außen war er die Ruhe selbst, bis er ein wenig zitternd eine Zigarette aus der Packung nahm und sie mit seinem Feuerzeug in Brand setzte. »Ihr seid wohl immer für eine Überraschung gut?« fragte Marie, die wie eine Hollywood-Größe vor uns stand. »Er macht Big Willy platt«, sie zeigte auf mich, »und der legt sich mit dem Rest der Gang an. Ihr seid einfach eine Nummer. Etwas anderes fällt mir dazu nicht ein«, meinte sie. Die ganze Zeit stand Louise am anderen Ende der Bar und verfolgte alles mit großen Augen. Sie war mit den Nerven am Ende. Mit zitternden Händen versuchte sie, sich etwas zur Stärkung einzuschenken. Die Hälfte ging nicht ins Glas, sondern daneben. »Wo wollt ihr jetzt hin?«, fragte Louise »Werden jetzt zu Joe fahren«, sagte ich. »Joe, Joe Miller, der draußen vor der Stadt wohnt?«, fragte Louise, die noch ihr Glas in der Hand hielt. »Genau der. Er hat uns auch ein Auto geliehen, um hierher zu kommen«, gab ich zur Antwort. »Seit dem Tod von seinem Sohn hat Joe sich kaum noch hier in der Stadt blicken lassen«, meinte Louise. »Am Tod von seinem Sohn ist kein Geringerer als Big Willy schuld, der gegen Peter Miller ein Autorennen gefahren ist. Und bei Joe seid ihr untergekommen. Er muss euch mögen oder etwas in euch sehen«, meinte Louise. »Morgen Abend sehen wir uns wieder«, sagte ich zu ihr. Ohne weitere Störungen konnten wir die Bar wirklich verlassen. Draußen war es bereits dunkel. So machten wir uns auf den Weg zu Joe. Die Lichter des Bel-Air fraßen sich durch die Nacht. Der Wagen lief super und hielt die Spur. Es war ein Vergnügen, mit so etwas zu fahren.

Nicht lange und wir kamen bei Joe an, der wieder oder immer noch auf der Veranda saß und uns zuwinkte. »Da seid ihr ja wieder. Habt ihr irgendwelche Probleme in der Stadt gehabt?«, fragte er. »Nein, keine wirklichen, mit denen wir nicht fertig wurden«, sagte ich. »Wir hatten nur eine kleine Rauferei mit Big Willy«, sagte Frank. »Und er hat ihm aufs Maul gehauen«, und er zeigte auf mich. Joe sah mich mit großen Augen an. »Und du lebst noch? Keiner legt sich mit Big Willy an und überlebt es. Du hast Big Willy auf die Fresse gehauen?«, schrie Joe. »Dass ich diesen Tag noch erleben darf. Er ist am Tod von meinem Sohn Peter schuld«, und er sprang im Kreis über die Veranda. »Das muss gefeiert werden«, schrie Joe und verschwand im Haus, wo ein lautes Klappern und Scheppern zu hören war. Joe kam mit einer verstaubten Flasche Whisky unter dem Arm wieder zurück. »Ist über 35 Jahre alt!« Er hielt die Flasche hoch über seinen Kopf. »Wollte sie an dem Tag aufmachen, wenn Peter seinen ersten Arbeitstag haben sollte«, meinte Joe. Er blies den Staub ab und öffnete die Flasche. Er schenkte die Gläser voll und prostete uns zu. Es lief runter wie Öl, ein leichter Geruch nach Vanille und Sherry, ein wirklich guter Tropfen, den Joe uns zu trinken gab. Joe war nicht mehr zu bremsen und freute sich wie ein kleines Kind an Weihnachten. »Und wie ist das vonstatten gegangen?« »Keine große Sache«, meinte Frank und zeigte auf mich. »Ein gezielter Tritt in die Nieren, ein leichter Schlag auf die Nase, es krachte kurz, und gut war es.« »Und du hast keinen Kratzer?«, fragte Joe ungläubig. »Da war noch Dave, der ihn mit dem Messer an der linken Hüfte erwischte«, sagte Frank trocken. »Danach wurde ich von Louise verbunden«, sagte ich und zog das Hemd hoch, damit Joe den Verband sah. »Ja, Louise ist eine gute Seele, die mit Männern nie Glück gehabt hat. Ihre Schwester Marie dagegen nimmt sich, was sie kriegen kann«, endete Joe. Mit einem Blick auf unsere Gläser machte sich Joe auf, sie wieder zu füllen. So saßen wir noch einige Stunden auf der Veranda und ließen es uns gut gehen. »Euer Auto läuft auch wieder«, meinte Joe, als er das Glas vom Mund nahm. »Eigentlich müsste ich euch noch Geld geben«, meinte er. »Mit Big Willy zu kämpfen und am Leben zu sein, ist mit Geld nicht zu bezahlen. Eine Frage habe ich an euch«, meinte Joe verlegen. »In eurem Auto habe ich so kleine silberne Scheiben gefunden? Was ist das?«, wollte er wissen. »Scheiße«, dachte ich. Jetzt mussten wir wohl Farbe bekennen. CDs von 2009 im Jahre 1956 würden den alten Mann aus den Schuhen hauen. »Komm mal mit in die Garage. Wir werden dir zeigen, wofür diese Scheiben gut sind«, meinte Frank. So machten wir uns auf den Weg zur Garage. Joe zog die Tür auf. Licht fing an zu leuchten und die Autos wurden sichtbar. Frank öffnete die Tür und setzte sich mit einem Stöhnen auf die Sitzbank. Joe stand neben ihm und sah zu, wie er eine der Scheiben in einen Schlitz schob. Nach wenigen Sekunden erklang Buddy Hollys »Peggy Sue«. Frank drehte lauter und leiser. Joe sah ihn an und rollte die Augen. »Sind im Grunde genommen wie Schallplatten«, sagte Frank zu Joe. Dieser nahm eine CD in die Hand und suchte nach den Rillen, fand aber nichts. Nach einer Weile sah uns Joe an. »Wo zum Teufel kommt ihr eigentlich her?«, fragte er. »Von sehr, sehr weit«, gab ich zu. »Eigentlich gar nicht aus dieser Zeit«, meinte Frank. »Nicht aus unserer Zeit?!«, meinte Joe. »Was für ein Datum haben wir heute?«, fragte ich ihn. »Heute ist der 16. Mai 1956«, sagte Joe. »Wir hatten den 22. August 2009 und wir waren plötzlich hier. Du warst der Erste, der uns ankommen sah«, sagte Frank. Man sah, wie Joe im Kopf anfing zu rechnen. »Dann kommt ihr aus der Zukunft?«, fragte er und kratzte sich am Kopf. »Genau 53 Jahre, wie und warum darfst du uns aber nicht fragen«, sagte ich. »Wie geht das?«, fragte Joe. »Wenn wir das wüssten, wären wir auch schlauer«, sagte Frank, der immer noch im Auto saß. Joe dachte nach über dieses Problem. Leute aus der Zukunft, die nicht wissen, wie sie zurückkommen sollten. »Jungs, am besten sollten wir schlafen gehen«, meinte er. Noch beim Weg zurück murmelte Joe: »Aus der Zukunft kommen sie.« Der arme Kerl musste das erst verdauen.

Zur gleichen Zeit, weit von Joes Haus entfernt, fuhr ein schwarzer Audi A8 durch die Nacht. Seine Scheinwerfer leuchteten die Straße hell aus. Der Beifahrer hatte einen kleinen schwarzen Kasten, der leuchtete und einen roten Punkt anzeigte. »Gar nicht weit von hier« meinte er und drehte den Kopf zum Fahrer.

»Gut, vielleicht haben wir sie bis zum Morgen«, sagte dieser. So rollte der A8 weiter durch die Nacht. Weiter auf dem Weg zum roten Punkt, der sich nicht bewegte. Mit seiner Länge von 5,51 m und einer Breite von 1,89 m war der A8 mehr ein Monster als ein Auto in dieser Zeit. Der 4,2-Liter-Motor und 335 PS machten ihn zu einer Waffe, die diese Männer auch einsetzen würden. Nicht lange und sie würden ihr Ziel erreicht haben. »Sie haben keine Ahnung, dass wir sie finden, egal wo sie sich verstecken«, sagte der Beifahrer, ohne seinen Blick von dem schwarzen Kasten zu nehmen. So fuhr der A8 weiter, bis ihnen auf einmal ein Auto entgegenkam. Der Fahrer blendete auf. Das Auto hatte keine Möglichkeit, auszuweichen. Es wurde regelrecht in den Graben geschossen. Die Insassen konnten vor lauter Licht die Straße nicht erkennen. Der Audi ließ sich von nichts und niemand aufhalten. »Nur gut, dass wir einen Sender in seinem Feuerzeug versteckt haben«, warf der Fahrer ein. »Diese Leute trennen sich von solchen Dingen ganz schlecht. Gut für uns. Das spart uns viel Zeit«, sagte der Beifahrer.

Am nächsten Morgen schien die Sonne durchs Fenster. Es würde bestimmt ein guter Tag werden. Unten aus der Küche hörte man Joe mit Tellern und Besteck hantieren. Der Duft von Kaffee und Speck mit Eiern drang zu uns herauf. »Hey Jungs, kommt, das Frühstück wird kalt«, schrie Joe. Frank sah mich an und nickte mit dem Kopf. »Na, dann wollen wir Joe doch nicht warten lassen«, meinte er. So sprangen wir unter die Dusche, rasierten uns und wuschen die Haare und sahen wieder menschlich aus. Zu kämpfen hatten wir nur gegen die Kopfschmerzen, die wir hatten wegen dem massiven Alkoholpegel. Auf dem Tisch standen die Tassen mit heißem Kaffee. Wir nahmen Platz. Frank zog eine Packung Zigaretten raus, nahm eine, ließ sein Feuerzeug klicken und rauchte vor sich hin. Der Kaffee war heiß und stark. Rauchend saßen wir da und tranken den heißen und schwarzen Kaffee. »Na, wieder auf dem Damm?« fragte Joe. »Gerade so«, sagte Frank, der die Tasse zum Mund führte und trank. »Das von gestern Abend, dass ihr aus der Zukunft kommt, ist mir nicht aus dem Kopf gegangen«, sagte Joe. »Ich glaube, ich habe die Lösung für euer Problem«, überlegte Joe. »Und die wäre?«, fragte ich. »Mein Neffe Angus Black« sagte Joe. »Wer ist dieser Angus Black?«, fragte Frank.

6 »Angus Black«

»Angus ist Student für Chemie, Physik, Mathematik, Elektronik, Astronomie, Kosmologie, Quantenphysik und Relativitätsphysik an der Uni«, sagte Joe, »Wenn er euch nicht helfen kann, dann habt ihr ein Problem mehr.« »Und wo finden wir diesen Wunderknaben?«, fragte ich. »Die meiste Zeit hat er den Kopf in irgendwelchen Büchern. Die Bücherei der Uni ist sein zweites Zuhause.« »An der Uni kennt ihn jeder. Ihr braucht nur zu fragen«, meinte Joe beleidigt. »Hey Joe«, sagte ich. »Wir werden uns mal mit dem Knaben unterhalten.« »Wo ist die Uni?«, fragte Frank. »In der Nähe von der Bar von Marie und Louise«, sagte Joe. »Ein paar Straßen weiter, dann seht ihr sie auf der linken Seite am Hang liegen, ein altes, rotes Backsteingebäude«, sagte Joe.

Nach einem ausgiebigen Frühstück mit viel Kaffee und Eiern mit Speck, bei Frank mit mehr Zigaretten und Whisky, machten wir uns mit Joes Bel-Air auf den Weg zur Uni. Die Fahrt dorthin verlief ohne Zwischenfälle. An der Uni parkten wir und gingen die Treppe hoch. Wir folgten mehreren Studenten, die wie Ameisen in den Gängen umherirrten, bestrebt, schnellstmöglich in ihre Vorlesung zu kommen. Frank und ich sahen uns an. Wir sahen die Flure runter, aber keine Bücherei. Mit einem Griff packte Frank den nächsten Typen am Kragen, hielt ihn auf Augenhöhe und fragte ihn: »Wo ist die Bücherei?« Er zeigte mit der anderen Hand auf mich. »Wir suchen einen gewissen Angus Black«, sagte Frank ganz höflich. »Der ist den Gang runter auf der linken Seite, zweite Tür«, krächzte der Typ mangels Luft. Frank setzte ihn wieder auf den Boden und er ergriff auch gleich die Flucht. Der arme Kerl war ganz durch den Wind. Es war leicht zu finden. Aber denjenigen, den wir suchten, fanden wir nicht. Überall waren nur Bücher. An einem Tisch fanden wir einen Studenten, der massenweise Bücher aufgeschlagen hatte. 10 bis 25 Stück über den Daumen gezählt. »Wir suchen einen gewissen Angus Black«, sagte ich. »Wer will etwas von ihm?«, fragte er. »Wir sind gute Freunde von Joe Miller«, sagte Frank trocken, »denn wir haben ein kleines Problem, bei dem nur du uns helfen könntest«, meinte Frank. »Na, wie geht's dem alten Knaben denn so?«, fragte er. Der Bücherwurm erhob sich und streckte uns die Hand entgegen. »Ich bin Angus Black, Student für Chemie, Physik, Mathematik, Elektronik, Astronomie, Kosmologie, Quantenphysik und Relativitätsphysik«, stellte er sich vor. Angus war etwa 175 cm groß, wog so 77 kg. Sein schütteres Haar war mit Pomade nach hinten gekämmt, doch die braunen Haare waren einfach zu widerspenstig. Unter seiner Nase trug er einen Oberlippenbart, der gut gepflegt war. Angus steckte in hellen Stoffhosen, die er mit Gürtel und Hosenträgern befestigt hatte. Die braunen Schuhe mit blauen Socken passten nicht zusammen, genau wie sein Hemd, das er in die Hose gesteckt hatte. »Wenn Joe euch zu mir schickt, dann habt ihr wirklich Probleme«, meinte er stolz. »Können wir hier reden, ohne dass wir gestört werden?«, fragte ich. »Um diese Zeit bin ich hier ganz alleine.«

Er schaute auf seine Uhr. »Glaubst du an Zeitreisen?«, fragte ich ihn. Angus wurde ganz weiß im Gesicht und setzte sich. »Es könnte möglich sein. Aber es spielen eine ganze Reihe Faktoren mit«, sagte Angus. »Aber wenn, wie würdest du darüber denken?«, fragte Frank. »Ihr wollt mich wohl auf den Arm nehmen?«, fragte Angus. Frank zog ein Handy aus seiner Jacke und schob es Angus über den Tisch zu. »Dies ist ein kleines Telefon, mit dem man Musik, Bilder, Lieder, alles machen kann«, beendete Frank seinen Bericht. »Aus welcher Zeit kommt ihr denn?«, fragte Angus. »Als wir losfuhren, waren wir noch im Jahre 2009, und auf einmal waren wir im Jahr 1956, und wir haben keine Ahnung, wie wir wieder zurück nach 2009 kommen sollen«, sagte ich. Angus starrte noch immer das Handy an und glaubte es nicht, was da vor ihm lag. »2009 sagt ihr, dann seid ihr 53 Jahre zurück.« »Ja, das wissen wir auch«, meinte Frank wütend. »Joe hält große Stücke auf dich. Du wärst der Einzige, der uns helfen könnte.« »Einen Moment«, meinte Angus. »Was ist passiert, als ihr im Jahr 2009 wart?«, fragte er. »Nun, wir hatten dort einige Schwierigkeiten und mussten ganz schnell verschwinden«, sagte Frank. Nun erzählten wir Angus von unseren Freunden und ihren Absichten, uns auszuschalten, der Formel, den Pellets, die sie an sich zu bringen versuchten, und am Ende landeten wir hier, 1956. Dann die Probleme mit Big Willy und Dave. »In der Tat wirklich viel für zwei Mann, die am Leben bleiben wollen«, meinte Angus. »Da sollte ich ein paar Berechnungen machen«, sagte er. So fing er an mit schnellem und hektischem Gang an eine Schultafel zu treten und eine Menge Formeln und Zahlen zu schreiben. Er wischte hier und da, wurde immer hektischer und sein Gang immer schneller. »Wird aber eine Weile dauern« sagte er, »Wenn ich so weit bin, dann treffe ich euch bei Joe wieder.« So ließen wir Angus mit seiner Tafel und Kreide alleine.

Bis wir auf dem Parkplatz waren, hatte die Schulglocke geläutet. Der Hof der Uni füllte sich wieder mit Schülern und Lehrern. Hier und da sahen wir Jungs mit Lederjacken und Pomade in den Haaren. Andere hatten den Look der braven Buben. Beim Bel-Air angekommen machte Frank sich eine Zigarette an und schaute sich um. »Kannst du dir vorstellen, noch mal zur Schule zu gehen?« Er warf sein Feuerzeug in die Luft und fing es mit der Hand wieder auf. So ging es eine Weile, bis er es nicht mehr fing. Mit einem Krachen fiel es auf den Boden. Es zersprang in zwei Teile. Das Gehäuse und der Einsatz lagen auf dem Boden. Was aber noch da lag, verschlug uns die Sprache. Es lag ein kleiner, etwa 1 cm langer und erbsengroßer blinkender Peilsender, der ein rotes Licht hatte, vor uns. »Scheiße«, murmelte Frank. »Genau«, sagte ich. »Jetzt weißt du auch, wie unsere Freunde uns finden konnten.« Ich hob das Teil auf, drehte es zwischen den Fingern, ließ es auf den Boden fallen und zertrat es mit dem

Absatz meines Stiefels. »Jetzt finden die uns nie hier«, meinte Frank. »Da wäre ich mir nicht so sicher. Was, wenn die auch mit hierhergekommen wären?«, fragte ich. »Wie denn?«, fragte Frank. »Vielleicht sind sie wie wir nach 1956 gekommen, als sie uns verfolgten und zu dicht hinter uns fuhren«, sagte ich zu Frank. »Dann müssten sie ja hier sein«, meinte Frank. »Vielleicht in einer anderen Gegend und jetzt auf dem Weg hierher unterwegs«, sagte ich. Und Frank stand da und überlegte, was jetzt alles noch passieren könnte. »Als wir auf der Autobahn unterwegs waren, fuhren unsere Freunde mit dem schwarzen Audi A8 nicht hinter uns her. »Die würden hier mit so einem Auto wohl auffallen«, meinte Frank.

Zur gleichen Zeit 40 km weiter war immer noch der schwarze Audi A8 unterwegs. Als der Beifahrer auf einmal auf seinem schwarzen Kasten sah, dass der rote Punkt erloschen war, meinte er: »Wir haben das Signal verloren. Aber die Daten wurden noch gespeichert.« Der Fahrer nickte nur und jagte den A8 weiter über die Straße. Trotz großer Hitze draußen trugen die Männer im A8 schwarze Anzüge und verspiegelte Brillen. Dank der Klimaanlage war im Audi eine kühle Temperatur. Andere Autos nahmen von dem A8 kaum Notiz. Viele hielten ihn wohl für einen alten Mercury, der noch vom Band lief. Nur dass am Kühler die vier Ringe waren.

Währenddessen machten sich von der Uni zwei ziemlich geschockte Rockabillys wieder auf den Weg. »Kannst du mir verraten, wie dieses Ding in dein Feuerzeug gekommen ist?«, fragte ich Frank. Frank saß neben mir und überlegte, machte eine weitere Zigarette an, drehte das Feuerzeug zwischen den Fingern und überlegte. An einer Raststätte war er von einer Frau Mitte 30 um Feuer gebeten worden. Die hatte aber nur kurz sein Feuerzeug gehabt. »Und diese Zeit reichte, um dieses Teil einzubauen«, sagte ich. »Deshalb haben unsere Freunde immer gewusst, wo wir sind«, sagte Frank. »Lass uns mal bei Marie und Louise vorbeisehen«, meinte Frank. »Könnte jetzt mal einen oder zwei vertragen«, schnaufte er. »Hast wohl Sehnsucht nach Marie und ihren Kurven?«, fragte ich ihn und schlug ihm lachend auf die Schulter.

Kaum war Louise bei uns, betrat Marie den Raum. Ihr Haar leuchtete wie Kupfer. Den Mund hatte sie blutrot mit Lippenstift nachgezogen. Was noch mehr auffiel, war die enge Hose, die anlag wie eine zweite Haut. Die weiße Bluse, die ihre Brust sehr, sehr betonte, rundete Maries Erscheinung ab. Sie sah uns und nahm Kurs auf uns zu. »Hallo Jungs, freut mich, euch wiederzusehen«, sagte sie. Und ihr Blick blieb wieder an Frank hängen. Sie warf sich ihm wie am Vorabend an den Hals. »Nicht schon wieder«, dachte ich. »Jetzt geht das da weiter, wo es gestern Abend geendet hat.« Bei einigen Drinks ließen wir es uns gutgehen. So verging etwa eine Stunde und wir hatten unsere Ruhe. Dann ging die Tür auf und Big Willy kam mit seiner Gang in die Bar. Mit schnellen Schritten kam Big Willy auf uns zu. Seine Nase war mit Pflastern übersät. Die Narbe in seinem Gesicht leuchtete rot, so rot wie eine Ampel. »Du«, meinte Big Willy und zeigte mit der rechten Hand von oben auf mich. »Was hast du für Probleme?«, fragte ich. »Du hast jetzt die Möglichkeit, zu verschwinden, oder es gibt richtig Prügel«, meinte Big Willy. »Hast du heute schon in einen Spiegel gesehen?«, fragte Frank. »Glaube, dass du etwas übersehen hast, die Pflaster über deiner Nase«, fuhr Frank fort. »Dich hat er in einem fairen Kampf geschlagen, und nun nimm deine Hunde und verpiss dich einfach«, sagte Frank wütend. Big Willy brauchte eine Weile, um das Gesagte zu verarbeiten. Mit hängenden Armen sah er aus wie ein Gorilla: nicht viel im Kopf, aber jede Menge Muskeln. Mit langsamen Schritten ging Big Willy in unsere Richtung, aber nicht auf mich, sondern auf Frank zu, der mit dem Rücken an die Bar gelehnt war und abwartete. Frank stieß sich mit dem linken Stiefel an der Bar ab und ging auf Big Willy zu, bis sie sich gegenüberstanden. Es war ein Bild für Götter. Frank und Willy hatten fast die gleiche Größe, nur: Wo bei Willy Fett vorhanden war, fand man bei Frank Muskeln. Beide sahen sich lange an. Bis sie anfingen, sich zu umrunden wie ein paar Wölfe. Big Willy verlor als Erster die Nerven und ging unvermittelt auf Frank los. Statt zu überlegen, setzte Big Willy auf Kraft und Masse. Von einer schnellen Folge an Schlägen, die Frank gezielt auf Big Willy einschlug, wurde er auf der Brust, in der Nierengegend und auf der Leber getroffen. Diesem hatte Big Willy nichts entgegenzusetzen. Torkelnd auf den Beinen fand Big Willy seinen Gegner nicht mehr. Er gab aber trotzdem nicht auf, griff erneut Frank an, der Big Willy mit einem Tritt in den Bauch auf den Boden schickte. »Dich mach ich alle!«, schrie Willy, auf dem Boden sitzend. »Na, dann komm doch, wenn du spielen willst«, lachte Frank. Mit reichlich Wut im Bauch kam Big Willy wieder auf die Beine. In seiner Hand sprang ein Messer auf und zielte auf Franks Brust.

Frank zog die Ruger hinter dem Gürtel heraus. Langsam hob er die Ruger in Big Willys Richtung. »Mann«, dachte ich. Wenn Frank diesen Puster hier abschießen würde, wären gleich die Bullen da. Papiere, mit denen wir uns hätten ausweisen können, waren von 2009 und nicht von 1956. Schon gar nicht die Ruger, die es erst 53 Jahre später geben sollte. Und nicht hier und jetzt. Big Willys Augen wurden immer größer. »Willy, der macht dich alle!«, schrie Dave, der schon Bekanntschaft damit gemacht hatte. »Wer will damit schießen?«, fragte Frank und klappte die Trommel heraus, ließ die Trommel drehen, dass die Patronen zu Boden fielen. »Du hast ein Messer und ich eine Kanone, die nicht geladen ist«, sagte Frank. Doch wenn ich es mir richtig überlege, ist die Ruger auch ohne Patronen eine gefährliche Waffe. Mit einer Gesamtlänge von 26 cm und einem Gewicht von 1200 g war die Ruger gut genug, um einem den Schädel oder sonst etwas zu brechen.

7 »Big Willys Niederlage«

»Komm zu mir«, sagte Frank und winkte Big Willy zu, der immer noch nicht glaubte, was er gesehen hatte. »Na, dann lass uns weiterspielen«, höhnte Big Willy. »Ich werde dich wie ein Schwein abstechen«, brüllte er. »Na, dann los«, meinte Frank. Er hob die Ruger in der rechten Hand und winkte Big Willy zu. Frank machte eine Drehung und schlug mit der Ruger auf Big Willys Hand, in der der sein Messer hielt. Es krachte, und Knochen brachen, als die Ruger auf Big Willys Hand traf. Mit einem Urschrei ließ dieser sein Messer fallen. Frank hieb ihm den Lauf über den Kopf und Big Willy fiel wie ein Sack Kartoffeln zu Boden. Stille herrschte. Keiner wagte es, zu reden. Hinter der Bar standen Marie und Louise, die sich festhielten und mit erstaunten Gesichtern das Geschehene verfolgten. Frank sah sich Big Willy noch kurz an, drehte sich um, nahm die Patronen und füllte die Trommel. Eine hatte er geladen, als plötzlich Dave mit einem Messer in der Hand auf Franks Rücken zielte und angerannt kam. »Frank, hinter dir!«, rief ich. Mit einem Ruck rastete die Trommel der Waffe ein, und Frank drehte sich, den Lauf auf Dave gerichtet, der im Tempo auf einmal stehen blieb. »Ist heute dein Glückstag?«, fragte Frank und spannte den Hahn. »Wenn ja, dann müsste es jetzt klicken, denn nur eine Kammer ist geladen«, sagte Frank ruhig. Dave stand da wie aus Stein gehauen. Er schwitzte, dass es nur so tropfte. Der Rest der Gang konnte es selbst nicht glauben, was hier abging. »Na, was ist?«, fragte Frank, der die Waffe noch immer auf ihn hielt. »Das kannst du nicht tun«, schrie Dave, der mit den Nerven am Ende war. »Mit einem Messer von hinten anzugreifen ist nur feige«, sagte Frank »Du hast die 50:50-Möglichkeit, ob du am Leben bleibst oder nicht.« Frank spannte langsam den Hahn und drückte ab. Mit einem lauten Klicken hieb er in die Trommel. Dave lief nicht nur der Schweiß, sondern auch etwas anderes die Hose herunter. »Und jetzt macht, dass ihr hier verschwindet. Nehmt euren Freund mit.« Frank zeigte mit der Waffe auf Big Willy, der noch immer am Boden lag. »Und nun raus hier«, brüllte Frank, »bevor ich richtig böse werde. Dann fliegen aber richtig die Fetzen.« Er hob zur Mahnung die Waffe, die er immer noch auf die Gang hielt. Sie hatten die Hosen voll. Keiner traute sich, etwas zu tun. Währenddessen zog ich die 9 mm, ließ den Schlitten nach hinten gleiten. »Und wenn noch jemand etwas von uns möchte, ich habe hier noch 16 Freunde, die auch mitspielen wollen«, gab ich zur Antwort. Frank hatte die Waffe wieder vollgeladen und stand neben mir. Auf solch eine Wendung war die Gang nicht vorbereitet. »Ihr habt gehört, los raus mit euch«, sagte Marie, die ihre Stimme und Fassung wiedergefunden hatte. »Und nehmt Big Willy auch mit«, und sie zeigte auf ihren früheren Freund.

Ein paar der Gang halfen Willy auf die Beine. Ganz langsam trottete die Gang mit ihrem Anführer zur Tür. »Und lasst euch hier die nächsten Tage nicht sehen«, sagte Frank. So widmeten wir uns den Drinks, die Louise in die Gläser laufen ließ. »Dieses Mal war es wirklich eng«, stellte ich fest. »Genau, und du hast mir den Arsch gerettet. Danke, Mann.«

Die Zeit verging wie im Flug und der Spiegel der Drinks stieg beständig nach oben. Nach dieser Auseinandersetzung mit Big Willy war das auch nötig. »Lass uns mal Joe besuchen«, schlug Frank zwischen einer Zigarette und einem Whisky vor. »Dann fahren wir mal zu Joe, der wird Augen machen, was mit Big Willy passiert ist«, sagte ich. »Ja, der alte Joe wird seine Freude haben«, sagte Frank. »Dann sollten wir uns auf den Weg machen.« Frank nickte nur. »Dann los«, meinte er. Als wir die Bar verlassen wollten, stand Marie vor uns, immer noch etwas blass. »So etwas habe ich in meinem ganzen Leben noch nie gesehen, wie man mit einer ungeladenen Waffe einen Kerl wie Big Willy fertigmachen kann«, meinte Marie. »Ja, wirklich aufregend«, brummte Frank. »Wo lernt man so etwas?«, fragte sie neugierig. »Nur seinen Gegner im Auge behalten, das ist die ganze Kunst«, sagte Frank und nahm einen Schluck aus seinem Glas. »Hey, wir wollten doch zu Joe fahren«, sagte Frank. »Joe Miller?«, fragte Marie ganz verwundert. »Ja, der alte Joe Miller. »Ist ein guter Freund von uns, bei dem wir auch untergekommen sind.« »Er muss etwas in euch sehen«, sagte Marie, »denn nach dem Tod von seinem Sohn Peter ist Joe völlig zusammengebrochen und hat sich kaum mehr in der Stadt sehen lassen. Peters Mutter ist bei seiner Geburt gestorben, so musste Joe ihn alleine großziehen. Bis die Geschichte mit Big Willy passiert ist«, sagte Marie. »Der Unfall«, meinte sie. »Eher gesagt es war Mord.« »Wie meinst du das?«, fragte ich. »Peter hatte bei dem Rennen mit Willy überhaupt keine Chance«, sagte Louise, die plötzlich hinter ihrer Schwester stand. »Er hatte den Wagen überhaupt nicht unter Kontrolle, überschlug sich und verblutete«, sagte Louise. »Danach wurde es als Autounfall abgetan?«, fragte ich. »Ja«, weinte Louise und prustete in ihr Taschentuch. »War das ein schwarzer Wagen?«, wollte Frank wissen. »Mattschwarz«, seufzte Louise. »Ja, den hat Joe wieder aufgebaut«, sagte ich. »Und er steht jetzt wie neu in seiner Garage.« »Er hat ihn wirklich wieder zusammengebaut?«, fragte Marie. »Ja und er sieht aus wie neu. Ist wohl auch eine Art von Trauer, um sich damit abzufinden«, sagte Frank. »Wohl um nicht darüber nachzudenken, sucht man sich eine Arbeit«, sagte ich, »Wenn Joe euch bei sich aufgenommen hat, ist er wohl über Peters Tod so gut wie weg«, sagte Louise.

Einige Kilometer weiter rollte der schwarze A8 weiter über die Straßen. Der Fahrer schien auch nicht mehr der Fitteste zu sein. Trotzdem fuhren sie weiter. »Wenn wir so weiterfahren, könnten wir bald dort sein«, sagte der Beifahrer. »Und wenn die Berechnungen stimmen, dann haben wir unser Ziel und können unseren Auftrag erledigen«, sagte der Fahrer. »Und wie kommen wir dann wieder nach 2009?«, fragte der Beifahrer. »Da gibt es bestimmt eine Lösung, die heißt, dass unsere Zielpersonen auch wieder zurückkommen wollen«, meinte der Fahrer. »In was für eine Zeitspanne hat es uns verschlagen?«, fragte der Fahrer. »Den Autos und den Ortschaften zufolge, die wir durchfahren haben, glaube ich so 1956«, sagte der Fahrer. Mit diesem Gedanken im Kopf rollte der A8 weiter über die Straßen von 1956. »Bei der nächsten Gelegenheit sollten wir mal tanken«, meinte der Fahrer. Er hatte recht, denn der Zeiger der Tankuhr befand sich bereits im roten Bereich. Mit einem Auge auf der Straße, das andere auf der Anzeige fuhr er weiter. Der Fahrer verminderte sein Tempo nicht und fuhr mit seiner Geschwindigkeit unbeirrt weiter. Als sie von Weitem eine Tankstelle ausmachten, war das ihr wichtiges Ziel. Mit aller Ruhe fuhr der A8 in die Tankstelle ein, parkte an der Zapfsäule und nahm Benzin in den Tank des Autos auf. Schnell lief der Sprit in das Auto. Ein sattes Klingen der Tanksäule war zu hören. Aus dem anliegenden Gebäude kam der Tankwart heraus. Er lief mit langsamen Schritten auf den A8 zu. So ein Auto hatte er noch nie gesehen. Nach einer Runde, die er um das Auto gemacht hatte, blieb er stehen, nahm seine kalte Zigarre aus dem Mund und sagte: »Schöner Tag heute. Ist wieder verflucht heiß.« Die beiden Männer in ihren schwarzen Anzügen gaben ihm keine Antwort. »Schöner Tag, wo kommt der denn her?«, fragte er. Er sah sich den A8 noch einmal an und entdeckte am Kühler die 4 Ringe. Die großen Reifen 235 / R17 brachten ihn zum Nachdenken.

Mit einem lauten Klacken stoppte die Zapfsäule. Der Tank war voll. Auf der Anzeige waren 22,5 Gallonen. 88,75 Dollar waren auf der Uhr. »Ist ja eine Menge Sprit, was da reingegangen ist«, unkte der Alte, immer noch die Zigarre im Mund. »Können wir zum Bezahlen da reingehen?«, fragte der Fahrer und zeigte mit der Hand zum Gebäude. »Na, dann wollen wir zur Kasse gehen«, brummte der alte Mann. Beide machten sich auf den Weg. Der alte Mann ging voraus. Der Fahrer folgte ihm, zog langsam eine Waffe und begann, einen Schalldämpfer anzuschrauben. Mit dieser Waffe folgte er ihm, sie erreichten das Gebäude, traten ein und es folgte das dumpfe Ploppen. 1,2,3, dann fiel ein Körper zu Boden. Der Fahrer kam zum A8 zurück. »Wir können uns keine Zeugen leisten. Er hat das Auto gesehen, war einfach zu neugierig«, sagte der Fahrer. »Ja, ein dummer alter Mann«, meinte der andere. »Dann wollen wir mal weiter«, sagte der Fahrer. »Die Richtung stimmt auch noch. Wenn es keine weiteren Probleme gibt, sind wir bis zum Abend da«, meinte der andere.

»Eine Sache muss noch erledigt werden«, sagte der Fahrer. Er stieg erneut aus und zog den Stutzen aus der Säule. Benzin lief über den Boden, bis zum Gebäude. Der Sprit lief und lief, bis er einen See gebildet hatte. Der Fahrer griff in seine Jacke und zog ein Streichholzbriefchen hervor. Genüsslich strich er ein Zündholz an. Die Flamme leuchtete hell. Nach einem kurzen Schnippen zwischen den Fingern fand es seinen Weg auf den Boden. Fauchend nahm das Feuer seinen Weg. »Na, denn wollen wir mal weiter«, sagte der Fahrer. Der A8 rollte von der Tankstelle, die hell brannte, bis das Feuer die großen Tanks erreichte. Kaum hatte der Wagen die Straße erreicht, gingen die Tanks hoch. Eine gewaltige Explosion, die noch weit zu sehen war, gefolgt von einer schwarzen Wolke aus Rauch. Die beiden Männer sahen sich nicht um, weshalb auch? Nur ein alter Mann und etwas Benzin, was als Unfall durchging. Der A8 machte sich weiter auf den Weg, um den Auftrag zu Ende zu bringen.

Zur gleichen Zeit standen wir immer noch in der Bar und unterhielten uns mit Marie, die Frank immer noch anmachte. Er konnte sich einfach nicht von dieser Frau losreißen. »Und wo ist hier etwas los?«, fragte ich. »Drüben, eine Ortschaft weiter, ist heute Abend Tanz«, meinte Louise. »Tanz mit Ringelpiez«, höhnte Frank. »Nein, dort spielt heute eine Band«, sagte Louise. »Da können wir doch zusammen hinfahren«, meinte Marie, die noch immer Frank ansah wie eine Schlange das Kaninchen. »Am besten holen wir euch ab«, schlug ich vor.

»Wir sollten noch bei Joe vorbei, der bestimmt etwas von Angus gehört hat«, meinte Frank. »Angus, Angus Black?«, fragte

Louise. »Genau der«, sagte Frank. »Der ist doch nicht ganz«, sie legte den Zeigefinger an den Kopf, »nicht ganz zurechnungsfähig.« »Ich hatte aber einen anderen Eindruck von Angus«, sagte ich. »Ja«, meinte Frank, »der ist überdurchschnittlich intelligent, fast ein Genie.« Als wir die Bar verließen, war es so zwischen 14 und 15 Uhr. Zeit genug, um sich noch frisch zu machen und mit Joe über Angus zu reden. Mit dem Bel-Air fuhren wir zu Joe, der nichts wusste über Big Willys erneute Niederlage. Joe saß in seinem Stuhl auf der Veranda und wartete auf uns. »Gott sei Dank, dass ihr kommt«, begrüßte uns Joe. »Angus hat mich vor einer Stunde angerufen, ob ihr da seid. Er hätte da etwas ausgerechnet«, meinte er. »Ist ein fixer Junge. Er meinte, dass euer Problem nicht ganz so groß sei, wie ihr dachtet. Er redete von Raum-Zeit-Verschiebung. Was heißt das?«, fragte Joe. »Ja, so genau wissen wir das auch nicht«, gab Frank zu.

Nun begann ich Joe von Big Willys zweiter Niederlage durch Frank zu erzählen. Joe hörte genau zu und schüttelte den Kopf. »Peter hätte euch genauso gemocht wie ich«, meinte Joe. »Glaub mir, Big Willy hat für den Tod von Peter genug einstecken müssen«, sagte Frank. Joe erhob sich, ging in die Küche und machte eine Art Essen. Joe war auf einmal fröhlicher und ausgelassener, als wäre ein großer Stein von seinen Schultern gefallen. Er hantierte mit Töpfen und Pfannen herum und fing an zu singen. Bald zog der Duft von Steaks und Fries durch das Haus. »Jungs, langt zu und esst. Es ist reichlich da«, sagte Joe stolz. Er hatte fast eine halbe Kuh gegrillt. Nun aßen wir, und Frank schnitt Stück für Stück runter und ließ es sich gut gehen. Joe hatte noch mehrere Biere da, die zum Steak genau passten. Danach gingen wir auf die Veranda, um eine oder mehrere Zigaretten zu rauchen. »Jungs, aus euch werde ich nicht schlau. Seid ihr beide«, er zeigte mit der Hand auf uns, »etwa lebensmüde oder was? Keiner hat sich zweimal mit Big Willy angelegt und lebt noch«, sagte Joe. »Joe, es ist doch gar nichts passiert. Außer dass der Typ mal aufs Maul bekommen hat«, meinte Frank. »Dass ihr euch nicht irrt. Vor Big Willy hatte noch nie jemand Ruhe«, brüllte Joe. »Sieh es doch als Gerechtigkeit an, nur ein paar Jahre später«, sagte Frank. Nachdenklich legte Joe die Hände zusammen und schaute in die Ferne. Er hatte über das Gesagte nachgedacht. »Vielleicht habt ihr ja recht, und Peter hätte es wohl gefallen, dass Big Willy mal aufs Maul bekommen hat«, meinte Joe.

So saßen wir noch Stunden und ließen es uns gut gehen. »Später haben wir noch etwas vor«, sagte Frank. »Nichts mit Willy«, bemerkte ich. »Irgendwo eine Ortschaft weiter«, sagte Joe, »sollen vier Jungs aus der Gegend spielen. Es soll Negermusik sein«, meinte er. Gedankenverloren sah Frank in die Gegend, dachte an Marie, Louise, Joe und wie wir vor den Männern in den schwarzen Anzügen ständig aufpassen mussten. Die große Frage war, wie wir nach 2009 zurückkommen sollten. Fragen über Fragen. Diese und weitere würden auch noch später zu beantworten sein. Zuerst mussten die zwei Mann im A8 ihren Auftrag erfüllen. Danach würde man weitersehen. Im schlimmsten Fall würden wir hier im Jahr 1956 bleiben, ohne Rücksicht auf Verluste. Doch im Moment saßen alle im gleichen Boot. Keiner von uns vieren wusste, wie wir nach 2009 kommen sollten. Die einzige Person war im Moment Angus Black, der Neffe von Joe. Auf dessen Wissen konnten wir im Moment vertrauen. Wir saßen noch immer bei Joe auf der Veranda und dachten nicht weiter darüber nach. Frank dachte an Marie und ich an die Frau an der Bar, von der ich tief beeindruckt war. Doch in Gedanken war ich schon auf der Party. Gespannt, was für Musik gespielt wurde und welche Leute man dort treffen konnte. Ich überlegte kurz. Joe hatte von Negermusik geredet, von vier Jungs. Bei weiterem Überlegen fiel mir nur eine Band mit vier Leuten ein, die in dieser Zeit im Jahre 1956 Musik gemacht hatte. Es konnten nur Buddy Holly and the Crickets sein. So waren wir nach einer heißen Dusche und einer Rasur fit für diesen Abend. »Hey Joe, wir werden nicht so spät nach Hause kommen«, meinte Frank. Joe murmelte etwas und verschwand hinter dem Haus, Richtung Garage. »Dann sollten wir mal los, denn Marie und Louise werden schon auf uns warten«, sagte ich. »Ja, mal los«, meinte Frank, der in Gedanken schon bei Marie war. Bald rollten wir mit dem Bel-Air zur Stadt und parkten vor der Bar, wo Marie und Louise schon warteten. Marie hatte sich ihrer Figur entsprechend in Hose und Pumps gekleidet. Ihr kupferrotes Haar leuchtete und ihr Make-up war einfach perfekt. Louise trug ein Kleid mit Petticoat und passenden Schuhen. Ihr Haar war kunstvoll frisiert. Die Brille auf ihrer Nase machte die Erscheinung perfekt. »Hey Jungs, wo bleibt ihr denn?«, meinte Marie, die auch gleich auf Frank zuging. »Du siehst wirklich gut aus, Louise«, sagte ich. Sie wurde verlegen und schaute zu Boden. Nach der Begrüßung machten wir uns mit dem Bel-Air Richtung Party auf. Frank saß mit Marie auf der Rückbank und sie machten Späße wie frisch Verliebte. Ich fuhr. Louise saß neben mir, weil sie sich in der Gegend auskannte. Nur mit meiner Fahrweise war Louise nicht einverstanden. Ab und zu hatte ich dem Bel-Air viel Tempo gegeben. Marie und Frank bekamen davon nichts mit. Louise meinte nur, dass ich nicht so rasen sollte. Wir könnten sonst noch einen Unfall bauen. Eine knappe halbe Stunde später, kein Wunder bei der Fahrweise, waren wir da. »Was ist denn das?«, fragte Frank und schaute durch die Scheibe. »Glaube, es ist eine Scheune«, bemerkte Louise. »Da drinnen spielt die Band. Ihr werdet sehen, wir werden jede Menge Spaß haben«, sagte Marie von der Rückbank aus. So parkten wir und gingen hinein. Die Scheune hatte sogar einen guten soliden Holzboden. Es waren jede Menge Leute da, die tanzten und redeten. Wieder andere hörten der Band zu. Die Bühne war leicht erhöht.

8 »Charles Hardin Holly«

Dort spielte die Band leichten Rock 'n' Roll. »Hey, das ist Buddy Holly«, stellte Frank fest. Er konnte es nicht glauben. Da oben stand Charles Hardin Holly, wie er mit richtigem Namen hieß. Mit 171 cm und 55 kg nicht gerade ein Riese. Er hätte sich hinter Frank umziehen können. Das einzig Große waren die schwarze Brille auf der Nase und die weiße Fender, die er spielte. »Ihr kennt den Sänger?«, fragte Frank und zeigte auf Buddy Holly. Wir kannten Buddy Holly nur von der Platte. Er war am 3. Februar 1959 mit einem Flugzeug abgestürzt. Da war er erst 23 Jahre alt und hatte eine kurze Karriere gehabt. Nun stand er vor uns auf der Bühne. »Jeder hier in der Gegend kennt Buddy«, meinte Louise beleidigt. Oben spielte er seinen Hit »Blue Days – Black Night«, der den Leuten nicht nur ins Ohr, sondern auch in die Beine ging. Frank und Marie gingen Richtung Bar, um etwas zu trinken zu besorgen. Danach standen beide am Rand der Bühne und lauschten der Musik von Buddy Holly. Mit einem Bier und einer Zigarette in der Hand ließ es sich leben.

Louise, die länger weg war, stand auf einmal wieder neben mir. Sie hatte sich eine Coke mit Strohhalm besorgt. Wir wippten mit den Füßen und hörten der Musik zu. Mit den Fingern schlugen wir den Takt an der Bierflasche mit. Es gab ein klackendes Geräusch, als die Ringe der Hand das Glas trafen. Kurz darauf machte die Band Pause und der DJ ließ eine Single nach der anderen laufen. Manche Paare hörten der Musik zu. »Wenn ihr wollt, stelle ich euch Buddy vor«, sagte Louise. »Du kannst uns Buddy Holly vorstellen?«, fragte Frank verwundert »Kommt einfach mit«, meinte Louise. Die Band hatte sich im Raum verteilt. Buddy zu finden war nicht sonderlich schwer. Louise ging mit festen Schritten und uns im Schlepptau auf Buddy zu. Kurz darauf hatte Louise uns zu Buddy gebracht. »Hey Buddy, darf ich dir ein paar Freunde von mir vorstellen?«, fragte sie. »Louises Freunde sind auch meine«, gab Buddy zurück. »Du machst gute Musik«, sagte Frank und streckte Buddy die Hand hin. »Danke«, sagte der, griff nach Franks Hand und schüttelte sie. »Ihr seid nicht von hier«, meinte Buddy, »aber euer Ruf eilt euch voraus. Die Sache mit Big Willy und Dave sind der Renner. Die ganze Umgebung spricht über euch. Es freut mich, dass ich euch kennen lernen darf.«

Er war einfach nur er selbst. Der Junge vom Lande, der seine Lieder selbst schreibt und singt, freute sich über Big Willys und Daves Niederlage. »Habt ihr einen Wunsch, was ich für euch spielen könnte?«, fragte er. »Ja«, meinte ich. »'That'll be the Day'«, wenn du könntest.« Frank sah mich verblüfft an, weil ich mich traute, ihn so etwas zu fragen. »Für Freunde von Louise«, meinte Buddy »spiele ich, was und wann ihr wollt«, und ging auf die Bühne. So stand Buddy wieder mit seiner Band auf der Bühne und spielte dieses Lied für uns. Nach dem Lied kam Buddy auf uns zu und lachte »Ist doch keine große Sache gewesen, für euch zu spielen«, und er sah uns an, »Können wir auch etwas für dich spielen?«, fragte Frank. Ich sah Frank nur an und dachte mir, dass es nicht gut sein konnte, ein Lied aus dem Jahre 2009 zu spielen.

»Hey Mann, bist du dabei? Du hast doch mal ein wenig Gitarre gespielt«, sagte Frank. »Ich weiß nicht, ob ich die Saiten überhaupt noch finde. Es ist zu lange her«, meinte ich. »Das ist wie beim Radfahren«, sagte Buddy. »Wird schon gehen.« Frank zog mich Richtung Bühne, flüsterte mir zu: »Ich nehme den Bass und du die Fender als Begleitung und ich singe.« »Was zum Teufel willst du eigentlich spielen?«, fragte ich. Etwas von den Stray Cats oder Johnny Burnette wäre hier fehl am Platz gewesen. »Dave Phillips and the Hot Road Gang.'Wild Youth' kennt hier keiner«, schlug ich vor. Frank nahm den Bass und trat ans Mikro, und ich nahm die Gitarre. Die Finger fanden die Seiten und die Riffs, es machte Spaß. Frank spielte den Bass, hieb in die Saiten und sang Dave Phillips. Der Text und das schnelle Spielen des Basses hatten ihre Wirkung auf die Besucher. Alle kamen an die Bühne und waren sprachlos über diese Musik, die sie bisher noch nicht gehört hatten. Als das Lied fertig war, brach ein Jubel und Gegröle aus. Es war auch bei der Jugend von 1956 angekommen. Buddy kam auf uns zu. »Hey, das ist ganz heiße Musik«, sagte er. »Von wo kommt ihr?«, wollte Buddy wissen. »Weit, weit weg«, sagte Frank und machte sich eine Zigarette an. »Louise sagte mir, dass ihr bei Joe Miller wohnt, dessen Sohn Peter bei einem Unfall gestorben ist.« »Jetzt brauche ich dringend etwas zu trinken«, sagte ich. Buddy und Frank sahen mir nach, als ich zur Bar ging. »Was ist mit ihm?«, fragte Buddy. »Er hat vor Kurzem erst seine Frau durch einen Unfall verloren«, sagte Frank. »Ist wohl noch nicht ganz darüber weg«, meinte Buddy. An der Bar angekommen bestellte ich mir mehrere Biere, machte eine Zigarette an und dachte über alles nach. Bis mich eine Stimme aus meinen Gedanken riss. »Musik könnt ihr auch noch machen?«, fragte sie. Als ich den Kopf drehte, sah ich Irene neben mir, in der Hand einen Drink. »Du bist auch hier?!«, stellte ich fest. »Glaubst du, ich würde mir eine Party mit Buddy Holly entgehen lassen? Wohl nicht.« »Du liebst dein Leben, Musik und zu viele Zigaretten«, sagte ich und sah sie lange an. Und mir wurde wieder eine andere Zeit bewusst, als es anders war. »Du bist doch auf der Flucht vor dir selbst«, stellte sie fest. Und sie sah mich mit ihren blauen Augen lange an. »Dies ist eine Sache, mit der ich ganz alleine klarkommen muss«, sagte ich und nahm einen weiteren Schluck aus meinem Glas. »Jeder läuft vor irgendetwas davon«, sagte Irene, zog erneut an ihrer Zigarette und blies den Rauch lange aus. Ihr Blick fiel auf Frank und Marie, die sich bestens vergnügten. »Kannst du ein Geheimnis für dich behalten?«, fragte ich Irene.

»Er«, ich zeigte auf Buddy, »er wird am 3. Februar 1959 mit einem Flugzeug, in dem noch mehrere Leute sitzen, sterben«, sagte ich. »Du machst Witze? Buddy? Woher kommt ihr, dass du so etwas weißt?«, fragte sie. »Wir kommen aus dem Jahr 2009 und wissen nicht, wie wir da wieder hinkommen«, sagte ich. »Im Moment ist Angus Black ...« »Moment, Angus Black?«, fragte sie. »Ein dürrer Kerl mit schütterem Haar und Oberlippenbart?« »Genau der, die einzige Hoffnung, dass wir wieder nach Hause kommen. Er führt irgendwelche Berechnungen für uns durch, sodass wir nach Hause kommen.« Irene hörte mir zu und unterbrach mich nicht bei meinen Ausführungen. Sie hörte genau zu und überlegte, ob sie helfen könnte. »Wie ist das möglich?«, fragte sie. »2009 sagtest du, wir haben den 19. Mai 1956, und Angus Black ist der einzige, der euch helfen kann?«, fragte sie. »Behalte das aber für dich«, sagte ich. »Keine Sorge, so eine Geschichte wird mir keiner glauben. Die würden mich glatt in eine Anstalt sperren«, meinte Irene. »Eines muss ich noch loswerden«, sagte ich. Erstaunt sah mich Irene an. Mit langsamen Schritten ging ich auf Buddy zu, der mich neugierig ansah. »Hey Buddy, steig nie in ein Flugzeug«, meinte ich. Worauf mich Buddy erstaunt und fragend ansah. Ich ließ Buddy stehen und ging zu Frank und Marie, die wieder oder, besser gesagt, immer noch wie die Kletten zusammenhingen.

Louise saß auf einem Hocker an der Bar, und es sah aus, als wenn für sie dieser Abend etwas Besonderes war. »Na Louise?«, fragte ich. »Ist bei dir alles in Ordnung?« Sie sah mich lange durch ihre Brille an. Ihr Blick saugte sich an mir fest »Musik könnt ihr auch noch machen? Was könnt ihr nicht?«, fragte sie. »Wir haben doch nichts Ungewöhnliches getan«, sagte ich. »Ja«, meinte Louise, »sich mit Big Willy anlegen oder mit Buddy Holly zu singen«, meinte sie. »Wo wir herkommen, ist das völlig normal«, sagte ich. Worauf sie mich erstaunt ansah und ihre Augen hinter der Brille immer größer wurden. »Ich kenne dich jetzt seit zwei Tagen und weiß immer noch nicht deinen Namen«, sagte Louise. »Den könntest du gar nicht aussprechen«, meinte ich. »Die meisten nennen mich B. C., was am einfachsten ist«, sagte ich. So neigte sich der Abend dem Ende zu. Der DJ legte einen Rausschmeißer auf und die Scheune leerte sich. Beim Bel-Air trafen wir uns alle wieder. Die Fahrt in die Stadt war kurz. Während der Fahrt sprach keiner außer dem Radio, in dem immer noch Rock 'n' Roll gespielt wurde. Als Marie und Louise ausgestiegen waren, kam Frank nach vorne.

Bald kamen wir bei Joe an, der im Wohnzimmer saß und es sich mit einer Flasche gutgehen ließ. »Hey Jungs«, rief Joe, als er uns sah. »Hat es euch gefallen?« Joe hatte an diesem Abend zu tief in die Flasche gesehen. »Bei dieser Party hat es sich wohl von eurer Zeit unterschieden?«, fragte Joe. »Es war doch ganz nett«, sagte Frank. »Vor allem, dass wir mit Buddy Musik gemacht haben«, sagte ich. »Wir haben für Buddy gespielt«, sagte Frank. »Wie zum Teufel kommt ihr dazu?«, rief Joe. »Wenn ich richtig denken kann, habt ihr Musik aus dem Jahr 2009 gemacht. Könnte schiefgehen«, überlegte Joe und kratzte sich am Kopf. »Glaube nicht, dass ein Lied aus unserer Zeit hier großen Schaden anrichten kann«, sagte ich. »Seid euch da nicht so sicher«, murmelte der alte Mann. »Hat sich Angus schon bei dir gemeldet?«, fragte Frank, um Joe etwas abzulenken.

»Er steckt mit dem Kopf in irgendwelchen Büchern, die mit Berechnungen und Formeln für euer Problem zu tun haben«, meinte Joe.

Nach einer Weile ging Joe ins Bett und die sägenden Geräusche drangen durchs Haus. Wir saßen noch eine Weile auf der Veranda, tranken den Rest aus Joes Flasche und sahen in die Nacht. Das Klacken von Franks Feuerzeug riss mich aus meinen Gedanken. Dieser sah mich fragend an. »Weißt du, Joe hatte recht«, sagte er. »Ja, wir sollten den Ball flach halten und nicht mehr so groß auffallen«, gab ich Frank zur Antwort. Bei weiterem Überlegen stellte ich fest, dass die Sache mit Big Willy und Dave schon zu viel Staub aufgewirbelt hatte. Wenn schon Buddy Holly alles über uns wusste, wer dann noch alles. Dies machte es unseren Freunden, wenn sie hier sein sollten, um vieles leichter, uns zu finden. So machte ich mich auf den Weg, noch eine

Runde zu pennen. Frank saß noch eine ganze Weile und dachte an Marie, den Abend und was geschehen war. Buddy würde in drei Jahren nicht mehr leben. Joe hatte Frank und mich aufgenommen wie zwei Söhne, obwohl er uns nicht kannte.

Irgendwo anders in der Nacht stand der schwarze A8 am Rande der Straße und parkte. »Wenn alles gut geht, haben wir bis morgen Mittag unser Ziel erreicht«, stellte der Fahrer fest. Der andere nickte nur. »Wird auch Zeit«, sagte er. »Morgen geht es früh weiter«, sagte der Fahrer. »Heute werden wir über Nacht hierbleiben.« So ging er im A8 auf die Rückbank, nahm seine Waffe und legte sich schlafen, während der andere sich auf den Vordersitz legte und Wache hielt. Die Waffe in seinen Händen glänzte im Mondschein. Es wurde um den A8 still und ruhig. Die Nacht verlief ohne weitere Vorkommnisse. Am Himmel standen die Sterne. Hier und da blinkte es und alles war still, bis am Morgen die Sonne aufging. Der Fahrer auf der Rückbank erwachte, streckte sich und weckte seinen Mitfahrer, der eingeschlafen war und der die Waffe noch immer in der Hand hielt. Nach einem kurzen Blick auf den schwarzen Kasten, der die letzte Peilung angezeigt hatte, ließ der Fahrer den Motor des Autos an, der dröhnend ansprang. »Na, dann wollen wir mal weiter«, sagte der Fahrer. Der andere nickte nur und zeigte mit der Hand in eine bestimmte Richtung. Das schwarze Auto rollte wieder auf die Straße, fraß Kilometer und war nicht aufzuhalten. Im Inneren wurde nicht geredet. Die beiden hatten ihren Auftrag, den sie mit allen Mitteln ausführen wollten.

Mit langsamen Schritten ging Joe zur Garage, öffnete die Tür, Licht flammte auf. Die Autos erschienen wie Geister aus der Vergangenheit. Joe ging auf Peters Auto zu und öffnete die Haube. »Hat 7,4 Liter mit 350 PS«, meinte Joe stolz. »Weshalb zeigst du ihn mir?«, fragte ich. »Seit Peters Tod ist er nicht mehr gefahren worden«, sagte Joe. »Und weshalb ich?«, fragte ich Joe. »Wegen der ganzen Sache mit Big Willy, der für Peters Tod verantwortlich ist«, sagte Joe. »Lass ihn mal an. Der Schlüssel steckt. Tu einem alten Mann den Gefallen und drehe mal eine Runde damit«, brummte Joe. So stieg ich in den 55er Buick und drehte den Schlüssel. Der Motor erwachte nach langer Zeit mit einem lauten Brüllen, als sitze ein wildes Tier unter der Haube. Beim Anfahren spürte ich die Kraft des Motors. Die Gänge ließen sich wie Butter schalten. Alles roch neu. Trotzdem machte ich mir eine Zigarette an. Aus dem Radio lief Rock 'n' Roll. So flog der mattschwarze Buick über den Asphalt. Nach einem Tritt auf das Pedal hob er sich zu einem weiteren Tempo auf. Bei dieser Fahrt kamen mir die Gedanken, was der alte Joe an mir fand. Sah er mich als Sohn an? Bald machte ich kehrt und fuhr genüsslich zurück. Joe stand vor der Garage und wartete. »Und wie läuft er?«, fragte Joe aufgeregt. »Ist ein ganz böses Teil. Damit hatte Peter keine Chance, das Rennen gegen Big Willy zu gewinnen?«, sagte ich. »Du vielleicht, Peter war zu jung. Er hatte keine Erfahrung mit einem Auto wie diesem«, und zeigte auf den Buick. »Big Willy ist nicht ganz richtig im Kopf und er hatte nichts zu verlieren«, sagte Joe. Und der alte Mann ließ mich stehen und ging zum Haus zurück. Frank stand mit Kaffee in der Hand da und es war wirklich Kaffee drin. Bei Frank wusste man das nicht so genau. Rauchend kam er auf mich zu. »Joe hat dich mit Peters Auto fahren lassen?«, fragte er. »Sieht er dich als Sohn oder was?«, überlegte Frank, zog an seiner Zigarette und nahm einen langen Schluck aus der Tasse, drehte sich um und ging zum Haus zurück.

Beim Frühstück sprach niemand. Nachdenklich aßen wir und tranken unseren heißen Kaffee. Frank steckte sich immer wieder eine Zigarette in den Mund und blies den Rauch gedankenverloren aus. Nur das Radio lief und brachte die neuesten Nachrichten. Der Sprecher sprach von einer Explosion einer Tankstelle mit einem Toten, die im Laufe des gestrigen Tages stattgefunden hatte.

9 »Angus Blacks Theorie«

Auf einmal kam ein 1951-er Nash Rambler in dunkelbrauner Farbe mit beigem Verdeck die Straße heraufgefahren. Der Sechszylinder mit seinen 2,8 Litern war nicht zu überhören. Laute Zündaussetzer waren schon von Weitem zu hören. »Was zum Henker ist das?«, fragte Frank. Der Nash hielt vor Joes Haus. Mit einem lauten Knall blieb er stehen. Das Auto hatte mehrere Dellen an den Kotflügeln, Rost am Schweller, an der Stoßstange war er verbeult. Aus diesem stieg Angus Black und winkte zu uns herüber. Er hatte noch immer die gleichen Sachen an oder schon wieder, dachte ich. Angus wühlte im Auto herum und kam mit mehreren Büchern wieder zum Vorschein. Einige der Bücher fielen ihm aus der Hand und landeten auf dem Boden. Frank, Joe und ich machten uns auf den Weg, um Angus mit seinen Büchern zu helfen. »Hey Jungs«, rief er und versuchte, uns die Hand zu geben. »Ich habe etwas gefunden«, sagte er voller Eifer. Angus sah aus, als habe er seit dem Tag, an dem wir ihn getroffen hatten, nicht mehr geschlafen. Seine Haare, die eh schon schütter waren, konnten nicht mal mit Pomade gezähmt werden.

»Morgen, Joe, na, wie gehts denn?« fragte er und wedelte mit den Händen, sodass die Bücher wieder auf den Boden fielen. »Ganz ruhig, Angus«, sagte Frank und legte ihm die Hand auf die Schulter. Nachdem wir alle Bücher aufgelesen hatten, machten wir uns auf ins Haus. Kaum drinnen sortierte Angus die Bücher, in denen Zettel steckten, und schlug sie auf. Die meisten Bücher waren voll mit Zahlen und irgendwelchen Formeln.

»Also«, fing Angus an, legte los mit einer Formel und hob ein Buch hoch. »Distickstoffmonoxid – genannt Lachgas – hat die chemische Formel N_2O. Da dieses Gas über mehr Sauerstoffanteile als normale Luft verfügt, wird es zur Steigerung der Motorleistung von PKWs eingesetzt. Lachgas N_2O hat die Eigenschaft, bei 575 °C in zwei Stickstoffatome und ein Sauerstoffatom zu verfallen«, sagte Angus, ohne Luft zu holen. »Was hat das mit uns zu tun?«, fragte Frank. »Dazu wollte ich gerade kommen«, schnaufte Angus und zog die Augenbrauen hoch. »Da nun zusätzlicher Sauerstoff für die Verbrennung zur Verfügung steht, entsteht eine schnellere und vor allem energiereichere Verbrennung«, trug Angus vor.

»So kann es sein, dass ihr mit Distickstoffmonoxid genügend Tempo für eine Zeitreise aufnehmen könnt. Aber diese Verbrennung benötigt unbedingt zusätzlichen Kraftstoff, da die Mehrleistung nur aus dem extra Kraftstoff gewonnen wird, der nur mit dem zusätzlichem Sauerstoff in der gleichen Zeit verbrannt werden kann. Würde man dem Motor den zusätzlichen Kraftstoff vorenthalten, wäre die zusätzliche Leistungsausbeute gering und das Gemisch würde gegebenenfalls gefährlich abmagern, was zu Verbrennungsaussetzern und überhöhten Brennraumtemperaturen mit Beschädigung als Folge führen kann.

»Bei euerm Problem«, Angus zeigte auf uns, »spielen noch andere Faktoren mit.« Dann legte Angus richtig los. »Das Verhältnis von N_2O zu Benzin liegt stark zugunsten des Lachgases. Man benötigt immer deutlich mehr N_2O, um eine bestimmte Menge Kraftstoff effektiv zu verbrennen. Die Formel lautet:

$$3\ C_8H_{18} + 25\ O_2 + 25\ N_2O = 24\ CO_2 + 27\ H_2O + 25\ N_2.$$

Ist das soweit für euch verständlich?«, warf Angus uns an den Kopf. Frank und ich sahen uns an und zuckten mit den Schultern. »Nein«, gaben wir beide zu.

»Ist doch ganz einfach«, meinte Angus. »Die chemischen Abkürzungen stehen für:

- C_8H_{18}: Kohlenwasserstoffanteil des Benzins (Oktan), der mit dem Sauerstoff bei der Verbrennung reagiert,
- O_2: Sauerstoff,

- CO_2: Kohlenstoffdioxid,
- N_2: Stickstoff,
- H_2O: Wasser,
- N_2O: Distickstoffmonoxid (Lachgas)«,

bemerkte Angus, und wir waren genauso schlau wie vorher.

»Da das flüssige Lachgas eine Temperatur von −88 °C hat, senkt sich die Ansauglufttemperatur um etwa 20 Grad Kelvin. Dies ist eine essenzielle Eigenschaft der Lachgaseinspritzung, da durch diesen gekühlten Gasstrom die thermische Belastung des Motors reduziert wird.« Angus holte tief Luft und legte noch einmal los. »Da dieses Gas über mehr Sauerstoffanteile als normale Luft verfügt, wird es zur Steigerung der Motorleistung von Autos eingesetzt. Das Lachgas, dessen Bezeichnung Distickstoffmonoxid ist, wird dabei aus Druckgasflaschen in den Ansaugtrakt des Motors geblasen. Durch die bessere Verbrennung des Benzins wird die Motorleistung um 20 bis 50 % gesteigert. Der Stickstoffanteil des Lachgas (N_2) entweicht über den Auspuff an die Umgebungsluft. Nur der Sauerstoff reagiert bei der Verbrennung mit dem Benzin«, endete Angus und ließ sich auf einen Stuhl fallen. Joe reichte ihm ein Glas Wasser, dass dieser in einem Zug austrank. »Und für uns bedeutet es was?«, fragte ich. »Alle Faktoren, mit denen ich gerechnet habe«, sagte Angus, »ergeben, dass ihr auf die gleiche Weise wieder zurück nach 2009 kommen müsstet. Doch einige Faktoren spielen da noch mit, um eine Zeitreise zu machen«, überlegte Angus und verschränkte die Arme vor der Brust. Mehrere Minuten stand er so da und sah aus wie ein Denkmal. Weit gefehlt, in seinem Kopf spielte Angus die ganzen Berechnungen durch. »Die ganze Sache müsste jedoch klappen«, meinte er. »Die eine Formel, die wir nicht kennen, ist die Zusammensetzung eurer Pellets«, dachte Angus laut. Frank stand auf, verließ das Haus und machte sich auf den Weg in die Garage.

Dort öffnete er nach langer Zeit den grauen Kasten, hob den

Einsatz hoch und nahm ein Kuvert heraus. Frank sah es lange an und dachte darüber nach, wie viele Menschen wegen dieser Papiere ihr Leben lassen mussten. Welchen Wert diese Papiere eigentlich darstellten: Milliarden von Euros oder das Überleben von einigen Ölmagnaten, die ihren Reichtum förderten.

Frank kam mit dem Umschlag wieder ins Haus. Alle waren gespannt, was jetzt kam. »Hier ist wohl die teuerste Formel der Welt drinnen«, sagte Frank und zeigte auf den Umschlag. »Was hast du da drin?«, fragte Angus, der sichtlich nervös war und aufgeregt auf seinem Stuhl hin und her rutschte wie ein Kind vor Weihnachten. Frank öffnete den Umschlag, zog die Papiere heraus und legte sie auf den Tisch. Angus stand auf und ließ seine Blicke darüber schweifen. Nach ein paar Minuten schnaufte er durch die Nase und fuhr mit der Hand über seinen Bart. »Jetzt ist alles ganz einfach mit der Formel, um euch wieder zurück nach 2009 zu schicken«, sagte Angus. Er sprang auf, holte ein paar Bücher und blätterte wild in den Seiten herum. Manchmal murmelte Angus etwas in seinen Bart, was niemand verstand außer ihm, der in seinem Element war. Angus dachte kurz nach, als sei ihm die Lösung eingefallen. »Mit was für einer Geschwindigkeit wart ihr unterwegs, als ihr verfolgt worden seid?«, fragte er. »So um die 295 km/h, als ich noch die Lachgaseinspritzung gezogen hatte«, überlegte Frank. »Danach fanden wir uns im Jahr 1956 wieder«, bemerkte ich. »Alles läuft auf das Tempo raus, gepaart mit euren Pellets, die eine zusammenhängende Wirkung mit dem Lachgas hatten, was zu einer Art von Zeitreise führte«, sagte Angus aufgeregt. Er nahm einen Block und fing an zu rechnen. Zahlen flogen auf die Seiten des Papiers. Er strich hier eine Zahl und fügte dort eine andere Formel hinzu. Währenddessen machte sich Frank eine weitere Zigarette an und sah zu, wie Angus damit kämpfte. Rauchend lief er im Raum auf und ab. Immer einen Blick auf seine Formel, die schon mehreren Menschen den Tod gebracht hatte, alles wegen des Geldes für die Reichen. »Von denen könnte ich ein paar Stück sehr gut gebrauchen«, sagte Angus, und er blickte auf die Formel, die vor ihm lag. Na toll, wenn Frank jetzt Angus ein paar von den Teilen hierließ, dann würden wir noch mehr durcheinanderbringen. Joe, der nur dastand und mit den Augen rollte, sagte: »Jungs, ich glaube, dass ihr schon genügend Probleme habt«, drehte sich um und holte sich eine neue Flasche Bier. Frank, der von oben auf Angus schaute, überlegte, ob es Angus ernst damit war, ob er ein paar von den Pellets haben konnte. »Hey, Angus, wegen diesen Teilen sind schon zu viele Leute gestorben, und wir beide wären auch fast draufgegangen«, sagte ich und zündete mir eine Zigarette an. »Aber das wäre ein Durchbruch für uns alle«, keuchte Angus, und er schaute auf die Formel und dann zu mir; dabei wedelte er so mit den Händen herum, dass man glauben konnte, er wollte einfach so davonfliegen, was selbst für einen Mann wie ihn völlig unmöglich ist. Etwas beleidigt nahm Angus seine Berechnung auf.

Schließlich nahm Frank seine Formel, die er wie einen Schatz hütete, wieder an sich und schob die Papiere, an denen jede Menge Blut klebte, wieder in den Umschlag. Dann ging er zum Auto und legte sie auf ihren angestammten Platz zurück. Als Frank zurück war, hatte Angus seine Berechnungen beendet, hofften wir. »Also«, fing dieser an. »Theoretisch müsst ihr mit eurem Auto auf die gleiche Geschwindigkeit kommen und das Lachgas ziehen. Danach solltet ihr wieder im Jahr 2009 sein«, sagte er. »Nicht schlecht«, stellte Frank fest. »Aber ...« »Was aber?!«, bellte Angus wütend. »Als wir hier ankamen, wurde durch das Tempo unsere Verteilerkappe gegrillt«, sagte ich. »Das stimmt«, sagte Joe. »Sie war völlig ausgebrannt. Wenn sie wieder zurückkommen, ist es aus mit dem Weiterfahren«, sagte Joe. »Wenn das so ist, dann solltet ihr beide mit dem Auto eine Testfahrt machen, um zu sehen, ob alles hält«, überlegte Angus. »Euer Auto steht in der Garage«, sagte Joe in den Raum. »Habe euer Teil ausgetauscht, sollte halten. Aber ich lege nicht meine Hand dafür ins Feuer«, dachte Joe laut vor sich hin.

So gingen Frank, Joe und Angus zur Garage, ich folgte ihnen. Joe öffnete das Tor der Garage. Frank stieg ein, drehte den Schlüssel, und der Motor erwachte wieder zu neuem Leben. Langsam rollte der alte V8 auf die Straße. »Willst du mitfahren?«, fragte er mich. »Na, denn wollen wir mal sehen, was noch in ihm steckt«, sagte ich und fuhr mit der Hand über die Haube. Kaum saß ich, gab Frank Gas und der alte V8 zeigte, was er konnte. Der Zeiger drehte sich auf 120 zu und Frank trat weiter drauf. So fuhren wir mit 120 km/h die Straße herunter. »Wenn das was werden soll, musst du aber Vollgas geben«, rief ich zu Frank rüber. »Nur mit der Ruhe«, meinte Frank, der eine CD in den Schlitz schob. Kurz darauf spielten die Stray Cats »Rock this Town«. Mit der anderen Hand steckte er sich eine Zigarette an. So fuhren wir durch die Gegend, bis Frank Vollgas gab und die Nadel kurz vor 290 km/h stand und er das Lachgas ziehen wollte. Der alte V8 flog über die Straße bis wir so 80 Kilometer gefahren waren. »Scheiße verdammt«, brüllte Frank. »Was ist denn?«, fragte ich. Ich drehte mich um und sah aus dem Rückfenster. Keine hundert Meter weiter kam ein schwarzer Audi A8 auf uns zugerast. »Wo zum Teufel kommen die denn her?« fragte ich. »Die haben uns wohl über dein Feuerzeug gefunden« stellte ich fest. »Du könntest denen ein paar Kugeln zur Begrüßung rüberblasen«, sagte Frank.

»Die 9 mm liegt unter dem Sitz«, bemerkte er. So nahm ich die 9 mm, zog den Schlitten nach hinten, eine Kugel fand den Weg in den Lauf. Mit der Waffe in der Hand lehnte ich mich aus dem Fenster. Die ersten Kugeln rasten auf den A8 zu, und der Fahrer versuchte, ihnen auszuweichen. Doch ich schoss einfach weiter. Die 9 mm spuckte Kugel um Kugel, die ihr Ziel im Kühler oder in der Haube fanden. Der Schlitten rastete ein. »Leer geschossen, scheiße«, dachte ich. »Hast du noch ein Magazin für mich?«, schrie ich. Franks Hand tauchte mit dem Magazin auf. Ich drückte den Knopf, das Magazin fiel auf die Straße, schob das andere ein, lud durch und schoss weiter auf den A8. Als auf einmal zwei bis drei Kugeln in den Kühler trafen, begann der Motor zu rauchen. Trotzdem lief das Auto weiter und ich hatte noch vier Kugeln und wollte das Auto unbedingt zum Stehen bringen. Ich schickte zwei Kugeln auf ihren linken Vorderreifen, den ich auch traf, und der Wagen brach nach links aus. Die restlichen Kugeln setzten das Auto außer Betrieb. Er kam ins Schleudern. Der Fahrer hatte den Wagen nicht mehr unter Kontrolle. Der Reifen schälte sich von der Felge und konnte dadurch die Spur nicht mehr halten. Der Wagen drehte sich und überschlug sich mehrmals, bis er auf dem Dach zum Stehen kam, Rauch stieg aus dem Motor auf. »Du hast es geschafft!«, rief Frank. »Fahr zurück, Frank«, sagte ich. »Was willst du dort?«, fragte er. »A8 aus dem Jahr 2009, die ganze Technik soll ich weitermachen?«, rief ich. »Scheiße, ja, daran habe ich nicht gedacht«, rief Frank. Frank wendete und fuhr zum A8 zurück. Nichts bewegte sich. Die beiden Männer hingen kopfüber in den Gurten und die Airbags waren draußen. Ich stieß einen mit der Spitze meines Stiefels an. Er bewegte sich nicht und so ging ich in die Knie und fühlte am Hals des Mannes den Puls, der schwach war. Bis dieser auf einmal die Augen aufriss und mich ansah. »Wo bin ich, was ist passiert?«, fragte er. »Sie und Ihr Kollege hatten einen Unfall. Ihr Wagen hat sich überschlagen«, sagte ich. »Wir können Sie beide zum nächsten Krankenhaus fahren«, meinte Frank. »Wäre kein großer Umweg für uns«, ergänzte ich. So halfen wir dem Mann aus dem Auto, machten den Fahrer aus dem Gurt los, luden sie in den alten V8 und fuhren los. Bis der Fahrer die Augen aufriss und uns anstarrte. »Ihr, ihr«, begann er und fiel wieder in sich zusammen. Der alte V8 lief über die Straße und auf der Rückbank saßen unsere Freunde, die nicht mehr wussten, dass wir es waren, die sie gejagt hatten. Bis Frank bremste, anhielt und mit seinen Fingern auf ein Schild zeigte.

10 »Hell's Gate Sanatorium«

»Was hältst du davon?«, fragte er. »Das ist doch wohl ein Witz?«, fragte ich. Denn auf dem Schild stand »Hell's Gate Sanatorium Nervenheilanstalt«. »Ist doch die perfekte Lösung. Wenn die anfangen zu reden, dass sie aus dem Jahr 2009 kommen, sind die hier genau richtig«, sagte Frank. »Und wir sind sie los und haben unsere Ruhe«, sagte ich. Frank stieg aus und zog den bewusstlosen Mann raus, legte ihn über die Schulter und ging Richtung Eingang. »Wo sind wir?«, fragte der andere, den ich unter dem Arm gegriffen hatte. »Das ist doch kein Krankenhaus«, murmelte er. »Hier wird es Ihnen gefallen«, sagte ich. Zwei Pfleger in weißen Kitteln kamen angerannt und halfen uns. Große breite Kerle, die keinen Spaß verstanden. »Was ist passiert?«, fragte der eine. »Die beiden hatten einen Unfall, gar nicht weit von hier«, sagte ich und zeigte mit der Hand in die Richtung, wo es passiert war. »Der eine sagte, dass sie aus dem Jahr 2009 kommen würden.« »Ja klar, und eines Tages fliegen wir ins Weltall«, sagte der andere Pfleger und legte einen Finger an den Kopf. »Wir hoffen, dass sie sich gut um die beiden kümmern«, wollte Frank wissen. »Es wird ihnen an nichts fehlen«, brummte der andere Pfleger. Worauf sie mit unseren Freunden in der Klinik verschwanden. Tobend und schreiend versuchten sie, die Männer in Weiß zu überzeugen, dass sie die Wahrheit sagten. Doch keiner glaubte den beiden. »Na, die zwei sehen wir nie wieder«, meinte Frank. »Und man wird sich sehr, sehr gut um sie kümmern«, sagte ich. »Die kommen da nie wieder raus«, lachte Frank. Ausgelassen gingen wir zum V8 zurück, jeder steckte sich eine Zigarette an. Frank holte zur Feier des Tages seine Flasche raus, nahm einen Schluck und reichte sie mir rüber, und ich trank darauf, dass unsere Freunde ein neues Zuhause bekommen hatten.

Kaum waren wir einen Kilometer gefahren, fiel mir der A8

ein. »Frank, Frank wir haben etwas vergessen«, rief ich. Frank, der in Gedanken wieder bei Marie war, hörte mich zunächst nicht. Dann bremste er und fragte: »Was denn?« »Hallo, da liegt ein A8 auf der Straße im Jahre 1956, wenn du dich erinnerst«, sagte ich. »Fuck, Fuck«, schrie er. »Genau! Und wie lassen wir die Karre jetzt verschwinden?«, fragte er. »Vielleicht hat Joe eine Idee«, sagte ich. »Na, denn zu Joe«, meinte Frank. Er gab richtig Gas und nach 30 Minuten waren wir bei Joe, der mit Angus auf uns wartete. »Joe, wir haben ein großes Problem, für das wir deine Hilfe brauchen«, meinte Frank. Angus stand einfach nur da und hörte zu. So begannen wir, Joe und Angus von unserer Probefahrt und der Begegnung mit unseren Freunden zu erzählen, die wir im Hell's Gate Sanatorium untergebracht hatten. »Hell's Gate Sanatorium?«, fragte Angus und lachte laut. »Wie zum Teufel geht das denn? Die werden wir nie wiedersehen«, vermutete Angus. »Dort sind doch alle nicht ganz richtig im Kopf«, sagte Joe. »Dort liegt ein Auto auf der Straße, das von 2009 stammt«, mahnte Frank. »Und dies sollte von dort auch für die nächsten 20 bis 30 Jahre verschwinden«, sagte ich zu Joe. Angus stand immer noch da und hörte zu. Bis Joe ins Haus ging und nach einer Weile grinsend wiederkam.

»Ihr fahrt jetzt dort hin und seht zu, dass ihr alle Sachen, die es 1956 nicht gibt, aus dem Auto entfernt«, sagte der alte Mann. Frank und ich fuhren wieder zu dem Audi A8 zurück. Dort angekommen machten wir uns an die Arbeit, alle Sachen zu suchen, die nicht von 1956 waren. Als Erstes machte ich mich daran, im Fahrerbereich das Navi und das Radio mit einem faustgroßen Stein einzuschlagen. Genauso ging ich mit dem Armaturenbrett vor. Frank machte sich in dieser Zeit über den Kofferraum her, der bis oben mit Waffen und Munition beladen war. »Hey, mit dem, was die hier dabei hatten, wäre es ihnen ein Leichtes gewesen, uns fertig zu machen«, sagte Frank. Auf einmal war ein Dröhnen zu hören, und über den Hügel kam ein richtiges Monster von Auto gefahren. Von vorne sah es aus wie ein Panzer, der solide gebaut war. Die lange Front und die runden Kotflügel machten es groß. Zum Stehen kam ein 1948er Pontiac-Abschleppwagen, dessen rote Farbe von der Sonne ausgebleicht war.

Auf der Tür stand ACE BAUERS ABSCHLEPPUNTERNEHMER. Aus dem Fenster sah Ace raus und sagte: »Joe hat mich angerufen. Ich soll hier etwas abholen«, und zeigte mit der Hand auf den verbeulten Audi, der noch immer auf dem Dach lag. Ace stieg aus. Mit seinerGröße von 182 cm und einem Gewicht von 130 Kilo war er nicht zu übersehen. Was noch auffiel, waren seine langen grauen Haare, die hinten zusammengebunden waren. Die Latzhose, die er trug, war übersät von Ölflecken und Schmiere. »Na, denn wollen wir den«, er zeigte auf den Audi, »wieder auf die Räder stellen«, sagte Ace. Er ging auf den Audi zu, drückte kurz mit der linken Schulter gegen den Schweller, der Audi hob sich kurz und kam mit einem Krachen wieder auf die Räder. »Was ist denn?«, fragte er. »Na, so was haben wir noch nie gesehen«, sagte Frank. »Ihr seid Freunde von Joe?«, wollte er wissen. »Ja, wir kennen Joe«, sagte ich. »Er muss einen Narren an euch gefressen haben, sonst wäre ich nicht hierhergefahren«, meinte Ace. »Wenn ihr wollt, könnt ihr zu Joe fahren«, sagte er. »Mit dem«, er zeigte auf das Auto, »werde ich alleine fertig. Den werde ich aufladen und entsorgen«, brummte Ace. »Wo bringst du ihn hin?«, fragte Frank. »Na, bei meinem alten Herrn auf den Schrottplatz«, sagte Ace fröhlich. »Bis den dort jemand findet, gehen wohl 20 bis 30 Jahre rum« überlegte er.

So machten Frank und ich uns wieder auf zu Joe und ließen Mr Ace Bauers seine Arbeit tun, der gerade mit Ketten und anderem Zeug hantierte. Während wir zu Joe fuhren, war Ace damit beschäftigt, den A8 an seinem Fahrzeug fest zu machen. Als er den A8 gesichert hatte, ging Ace aus reiner Gewohnheit die Unfallstelle ab, um Gegenstände wie Glas, Blechteile und anderes zu suchen. Mit Eimer und Besen machte er seine Runde um den A8. Er fegte hier ein wenig, bis er auf einmal, wenige

Meter im Gras, etwas fand. Es hatte eine Länge von 11,5 cm eine Breite von etwa 6 cm. Ace hob es auf drehte es zwischen den Fingern, als er die Höhe von 1,0 cm sah. Auf der Rückseite fand Ace das Bild von einem Apfel, an dem ein Stück fehlte. »Komisches Teil«, stellte er fest, als er es in der Hand drehte. Mit dem Finger drückte er darauf herum, bis das Teil auf einmal blau leuchtete und merkwürdige Symbole darauf erschienen. Ohne darüber nachzudenken ließ Ace das Teil in den Tiefen seiner Latzhose verschwinden. Er dachte, später wäre noch Zeit, sich damit zu beschäftigen.

Er nahm seine Kette und machte den A8 an der Front fest, zog einen Hebel, der am Abschlepper saß. Der Motor, der die Winde zog, hatte mit dem A8 keine Probleme. Ace lief noch einmal um das Wrack, das ziemlich stark verbeult war. »Mann, den hats aber so richtig erwischt«, sagte er zu sich selbst. Mit langsamen Schritten ging er zu seinem Truck, drehte den Schlüssel und der Motor fing an zu laufen. Als Ace aufs Pedal trat, setzte sich der alte Pontiac in Bewegung. Eilig hatte er es nicht. Während der Fahrt zum Schrottplatz dachte Ace über das gefundene Teil nach. So etwas war ihm noch nie unter die Augen gekommen. Irgendwann legte er es in eine Schublade und es lag dort noch Jahre später herum.

Bald darauf kam Ace mit seiner Fracht auf dem Schrottplatz an, fuhr mit den A8 am Haken rein. Nach kurzem Suchen fand er eine freie Stelle, wo noch Platz war und er rückwärts den Audi parkte. Ace stieg aus, machte seine Kette ab, lief noch einmal um den Audi, der wirklich übel aussah. »Seltsame Autos bauen die«, brummte er vor sich hin. »Den wird hier keiner so schnell finden.« Und er sah sich um. Überall standen Autos aus den vergangenen Jahren. Nach ein paar Jahren würde der seltsam aussehende Wagen unter Bergen von anderen Autos verschwunden sein. Ace dachte nicht weiter darüber nach, parkte seinen Truck, schloss das Tor und machte sich auf den Weg nach Hause. »Der alte Joe muss aber mal eine gute Flasche springen lassen«, brummte er vor sich hin, stieg in ein anderes Auto und fuhr in die Bar von Marie und Louise. Ein paar Bier würden ihm nach diesem Tag gut tun.

Während Ace den Audi entsorgte, saßen wir bei Joe auf der Veranda. Joe und Angus redeten über die Möglichkeit, uns wieder nach Hause ins Jahr 2009 zu bringen. Frank lag unter dem alten V8, um nach den Gasflaschen zu sehen, die wir für unsere Heimreise unbedingt brauchten. In den Flaschen, die uns in diese Zeit gebracht hatten, war nur noch ein Gasrest vorhanden. Nach Angus' Berechnungen brauchten wir aber volle, um wieder zurück ins Jahr 2009 zu kommen. Im Kofferraum lagen noch die zwei Flaschen, die wir von The Billy erhalten hatten, bevor er sein Leben gab. Ich hielt sie in den Händen und dachte darüber nach, ob so etwas uns wieder nach Hause bringen würde oder nicht. Was würde dann aus uns im Jahre 1956 werden? Wir wussten ja, was alles passieren konnte.

Fluchend lag Frank unter dem alten V8, schraubte, ließ Werkzeug fallen und suchte nach den Anschlüssen für die Flaschen. Es hörte sich nicht gut an. Am Auto lehnend machte ich mir eine weitere Zigarette an. Gedankenverloren rauchte ich und überlegte, was die letzten paar Tage alles geschehen war. »Frank, wie sieht es da unten aus?«, fragte ich. Lange hörte man nur das Klirren des Werkzuges und das ständige Fluchen von Frank. Ich trat Frank gegen die Stiefel, worauf dieser reagierte. »Was ist denn?«, schrie er unter dem Auto hervor. »Hier sind die Verschraubungen durch. Die muss ich machen, sonst halten die Flaschen nicht«, fluchte er. »Wenn Joe keine hat, dann müssen wir uns etwas einfallen lassen«, sagte ich. So machte ich mich auf den Weg ins Haus, um Joe nach den Teilen zu fragen, die wir brauchten. Dieser kratzte sich am Kopf, überlegte kurz und meinte dann: »Wenn es so etwas gibt, dann nur bei Ace Bauers.« »Ja, den haben wir ja kennen gelernt«, sagte ich. Joe klemmte sich ans Telefon und fragte bei Ace nach den Teilen, ob etwas in dieser Art da sei. Ace meinte, dass er in zwei bis drei Tagen mehr wisse. »Na gut, dann müssen wir die Zeit überstehen«, sagte Joe. »Solange könnt ihr den Bel-Air fahren«, brummte Joe. Angus, der seit Stunden bei Joe war, wurde sichtlich nervös. Es war nicht sein Ding, auf einem Stuhl zu sitzen. Angus hatte seine Bücher durch eine große Tafel ersetzt. Mit einem irren-Tempo ließ er die Kreide über die Fläche gleiten, irgendwann waren seine Klamotten staubig vor Kreide. Ich hatte noch nie in meinem Leben so viele Zahlen und Formeln auf einmal gesehen. Frank kam gerade aus der Garage und war ziemlich mit Öl verschmiert. Seine Laune wirkte nicht gerade fröhlich. Sorgen machten ihm die Teile, die er brauchte. Joe erklärte ihm, das Ace sie in zwei bis drei Tagen besorgen könnte. Der Einbau war für Frank kein Problem – eine halbe Stunde, dann wäre es wieder in Ordnung, meinte er.

»Was hältst du von ein paar Drinks?«, meinte Frank. Ich stieß ihm den Ellenbogen in die Seite. »Hast du Sehnsucht nach Marie?«, fragte ich. Frank wurde leicht rot. »Wollen wir zur Bar oder bleiben wir bei Joe?«, meinte Frank. Joe kam aus der Tür. »Was tut ihr beide noch hier?«, fragte er. »In eurem Alter solltet ihr bei den Mädchen sein und nicht bei einem alten Mann«, rief er. »Na, denn machen wir uns auf den Weg«, sagte Frank, der noch vor mir im Bel-Air saß und eine Zigarette nach der anderen rauchte. Frank machte Späße, ob wir bald da wären, so trat ich den Bel-Air und wir flogen über die Landstraße. Bei dieser Fahrweise waren wir bald da. Kaum stand der Bel-Air, sprang er raus und rannte in die Bar. Ich folgte ihm langsam. Es war nicht nötig, dass ich rannte. Marie hatte Frank so im Griff wie eine Boa ihre Beute. Ein Entkommen war einfach unmöglich. Louise hatte hinter der Bar genug zu tun. Jeder wollte etwas zu trinken. Da Marie mit Frank rummachte, war Louise alleine. Als diese mich sah, fing sie an zu lachen. Vielleicht dachte sie an die Party, bei der wir uns ganz gut vergnügt hatten. Es hatte Tanz, Drinks, Musik gegeben und wir hatten alle möglichen Leute kennengelernt. Kaum hatte Marie Frank entdeckt, hatte sie wie gewohnt eine Flasche Whisky und leere Gläser gebracht. Louise hielt sich bei Gesprächen meistens etwas zurück, da ihre Schwester die Aufmerksamkeit auf sich zog. Denn unterschiedlicher konnten sie als Schwestern nicht sein. Marie, die sich nahm, was sie wollte, auch die Männer, die Louise wollte, aber nie bekam, weil Marie schneller war. Sie setzte auf ihr Aussehen: Groß, schlank, rotes Haar und ihre Figur, die jeden Mann um den Verstand brachte. Marie brauchte nur den Raum zu betreten und die Männer spielten verrückt. Nach Louise drehte sich keiner um, mit ihrem Aussehen und ihrer Figur war sie nicht beliebt. Louise hatte weitaus mehr im Kopf, als man ihr ansah. Das Äußere täuschte, sie war eine Seele von Mensch.

In der Bar war es ziemlich ruhig. Es waren nur die üblichen Gäste da. Louise brachte mir etwas zu trinken. Sie stand hinter der Bar und schaute mich mit großen Augen durch ihre Brille an. »Was habt ihr jetzt vor, wie geht es bei euch jetzt weiter?«, fragte Louise. Nachdem ich einen Schluck aus dem Glas genommen hatte, zündete ich eine weitere Zigarette an, blies den Rauch gedankenverloren durch die Nase und sah durch den Rauch der Zigarette Louise an, die auf eine Antwort von mir wartete. »Keine Ahnung, vielleicht bleiben wir und bauen uns was auf,'ne Bar oder was«, sagte ich. Als ich die Bar ansprach, sah sie mich mit großen Augen durch ihre Brille an. »Habt ihr eigentlich genug Geld?«, fragte Louise. »Für uns wird es schon reichen, wir kämen schon klar«, dachte ich laut. Mit der Kohle aus dem alten V8, die unter der Rückbank lag und die sich auf eine Summe von 2,5 Millionen belief. In drei Währungen: Euro, Dollar und Schweizer Franken. Diese Summe sollten für die nächsten 10 bis 15 Jahre reichen, wenn wir die Scheine irgendwo umtauschen könnten. Denn diese Dollars waren aus dem Jahre 2009. Frank hatte schon mit der Kohle bezahlt und es war nicht aufgefallen. Louise verstand mich und sah mich verliebt an; seit sie mir den Verband angebracht hatte, war es mit ihr durchgegangen. Sie stand auf mich. Dies war so klar wie das Amen in der Kirche.

Doch im Moment war mir nicht nach einer Beziehung zumute, das Erlebte sollte noch mit der Zeit vergehen. Ganz unbewusst fasste ich an die linke Seite, wo noch immer das Bild der Frau, mit der ich lebte und liebte, war. Wenige Minuten später betrat Irene die Bar und steuerte einen Platz an der Bar an und parkte ihren Hintern auf einem Hocker. Marie brachte Irene ein Glas zu trinken. Diese machte sich eine Zigarette an und sah gedankenvoll in den Spiegel hinter der Bar.

»Wer ist sie?«, fragte ich und deutete auf sie. »Irene«, meinte Louise, »ihr Mann ist so vor fünf Jahren an Krebs gestorben.« »Hat er ihr eine gute Lebensversicherung und ein gutes Leben hinterlassen? Hat es Kinder in ihrer Ehe gegeben?«, wollte ich wissen. »Soviel ich weiß, nicht. Sie haben aber lange versucht, Kinder zu bekommen, was aber nicht geklappt hat«, meinte Louise. »Und danach?«, wollte ich wissen. »Sie schläft lange, fährt mit ihrem 1955er Thunderbird durch die Gegend«, sagte Louise. »Gegen diese Zeit«, Louise tippte auf ihre Uhr, »kommt Irene in die Bar, trinkt ein paar Gläser, raucht eine halbe Packung Zigaretten und fährt dann wieder nach Hause«, sagte Louise. »Haben andere Männer einmal versucht, bei Irene zu landen?«, wollte ich wissen. »Einige haben es probiert, aber Irene ist immer alleine nach Hause gegangen«, gab Louise zur Antwort. »Gib mir eine Flasche Whisky und zwei Gläser, ich möchte mit Irene reden«, sagte ich. Fast ein wenig zornig stellte Louise mit einem harten Knall die Sachen auf die Bar. Mit den Gläsern und der Flasche ging ich zu Irene, stellte ihr ein Glas vor die Nase und schenkte ein. »Na, denn trinken wir auf Buddy Holly«, sagte ich. »Ja, soll er lange leben«, meinte Irene, stieß mit mir an und leerte das Glas in einem Zug. Sie zog den Rauch lange durch die Nase. Als der Rauch verflogen, war, sah sie mich mit ihren großen blauen Augen lange, lange an und verzog den Mund zu einem Lachen, bis ihre Lücke links oben zu sehen war. »Du bist witzig, du weißt was die Zukunft bringt«, sagte sie. »Buddy Holly stirbt im Februar 1959. Was passiert noch alles? Elvis auch?«, meinte sie fauchend. »Wenn du alles wüsstest, was noch geschieht, hättest du keine Ruhe mehr«, sagte ich, nahm die Flasche und schenkte uns beiden noch einmal ein. »Trinken wir auf heute und hier«, sagte Irene und hob ihr Glas. Wir stießen an und tranken weiter.

11 »Big Willy's Guilt«

Unterdessen schraubten Big Willy und Dave an einem Rocket 88 in glänzend Schwarz mit grauem Dach herum. Big Willy hatte Glück, die Hand war nicht gebrochen. Ein Verband an der Hand störte ihn kaum beim Arbeiten am Motor des Autos. Willy und Dave hatten den Motor von 160 PS auf 185 aufgemacht, genauso wie die Literzahl von 5,3 auf ganze 6,5 Liter. »Damit machen wir jeden fertig«, sagte Dave, der sich und Willy als Sieger sah. »Ja«, meinte Big Willy und dachte an die beiden Kerle aus der Bar von Marie und Louise, die ihn fertiggemacht hatten in zwei Tagen. Das war zu viel für seinen Stolz. »Jeder im Umkreis von 100 Kilometern hat gegen dieses Auto keine Chance«, meinte Dave. »Damit kriegen die zwei Pfeifen, was sie verdienen«, sagte Big Willy, und seine Narbe im Gesicht leuchtete rot vor Zorn. In Big Willy kochte es, wenn er an die Prügel dachte, die er von den beiden bezogen hatte. »Hey Willy, lass uns eine Runde mit ihm«, Dave zeigte auf das Auto, »drehen.« »Wollte ich auch meinen«, brummte Willy. Big Willy ließ den Motor des Rocket 88 aufheulen. »Kommst du oder bleibst du hier?«, fragte Willy. Er trat ungeduldig aufs Gaspedal, bis der Motor im roten Bereich war. Dave sprang ins Auto. Kaum saß er, raste Willy in die Nacht hinein. »Läuft ziemlich gut«, schrie Dave. »Aber ich bin noch nicht auf Tempo«, schrie Willy zurück. Der Rocket 88 schoss durch die Nacht über leere Straßen. Am Steuer saß der größte Psycho der Gegend, der normalerweise in das »Hell's Gate Sanatorium« gehörte. Dave, der neben ihm saß, könnte glatt sein Zimmernachbar sein. Dave, der auch noch eine Rechnung mit den beiden Fremden offen hatte, er, der in die riesige Mündung dieses Revolvers geblickt hatte. Auf den Typen hatte Dave einen zu großen Hass. Zweimal hätte er beinah eine Kugel zwischen die Augen bekommen. Dave wollte für diese Sache nur Rache.

Nun rasten Big Willy und Dave über die Landstraße. »Gib dem Hobel mal die Sporen«, rief Dave. Angestachelt trat Willy aufs Pedal und der Rocket 88 beschleunigte. Die Nadel ging nach unten, bis nichts mehr ging. »Nicht schlecht, bei knappen 195 km war aber Ende«, meinte Big Willy, der sichtlich mit dem Auto zufrieden war. Mit diesem Tempo rasten die beiden durch die Nacht. Bis sie in eine Kurve kamen und Willy sein Tempo verringerte. »Warum bremst du?«, schrie Dave. »Da wärst du locker rumgekommen«, sagte er. Big Willy starrte auf einen Platz. Nach der Kurve hier war er mit Peter Miller vor Jahren ein Rennen gefahren. An einem Felsen dort waren noch immer die Spuren von mattschwarzem Lack zu sehen. Vor seinem geistigen Auge lief das Rennen ab, und er sah, wie sich Peters Wagen dort mehrmals überschlagen hatte. Er war der Erste, der Peter aus dem Auto gezogen hatte, und Peter war in seinen Armen gestorben. Diesen Unfall konnte Big Willy nie richtig verarbeiten. Danach war er einfach abgehauen. Seit dieser Nacht hatte Big Willy Albträume von diesem Erlebnis. Der Geist von Peter kam immer wieder, bis der schweißgebadet aufwachte.

»Hey Willy, schläfst du?«, schrie Dave, der Willy aus seinen Gedanken riss. »Wollte nur mal sehen, ob die Bremse richtig zieht«, sagte er, immer noch mit den Gedanken an dieser Stelle. Die Polizei ging damals davon aus, dass Peter einfach zu schnell gewesen war. Jeder im Ort wusste von diesem Rennen. Einige hielten ihm Peters Tod lange vor. Auch Marie, mit der Willy damals zusammen war, tickte dann total aus, als er mit einem anderen Mädchen gesprochen hatte. Marie war wie eine Furie mit dem Messer auf ihn losgegangen und wollte ihm die Haut vom Gesicht schneiden. Seit diesem Tag war Big Willy bei allen unten durch. Mit der Hand strich er über die Narbe auf der linken Seite, mit der er für den Rest seines Lebens für diese Schuld bezahlen musste. So war Big Willy in den Ruf eines Wahnsinnigen geraten. Er hatte seitdem seine Gang um sich aufgebaut, in der er das Sagen hatte. Dave, den er als seine linke Hand sah, tat alles und sprang, wenn Big Willy pfiff. Nun saßen Willy und Dave in dem Rocket und rasten durch die Nacht. Beide in Gedanken über die beiden Kerle, von denen die größten Rowdys aufs Maul bekommen hatten. »Lass uns zu Maries und Louises Bar fahren«, sagte Dave in die Stille. »Wir sollten uns dort nicht sehen lassen nach den letzten zwei Tagen«, brummte Willy.

Währenddessen alberten Marie und Frank herum und der Alkohol floss und die Musikbox spielte im Hintergrund. Irene, die noch immer auf ihrem Hocker saß und sich damit zufrieden gab, etwas zu trinken im Glas zu haben. Ihre Packung Zigaretten neigte sich dem Ende zu. Louise, die immer noch vor Wut erregt war, dass ihr neuer Freund mit einer andern Frau sprach und trank. Sonst war es ihre Schwester gewesen, die dafür sorgte, dass Louise ohne Mann nach Hause ging. Dieses Mal war es anders. »Du solltest dich mal mit Louise aussprechen«, sagte Irene. Sie deutete auf die Bar, wo Louise ihrer Arbeit nachging. »Weshalb? Ich habe Louise gesagt, dass ich nicht für eine neue Beziehung bereit sei«, sagte ich zu Irene. »Über Louise könnte man vieles sagen, aber sie würde für einen Mann alles tun«, sagte Irene. »Es ist nicht ihre Art, einem Mann hinterherzulaufen. Aber etwas musst du bei Louise erreicht haben, da sie auf dich abfährt«, meinte Irene, während sie ihr Glas zu den Lippen führte. In der anderen Ecke der Bar waren Frank und Marie sich nähergekommen. Eng umschlungen saßen beide an einem Tisch, lachend, und ab und zu drückte Frank ihr einen Kuss auf den Hals. Für Marie war das alles nach ihrem Geschmack, genau richtig. Sie hatte wieder einen Mann, der seit Big Willy in der Lage war, eine Frau glücklich zu machen, denn Frank hatte nicht nur Geld, sondern auch etwas im Kopf, obwohl er nicht von hier war. Sie war einfach in Frank verliebt.

Ich ließ Irene, die noch immer oder schon wieder eine Zigarette ansteckte, alleine auf ihrem Hocker. Ich drehte mich mit dem Glas in der Hand zu Frank und Marie um. Langsam ging ich zu den beiden an den Tisch, stellte mein Glas ab und nahm

Platz. »Könntest du uns für ein paar Minuten alleine lassen?«, fragte ich Marie. Marie riss sich von Frank los, warf mir einen hasserfüllten Blick zu und schüttelte mit den Händen ihre Haare auf, zog die Nase kraus und sprang mit dem Tempo eines verletzten Rehs auf. Marie setzte sich in Bewegung, auf ihren Beinen, die Frank schwach gemacht hatten. Wie einst bei Big Willy. Auf ihr Aussehen war Marie stolz. Kein Mann kam an ihr vorbei. »Was hast du für Sorgen?«, fragte Frank, der Marie nachsah. »Wenn du mit Marie weitermachst und mit ihr ins Bett gehst, könnte es Probleme geben«, sagte ich. Frank, der sein Glas nahm und trank, sah mich verwundert an. »Wie meinst du das?«, fragte er. »Du kommst wie ich aus dem Jahr 2009. Wenn wir nicht zurückkommen, was ist dann?« fragte ich. »Aber wenn?«, fragte Frank. »Dann würdest du Marie ein Kind hinterlassen, das vor seiner Zeit geboren wird. Wir haben, seit wir hier sind, einiges verändert«, sagte ich. »Heißt was genau?«, meinte Frank. »Ist irgendetwas mit der Verschiebung von Raum und Zeit, Zeitkontinuum, Gegenstände und Sachen wissen und sie in diese Zeit zu bringen«, meinte ich. »So hat Angus mir das gesagt, der sich damit auskennt«, gab ich Frank zur Antwort. »Als wir mit dem Audi die zwei Kerle im Hell's Gate Sanatorium abgeladen haben?«, wollte Frank wissen. »Genau das meine ich, wir sollten den Ball flach halten und die Zeit hier so gut wie möglich herumbringen. Bis Angus fertig mit seinen Berechnungen ist für unsere Reise nach Hause«, sagte ich. Ich konnte sehen wie es in Franks Kopf arbeitete. Lange dachte er nach, zündete sich eine weitere Zigarette an. Der Aschenbecher auf dem Tisch zeugte von dem Verbrauch an Kippen, die Frank wegrauchte. Rauchend saß er da, der Inhalt der Whiskyflasche hatte schnell abgenommen. »Du hast ja recht, wir brauchen ja noch die Teile für unser Auto, die Ace noch besorgen muss«, meinte Frank. »Der alte Joe, der in dir«, er zeigte auf mich, »so etwas wie einen Sohn sieht«,sagte Frank. Frank stand auf, sah mich von oben herab an und legte mir eine Hand auf die Schulter. »Dann lass uns mal zu Joe und Angus zurückfahren«, meinte er. Frank ging zu Marie an die Bar und gab ihr einen weiteren Kuss auf den Hals, drehte sich um und kam wieder zurück.

Als wir die Bar verließen, schien der Mond. Nacht war es geworden. Lange Zeit hatten wir in der Bar verbracht. Beim Bel-Air angekommen überlegte Frank kurz, wir stiegen ein und fuhren zu Joe und Angus, die sicher schon längst auf uns warteten. Die Fahrt zu Joe verlief gut. Der Bel-Air hatte mit meiner Fahrweise kein Problem. Frank, der mit einer Zigarette im Mundwinkel aus dem Fenster sah, dachte über Marie nach. Mit einem Blick auf das Armaturenbrett sah ich, dass sich die Tankuhr meldete. »Sollten mal zum Tanken fahren«, stellte ich fest. »Bis zu Joe wird es aber noch reichen?«, fragte Frank. »Keine Angst, wir müssen wohl nicht schieben«, stellte ich fest, denn der Tank hatte noch genügend Inhalt.

Kaum hatte ich über den Rest der Fahrt nachgedacht, kamen wir bei Joe an, der schon wartend auf der Veranda stand. Als ich den Bel-Air parkte und wir zu Joe und Angus gingen, sahen sie erleichtert aus, dass wir in einem Stück wiederkamen. »Na Jungs«, rief Angus, der neben Joe stand und heftig mit den Armen herumwedelte. Angus schien in Kreide gebadet zu haben, das schüttere Haar und sein Bart waren weiß wie Kreide, auch der Rest seiner Hose und das Hemd. Überall waren Spuren von Kreide. Joe, der immer noch neben Angus stand, sprach kein Wort. Er sah uns an, und er schien zu überlegen. »Alles in Ordnung oder steckt ihr beide«, er hob den Finger, »in Schwierigkeiten?«, fragte er. »Im Moment nicht«, gab Frank zu. »Wir sollten morgen mit dem Bel-Air an eine Tankstelle fahren, denn der Tank ist fast leer«, sagte ich. »Ace hat angerufen, denn er hat die Teile, die ihr braucht, gefunden und will sie hier vorbeibringen«, sagte Joe. »Dann wollen wir mal hoffen, dass sie auch passen«, meinte Frank etwas brummig. »Der Einbau wird dann keine weiteren Probleme machen«, sagte Frank.

»Bevor wir darangehen«, meinte Angus und zeigte auf die Tafel. »Ich habe die Formel für eure Heimreise herausgefunden«, sagte er. Beim Anblick der Tafel wurde uns fast schwindlig. Frank und ich schauten uns an und zuckten mit den Schultern. »Was ist denn daran so schwierig?«, fragte Angus. Und dann holte er Luft und fing an, uns die Formel zu erklären, etwas über Raumzeit, die mit schnellem Tempo zu tun habe. »Ist das jetzt für euch verständlich?«, meinte Angus. »Einigermaßen«, stellte Frank fest. »Dann hoffen wir, das Ace die Teile noch vorbeibringt«, sagte Joe.

Der alte Mann ging in die Küche und machte sich daran, etwas zu essen zu machen. Keine halbe Stunde später saßen vier Mann in Joes Küche, aßen etwas und tranken Bier. Außer Angus, der sich mit Wasser begnügte und für drei Mann aß. Keiner sprach während des Essens. Später saßen wir auf der Veranda und sahen in die Nacht. Joe, der noch einige Flaschen Bier hatte, brachte sie. Einige Zigaretten rauchten wir auch, außer Angus, der dieser Gewohnheit nicht nachging. Er wollte gesund leben, wie er meinte. Bald gingen wir zu Bett bei Joe, der genug Platz hatte. Kurz danach war das Sägen von vier Mann zu hören. Es war, als sei ein Sägewerk in Betrieb. Dieser Krach hallte durchs Haus und die Nacht.

Joe war lange vor uns auf. In der Küche stand viel Kaffee und Speck mit reichlich Eiern, die er zubereitet hatte. So kam ein neuer Morgen, der mit einem guten Frühstück begann. Angus, der am Tisch saß und reinhaute, was das Zeug hielt, und für den Joe Tee gemacht hatte, da Angus kein Koffein vertrug. Mit einer Tasse Kaffee und einer Zigarette ging ich auf die Veranda, setzte mich auf die Stufen und dachte nach. Während ich den Kaffee und meine Zigarette genoss, kam Frank und setzte sich neben mich. »Na, was steht heute an?«, fragte er. »Mal sehen, ob Ace noch mit den Teilen vorbeikommt«, sagte ich zwischen zwei Schluck aus der Tasse. Nur kurze Zeit später kam der rote 1948er Pontiac die Straße heruntergefahren, bremste und Ace Bauers stieg aus. Er hatte wie am ersten Tag die gleiche verschmierte

Hose an. Mit festen Schritten kam er auf uns zu auf die Veranda, »Morgen, zusammen«, grüßte Ace, der einen frischen Eindruck machte. Er hatte wohl vergessen, sich den Bart aus dem Gesicht zu schaben.

Er griff in die Tiefen seiner Hose, aus der er alles Mögliche zutage förderte. »Hier sind die beiden Teile, die ihr braucht«, sagte Ace und hob sie hoch. Frank nahm sie ihm aus der Hand und ging Richtung Garage. »Danke wäre nicht schlecht«, meinte Ace. »Ist wohl nicht gut drauf«, brummte Joe und zog die Schultern hoch. »Was bekommst du für die Teile?«, fragte ich Ace. »Nicht der Rede wert. Die liegen bei mir in den Regalen herum und bringen mir nichts ein«, meinte Ace. Nach einer halben Stunde machte sich Ace wieder auf die Socken. Mit seiner Figur setzte er sich wieder in seinen 48er Pontiac, ließ ihn an und fuhr mit rauchendem Auspuff davon. Der Pontiac war noch eine ganze Weile zu hören, wenn Ace die Gänge hochschaltete.

Ich ging zu Frank in die Garage, wo dieser unter dem Auto lag und schraubte. »Passen die Teile?«, fragte ich. »Die sind besser als neu«, rief Frank unter dem Auto hervor. Mit einem Klirren des Werkzeuges arbeitete er weiter. Ich ließ Frank weiterarbeiten und ging zu Joe und Angus, die in der Küche saßen und redeten. »Hey Joe, ich werde mir mal den Bel-Air nehmen und eine Runde fahren und bei dieser Gelegenheit zum Tanken fahren«, sagte ich. »Die nächste Tankstelle ist«, er zeigte in eine Richtung, »eine gute halbe Stunde von hier« meinte er. »Bin bald wieder bei euch«, sagte ich zu Joe und Angus. Als ich zum Bel-Air ging, drehte ich um und ging noch einmal zurück in die Garage. Dort holte ich die 9 mm aus dem alten V8, zog das Magazin, das voll war, sicherte sie und schob sie mit der rechten Hand in den Gürtel der Hose. Nur zur Sicherheit, für alle Fälle. Frank lag immer noch fluchend unter dem Auto.

Mit einer Zigarette im Mund stieg ich in den Bel-Air, machte das Radio an und fuhr in die Richtung, die Joe mir angegeben hatte. Bei der Tankstelle angekommen kam ein Mann zum Auto und sah mich lange an. »Bist du der, der Big Willy aufs Maul gehauen hat?«, fragte er. »Ja«, gab ich zu. »Dann geht der Sprit auf meine Kappe«, und er nahm den Zapfhahn und steckte ihn in den Tank und ließ es laufen. »Warum behandeln uns hier alle wie Helden?«, fragte ich verwundert. »Niemand legt sich mit Big Willy an und überlebt es«, sagte der Tankwart, ohne mich anzusehen. »Weißt du«, fing der Alte zu erzählen an. »Peter war hier in der Gegend bei allen beliebt. Jeder mochte ihn. Er war kein Streber, hatte gute Noten, und bei den Mädchen hatte er auch viel Glück, bis zu jenem Tag«, und er deutete die Straße hinunter. »Etwa zwei Kilometer hinter einer Kurve dort ist Peter vor Jahren ums Leben gekommen«, sagte er. »Und weshalb werden wir als Helden gefeiert?«, fragte ich. »Ja, wer sich mit Big Willy anlegt, der mit Peters Tod zu tun hatte, und am Leben bleibt, schon«, brummte er. Währenddessen lief das Benzin in den Tank. Mit einem lauten Knacken stoppte der Zapfhahn. Der Alte zog ihn ab und steckte ihn zurück. Er ging um den Bel-Air, öffnete die Haube, zog den Ölstab, wischte ab und prüfte den Stand des Öls. Danach schloss er die Haube und rieb sich die Hände an seiner Hose ab. »Na, dann auch viele Grüße an Joe«, meinte der Alte, als ich anfuhr.

»Ist schon eine komische Sache«, dachte ich mir, als der Bel-Air weiterrollte. Bis ich die Strecke fuhr, die der Alte von der Tankstelle mir gesagt hatte. Es war eine gerade Strecke, nach der ganz plötzlich eine Kurve folgte. Ich parkte den Bel-Air und stieg aus. Ein paar Schritte weiter fand ich an einem Felsen noch Reste von mattschwarzer Farbe. Hier musste der Wagen von Peter dagegengeprallt sein, bis er schließlich ziemlich verbeult zum Stehen gekommen war. Viele Leute behaupteten, dass sie das Auto von Big Willy hatten davonrasen sehen. Seit diesem Tag hatten manche Leute eine andere Meinung von ihm. Sie trauten ihm nicht mehr über den Weg. Mit diesen Gedanken ging ich zum Auto zurück, zündete mir eine neue Zigarette an und fuhr weiter. Der Weg zu Joe war einfach und dauerte nicht lange. Joe, der mir entgegenkam, sah irgendwie zufrieden aus. Er strahlte über das ganze Gesicht »Na, wie wars beim Tanken?«, fragte er. »Habe keinen müden Dollar fürs Tanken gebraucht«, sagte ich zu Joe. »Du hast den Sprit doch nicht geklaut?«, meinte er zornig. »Der Alte hatte wohl das Gefühl, dass wir so was wie Helden sind. Der hat sich ja bald überschlagen«, meinte ich. »Ja, ihr beide seid ziemlich bekannt in der Gegend wegen der Sache mit Big Willy. Mancher würde euch gerne die Hand geben«, sagte Joe. Frank, der aus der Garage kam und das Gespräch mit anhörte, schüttelte nur den Kopf. »Dann haben wir jetzt alle Möglichkeiten, hier etwas zu ändern«, sagte Frank. »Ihr solltet euch lieber bedeckt halten«, sagte Joe ruhig, »sonst wird hier noch die Polizei auftauchen, und die könnt ihr nicht brauchen«,- meinte er. Dass diese Sache mit Big Willy solche Wellen machte, hatten wir nicht vorgehabt. Wollten nur die Zeit rumbringen, bis wir wieder mit der Hilfe von Angus Blacks Formel ins Jahr 2009 kommen würden. »Hey Frank, lass uns in die Stadt fahren und uns etwas Pomade kaufen«, sagte ich in die Rede hinein. »Ja, wir sollten eine Runde drehen«, meinte Frank. Auf diese Weise würden wir den Kopf frei bekommen. Die Fahrt in die Stadt hatte wirklich etwas Beruhigendes. Auf der Hauptstraße fanden wir bald einen Barber Shop, vor dem wir den Bel-Air parkten. »Morgen«, grüßten wir beim Betreten des Ladens. Hinter dem Tresen wuselte ein kleiner dicker Mann hin und her. Als er uns sah, blieb er stehen und sah uns lange an.

»Morgen, Morgen«, echote der Mann. »Ihr seid doch«, er bekam einen roten Kopf und keine Luft. »Ja«, sagte Frank. »Und was kann ich für euch tun?«, fragte er. »Pomade«, sagte ich und zeigte auf das Regal hinter ihm. »Pomade wollt ihr kaufen?«, fragte er. »Genau«, sagte Frank, während er sich weiter umsah. »Ich habe aber nur eine Sorte«, sagte er, drehte sich, griff ins Regal, nahm eine bunte Dose und stellte sie vor uns ab. »Dapper Dan«, las ich den Aufdruck. »Ist eine wirklich gute Pomade, die einen guten Halt hat und nach Vanille duftet. Sie glänzt und ist sehr billig«, beendete er seine Rede. Ich nahm die Dose drehte sie auf und sah die gelbe Farbe und dass sie nicht ganz hart war. »Was kostet die Dose denn?«, fragte Frank. »25 Cent«, sagte der Mann hinter dem Tresen. »Dann nehmen wir vier Dosen davon«, sagte ich. Er nahm die Dosen und fing an, sie in eine Papiertüte zu packen. Als Frank in die Tasche griff und einige Münzen auf den Tresen legte, meinte er: »Die gehen aufs Haus.« »Das können wir nicht annehmen«, brummte Frank und sah ihn von oben an. Vor Frank war er in einer Weise ein Zwerg, der nach oben sehen musste. »Freunde von Joe sind auch meine, und die sich mit Big Willy anlegen, haben bei mir etwas gut«, meinte er. »Diese Sache ist nicht der Rede wert«, sagte Frank. »Seit dem Tag, als Peter starb, ist Big Willy nicht mehr derselbe. Alle, die ihn mochten, wendeten sich vom ihn ab«, sagte der Mann. Seit wir den Laden betreten hatten, wurden wir von mehreren Leuten durch das Fenster beobachtet. Fast die ganzen Leute der Stadt waren dort versammelt. »Weshalb sind die hier?«, fragte Frank. »Um euch zu sehen«, gab der Mann im Barber Shop zur Antwort. »Die Sache gefällt mir nicht«, meinte ich. »Ihr habt euch etwas Respekt mit Big Willys Niederlage verdient«, sagte er und schob die Arme ineinander. Er schien fast froh zu sein, dass wir bei ihm vier Dosen Pomade gekauft hatten, die er uns eigentlich zum Geschenk machen wollte, und wurde auf unsere Bezahlung fast zornig. Für ihn kam es nicht in Frage dass wir etwas bezahlen würden. Als wir den Laden mit der Pomade verließen, machten wir einen wahren Siegeszug durch die Leute. Mit großen Augen wurden wir beobachtet. Es fehlte nur noch, dass einer ein Autogramm verlangte. Bis wir am Bel-Air waren, ging es eine Weile. Als wir im Auto saßen, gingen etliche Leute in den Barber Shop. »Der wird heute wohl jede Menge Pomade verkaufen«, lachte Frank. Der Laden füllte sich mit Leuten. Die meisten kauften, was sie an Pomade kriegen konnten. »Siehst du, ich hatte recht«, sagte er. »Dann lass uns eine Runde drehen. Weg von den Leuten, die uns hier als Helden feiern«, sagte ich.

Im Bel-Air machten wir uns auf den Weg zu der Ortschaft, in der wir Buddy Hollys Auftritt gesehen und einen guten Abend mit Musik und ein paar Drinks gehabt hatten. Diese Ortschaften sahen in den 50er-Jahren überall gleich aus. Man hatte das Gefühl, nie aus der Stadt herauszukommen. Außer den Leuten – auch mit Pomade in den Haaren, weiten Röcken, hohen Schuhen, einfach allem, was in diese Zeit gehörte – war alles gleich. Als wir so durch die Stadt gingen, kamen wir an einer Bar vorbei, in der Frank seine Nerven beruhigen wollte. Er brauchte ein paar Drinks und einige Zigaretten, um wieder einen klaren Kopf zu bekommen. »Und ich kann dich wirklich alleine lassen?«, fragte ich Frank. »Ja, ich werde schon klarkommen ohne Ärger«, brummte er. So ging er in die Bar, um etwas zu trinken und nachzudenken. An einer Ecke stehend zog ich die Packung Zigaretten, nahm eine der letzten, steckte sie mir an und sah mich um. Es schien ein ruhiger Tag hier zu sein. Mit langsamen Schritten, die Zigarette in der Hand, ging ich einige Meter. Aus einer Garage ertönte Musik, die mir ziemlich bekannt vorkam.

12 »Peggy Sue«

Ich ging in die Richtung der Garage, lehnte mich an die Wand und zog weiter an der Zigarette. Der Rauch zog hinein. Buddy übte mit seiner weißen Fender die Melodie für »Peggy Sue«, aber mit einem anderen Text, Cindy Lou, der aber nicht passte. So hörte ich eine Weile zu und überlegte kurz. Ich trat aus dem Schatten der Garage und sagte: »Ich würde Peggy Sue nehmen.« Worauf mich Buddy erstaunt ansah und mich fragte: »Wie würdest du es spielen?« »Die gleiche Melodie, aber mit einem anderen Text«, sagte ich. Buddy sah mich an und überlegte kurz, nahm die Fender auf, spielte den Akkord durch mit dem anderen Text. »Hört sich besser an«, sagte er. »Wie bist du auf den Text gekommen?«, fragte er. »Das andere passt nicht zur Melodie und würde keinen Hit geben«, meinte ich. Und Buddy spielte das Ganze noch einmal durch. »Das ist wirklich gut, danke, Mann.« Er kam auf mich zu und gab mir die Hand. Wir setzten uns und redeten über Musik, Riffs, Akkorde, und die Zeit verging. Ich stand auf und ging zur Gitarre von Buddy, setzte mich und spielte einen c-Moll Akkord runter, der für das Lied von den Stray Cats war:»Stray Cats Strut«. Buddy sah mich an und fing an, mit den Füßen zu wippen. Das Lied von den Stray Cats mit dem Text, den jeder Rockabilly im Schlaf kannte, fing ich leise zu singen an. Buddy hörte genau zu und fing an, mitzusingen. »Hey, woher nimmst du die Idee für solch ein Lied?«, fragte er. »Wird auch mal eine große Nummer, aber erst später, nicht hier und heute«, meinte ich. Rauch stieg an der Tür auf, als ein Feuerzeug klackte. Vor der Tür parkte ein roter 55er Thunderbird. Irene stand dort und rauchte. Wie lange sie da war, wussten wir beide nicht. »Hallo, übt ihr neue Lieder?«, hauchte sie. »Hey Irene, kann ich dir B. C. vorstellen?«, fragte Buddy. »Wir haben uns bei Marie und Louise in der Bar kennen gelernt«, sagte ich.

»Ja, genau an dem Tag, als er Big Willy auf die Bretter gelegt hat«, und zeigte mit dem Finger auf mich. »Du hast Big Willy aufs Maul gehauen? Oh Boy, warum hast du auf der Party nichts davon gesagt?«, fragte Buddy völlig aufgedreht. »Wir wollten nur einen guten Abend mit ein paar Drinks und guter Musik verbringen«, sagte ich. »Aber die Sache mit Willy?«, fragte Buddy. »Ist doch Schnee von gestern«, meinte ich. »Von wegen«, sagte Irene und zog an ihrer Zigarette, den Rauch durch die Nase blasend. »Big Willy wird sich an euch rächen wollen«, sinnierte Buddy. »Vor ihm habe ich keine Angst, er soll nur sagen, wann und wo«, sagte ich. Die beiden sahen mich lange an, als ob ich nicht alle Tassen beisammen hätte. Bis ich mir die letzte Zigarette aus der Packung nahm und ansteckte, die Fender aufnahm und noch ein paar Akkorde spielte. »War das c-Moll?«, fragte Buddy. »Ja genau, c-Moll, B-Dur, As-Dur«, sagte ich zu ihm. »Auf diese Notenfolge wäre ich nie gekommen. Oder auf den Text über ein paar streunende Katzen«, überlegte Buddy und fuhr mit der Hand über sein Gesicht. Irene stand jetzt nur da und hörte uns zu, während sie rauchte. Nach einer Weile hörte man das Laufen des 55er Thunderbirds, der gemütlich vom Hof fuhr.

Aus Irene wurde ich nicht schlau. Sie tauchte immer da auf, wo man sie nicht vermutete. Sie war immer perfekt angezogen. Ihr blondes Haar war immer gut sitzend. Sie fuhr mit ihrem Auto in der Gegend herum. Abends fand man Irene in der Bar von Marie und Louise, wo sie ein paar Drinks nahm und eine Packung Zigaretten rauchte. »Hey Buddy, ich sollte mal in der Bar nachsehen.« Ich stand auf und Buddy folgte mir zur Tür. »Danke für deine Hilfe bei dem Lied«, sagte Buddy und streckte mir die Hand entgegen. »Keine Ursache, pass auf dich auf und, Buddy, steige nie in ein Flugzeug«, sagte ich. Buddy stand da und dachte über das Gesagte nach oder über den Text des Liedes. Auf dem Weg zu Frank ließ ich mir Zeit. Auf den Straßen herrschte der Lauf der Zeit. Autos fuhren auf und ab, und ich sah Hausfrauen, die mit ihren Einkäufen auf dem Weg nach Hause waren.

Beim Eintreten in die Bar fand ich Frank auf einem Hocker sitzend, mehrere Gläser standen vor ihm. Der Aschenbecher war voll Kippen, fast so voll wie Frank. »Hey, lass uns noch was trinken«, sagte Frank mit schwerer Zunge, wobei er dem Barkeeper ein Zeichen gab, ein paar neue Gläser zu bringen. Dieser brachte das von Frank Bestellte und stellte die beiden Gläser vor uns ab. Ich nahm das Glas und wollte trinken. Ehe ich mich versah, hatte Frank beide leer und sah mich an. »Glaube, dass du genug für heute hast«, sagte ich. »Lass uns noch bleiben«, sagte Frank und zog mich an sich. »Los, mein Großer, wir sollten an die frische Luft gehen«, schlug ich vor. Frank stand auf und ich half ihm, nach draußen zu gehen. »Du hast doch alles bezahlt?«, fragte ich. »Jau, und ein Trinkgeld war auch noch drin«, meinte er. »Dann mal los.« Mit Frank im Schlepptau machte ich mich auf den Weg zum Bel-Air. Es war eine Heidenarbeit, Frank ins Auto zu schaffen, denn er wollte immer wieder zur Bar zurück. Frank war sternhagelvoll und hatte den Drang, weiterzutrinken. Nach etlichen Versuchen brachte ich ihn ins Auto, bald darauf fuhren wir in Richtung Joes Haus. Kurz vor dem Ziel hielt ich, Frank sprang heraus und ließ sich einiges durch den Kopf gehen. Dann kam er wieder zum Auto. »Und, geht es dir jetzt besser?«, fragte ich. Er sah ganz weiß aus. »Ja, aber ich weiß nicht, was mich geritten hat, so zuzuschlagen«, lachte er laut. »Dann wollen wir mal sehen, ob Joe einen starken Kaffee für dich hat«, und Frank verzog das Gesicht. »Ja, Kaffee, der dich wieder auf die Beine bringt«, sagte ich. Als Frank wieder im Auto saß, fuhren wir weiter. Frank musste es nicht sehr gut gehen, denn er rauchte keine Zigarette. Er sah nur aus dem Fenster und ließ sich den Wind um die Nase wehen. Bei Joe angekommen parkte ich den Bel-Air und wir gingen zu Joe und Angus, die wartend auf der Veranda saßen. »Junge, du siehst aber übel aus«, meinte Joe und tippte Frank auf die Brust. »Kaffee in großen Mengen, heiß und schwarz, wird bestimmt helfen«, brummte Joe. Während er Kaffee für Frank machte, ging ich zur Garage und holte mir aus dem alten V8 eine weitere Packung Zigaretten. Angus der mir entgegenkam, sah nicht gerade glücklich aus. »Was zum Henker ist passiert?«, fragte er und wedelte mit den Händen. »Frank hat einen über den Durst getrunken«, sagte ich zu Angus. »Weiter war nichts«, gab ich zu. Angus sah verwirrt aus, drehte sich um, murmelte vor sich hin und verschwand Richtung Haus. »Na, das kann noch lustig werden«, sagte ich, machte mir die neue Packung Zigaretten auf und sah mich rauchend in der Gegend um, bis ich zum Haus ging, um nach den anderen zu sehen. Frank saß in der Küche und trank seinen heißen Kaffee, während Joe das Essen zubereitete und jede Menge Krach schlug, was Frank mit ständigem Zucken des Kopfes anzeigte. Kein Wunder bei der Menge Whisky, die Frank in dieser Zeit in sich geschüttet hatte. Er musste einen riesigen Kater haben. Nach zwei Stunden war Frank wieder fit. Joe hantierte immer noch in der Küche mit Pfannen und Töpfen und veranstaltete einen Krach für hundert. Bei jedem Geräusch zuckte Frank zusammen, in seinem Kopf schmerzte alles. Kein Wunder bei dem, was er getrunken hatte.

Angus ging seine Formel, die ich nicht verstand, zum vierten Mal durch. Für Angus war alles ganz einfach. Ich verstand nur Bahnhof, Zug und Abfahrt. Nach einer Weile gab Angus auf. Ich ging auf die Veranda, um eine zu rauchen. Kaum saß ich dort, rief der alte Joe zum Essen. Alle aßen. Joe hatte mehrere Steaks und Pommes gemacht. Wir hauten rein, was ging. Keiner sprach während des Essens. Angus schien selbst beim Kauen noch einmal alles durchzurechnen. Nach dem Essen gingen wir auf die Veranda, um mehrere Zigaretten zu uns zu nehmen. Frank, der eine Zigarette mit seinem Feuerzeug anmachen wollte, wurde von einem weit hörbaren Motorengeräusch gestört. Vor Joes Haus bremste ein schwarz glänzender 55er Rocket.

Der Rocket lief im Stand. Der Fahrer blieb sitzen und drückte aufs Pedal, sodass der Motor nur so aufheulte. Aus dem Auspuff kam armdicker Qualm hervor. Der Fahrer gab Gas, die Räder drehten durch und der Rocket schoss nach vorne. So wie er gekommen war, raste er in die Nacht zurück. »Was zum Henker ist das?«, fragte Joe. »Wer, ist die bessere Frage«, sagte Frank. »Schätze, dass Big Willy euch seine Aufwartung gemacht hat«, sagte Angus in die Stille. Wir sahen uns verwundert an. »Was sollte das eben? Big Willy?«, fragte Joe und rieb sich mit der Hand über den Hals und die Stoppeln, die kratzten. »War das das Auto bei dem Rennen?«, fragte ich Joe. »Noch nie gesehen«, brummte er. »Na, dann Mahlzeit, eine Runde Raten ist angesagt«, meinte Angus. »Wenn das Big Willy war«, meinte Frank, »dann haben wir ein Problem.« Joe drehte sich und schien zu überlegen. Er hatte keine Ahnung.

»Na Frank, Lust auf einen Besuch bei Marie?«, fragte ich. Kaum hatte Frank den Namen Marie gehört, wurde er wach. Keine drei Minuten später war er beim Auto und wartete auf mich. »Wo bleibst du denn?«, fragte er aufgeregt. »Immer mit der Ruhe, du wirst sie ja bald wiedersehen«, meinte ich. Bald waren wir im Bel-Air unterwegs, und an den schwarzen Wagen dachten wir nicht mehr, bis wir die Stadt erreichten. An der Bar parkten wir und auf der andern Seite stand der schwarz glänzende Rocket. Wir gingen rüber, aber der Rocket war leer. Ich legte die Hand auf die Haube. Der Motor war noch warm. Er stand noch nicht lange. Vom Fahrer war nichts zu sehen. Beim Eintritt in die Bar fiel uns nichts Besonderes auf. Marie, die gleich zu Frank gerannt kam, warf sich ihm an den Hals und küsste ihn. Ich machte mich auf den Weg zum Tresen und suchte Louise, die nicht zu sehen war. Marie hatte mit Frank zu tun, da öffnete sich die Tür hinter der Theke und Louise betrat den Raum. Es war der Hammer! Louise, die immer in langen Röcken oder zu weiten Kleidern unterwegs gewesen war, sah ganz anders aus. Bei ihrem Anblick – sie hatte bestimmt 10 bis 15 Kilos abgenommen, sie trug Jeans, die ihre Beine betonten, die Bluse brachte ihre Brust zur Geltung, ihr Haar trug sie frisch hochgesteckt, die Lippen glänzten rot, was ihr Gesicht noch mehr betonte – war ich völlig sprachlos. Damit hatte niemand gerechnet. Ihre Gäste in der Bar waren ebenfalls baff. Louise so zu sehen steigerte auch den Umsatz. Jeder hatte mehr Durst als sonst. Als Louise mich sah, kam sie geschwebt und fragte: »Na, zufrieden mit dem, was du siehst?«, und zeigte auf sich. »Du hast dich in dieser kurzen Zeit ziemlich verändert«, sagte ich. »Wenn du so weitermachst«, ich zeigte auf sie, »dann bekommt Marie keinen Mann mehr ab.« Louise senkte den Kopf und wurde rot, denn sie bekam selten Komplimente. »Gibst du mir ein Bier?«, fragte ich. Denn aus reiner Gewohnheit hatte sie die Whiskyflasche und ein Glas geholt. »Bist du krank oder verträgst du den Whisky nicht mehr?«, wollte sie wissen. »Habe mal Lust auf eine Flasche Bier«, gab ich zu. Sie ging und brachte das kühle Bier, Mit so guter Laune hatte ich Louise dieser Tage noch nicht erlebt. Es war so, als ob eine andere Frau hinter der Bar stand. Woher kam der Wandel? War Louise auf dem Weg, eine zweite Marie zu werden? Oder hatte sie sich in mich oder einen anderen Mann verliebt? »Draußen vor der Tür steht ein glänzender schwarzer Rocket 88. Hast du eine Ahnung, wem der gehört?«, fragte ich Louise. Sie ging um die Bar und sah aus der Tür nach draußen. Dann drehte sie sich um und kam wieder an die Bar. »Da steht kein Auto, wie du gesagt hast«, sagte sie und schlug beleidigt die Arme übereinander. Ich nahm das Bier und sah mich um.

13 »Frank und Marie«

Frank und Marie, die sich in der Zwischenzeit etwas nähergekommen waren, standen auf und gingen nach oben. Marie ging voraus. Frank hatte sie an der Hand und folgte ihr. »Ich kann nicht aufhören, an dich zu denken, Marie«, sagte Frank, als sie nach oben gingen. Sie wollte nein sagen, aber sie gab ihren letzten Widerstand auf. Sie glühte vor Verlangen und erkannte erstaunt, dass ihr die Folgen gleichgültig waren. Sie wollte Frank haben, hier und jetzt, und sie wollte nicht an morgen denken. Sie ließ sich von ihm ans Bett führen. Dort küsste er sie und drängte sie behutsam aufs Bett, ohne die Lippen von ihr zu lösen. Er streifte ihr die Bluse von den Schultern, strich mit den Handflächen über ihren Rücken und öffnete den Verschluss ihres BHs. Während er sie auszog, krallten sich ihre Finger wild in sein Hemd. »Hey, hey«, murmelte er. »Langsam, sanft, langsam.« Sein Blick war weich. »Ich möchte das genießen«, sagte Frank. Marie biss sich auf die Unterlippe und stöhnte unterdrückt. Er lachte leise. »Keine Angst, Marie, zu dem Teil kommen wir noch. Gib mir einfach Zeit, mich von meiner besten Seite zu zeigen.« Sie fasste nach dem Knopf seiner Jeans, als Frank sie wieder heiß küsste. Er warf sein Hemd ab, schälte sich aus der Jeans und den Boxershorts und stand endlich nackt vor ihr. »Wie ist das passiert?«, fragte sie leise und zeichnete die Narbe auf seinem rechten Oberschenkel mit ihrem Zeigefinger nach. »Was?« Er blinzelte benommen. Sie wollte die Wunde berühren, doch er zuckte zurück. »Nicht.« »Du wurdest angeschossen?« Sie schaute ihm in die Augen. »Ja.« Seine Miene warnte sie davor, weiter in ihn zu dringen. Sie senkte den Blick und bewunderte seinen gut gebauten Körper im schwachen Licht. Er war so schön. Sie beugte sich vor und berührte die Spitze seines Gliedes leicht mit der Zunge. Frank atmete zischend aus, als hätte er sich verbrannt. »Oh ja, das fühlt sich gut an.« Sie nahm ihn in den Mund. Er legte seine Hände auf ihre Schulter und hielt sie fest. »So gut es sich anfühlt, Honey, wenn du so weitermachst halte ich keine Minute durch.« Marie wich zurück und sah an ihm hoch. Flacher Bauch, muskulöse Brust und breite Schultern. Er war so männlich und so stark. Sie hauchte Küsse auf seinen Bauch und rutschte dabei jedes Mal tiefer. Frank schob seine Finger in ihr kupferrotes Haar. »Nein, nein«, protestierte er schwach. »Doch!« Noch ein Kuss. Als sie seine Erektion endlich mit ihren Lippen umschloss, hörte sie ihn stöhnen. Eine Hitzewelle durchströmte ihren Körper. Ihr Herz klopfte schneller. Sie war selbst überrascht, wie sehr es sie erregte, Frank so zu verwöhnen. Er schmeckte so gut. Sie fühlte sich wie unter Strom und genoss ihre Macht über ihn. Sie liebkoste ihn leidenschaftlich mit der Zunge und versetzte ihn mit ihren Zärtlichkeiten in Ekstase. »Noch nicht«, flüsterte er. »Ich möchte in dir sein.« »Komm her«, sagte sie. Er wehrte sich nicht, als sie seine Hand nahm und ihn aufs Bett zog. Seine Augen waren dunkel vor Lust. Sie sah, wie er erschauderte, und lächelte. Er hatte sich zurückgelehnt und beobachtete sie gespannt. Ihre Blicke trafen sich, seiner war so intensiv, dass sie den Blick senken und sich sammeln musste. Langsam strich sie mit einer Hand über seine Brust, während sie die andere über seinen Oberschenkel gleiten ließ. Frank stöhnte, als sie sein Glied berührte, das sich zugleich samtweich und stahlhart anfühlte. Eine erotische Kombination, die sie faszinierte. Sie ließ sich Zeit, massierte ihn sanft und streichelte ihn zart. Sie spürte, wie er die Brust und das Becken bewegte, und beugte sich über ihn. »Nicht«, warnte er sie. »Ich möchte in dir sein und wenn du mich jetzt mit deinem Mund berührst, werde ich es noch vermasseln.« »Nur eine kleine Kostprobe«, sagte sie und umkreiste die Spitze seines Gliedes aufreizend mit der Zunge. Frank keuchte und rang um Beherrschung. »Marie!« Sie streichelte ihn mit ihren Lippen. »Gefällt dir das?« Seine Antwort war ein raues Stöhnen und ein kurzes Nicken. Marie spielte noch ein wenig länger mit ihm. Als sie merkte, dass er kurz vor dem Höhepunkt war, zog sie sich zurück. »Marie.« Er sah sie voller Ehrfurcht an. »Du bist eine wahre Sexgöttin.« Sie setzte sich auf die Fersen und lächelte ihn an. »Komm.« Frank zog sie an sich. »Jetzt«, sagte er. Es war ein Befehl, keine Bitte. »Setz dich auf mich.« Sie kniete sich über ihn und er legte eine Hand um ihren Nacken, zog ihren Kopf herunter und küsste sie verlangend. Dann umfasste er ihre Hüfte und zog Marie auf seinen Schoß. Sie keuchten beide auf, während er in sie eindrang. Sie bestimmte das Tempo der Bewegungen und spannte Frank auf die Folter. »Schneller«, drängte er. »Nein«, murmelte sie. »Du wirst dich noch etwas gedulden müssen.« »Du bist grausam, Baby.« »Das Warten wird sich lohnen«, versprach sie. »Dieses Spiel mag ich auch spielen«, meinte er und kniff in ihre Brustwarze. Heiße Glut schien von ihren Brüsten und ihren Beinen zu strömen. »Teufel!«, fluchte sie leise. »Nur damit du es nicht vergisst.« Er lachte und hob das Becken an. Seine Hände glitten über ihre Taille, ihren Rücken, ihren Bauch und zurück zu ihren Brüsten. Es kam ihr so vor, als wären sie überall gleichzeitig. Er machte sie verrückt. Sie versuchte, ihn so lange wie möglich hinzuhalten, aber dann schob er seine Finger zwischen ihre Beine und streichelte sie dort. »Das ist nicht in Ordnung«, beschwerte sie sich schwach, doch sie erhielt nur ein Lachen zur Antwort. Frank reizte Marie mit dem Finger, bis sie sich nicht länger zügeln konnte. Sie ließ ihrer Lust freien Lauf, hob und senkte ihr Becken in einem wilden Rhythmus, der sie schon bald in einen Rausch versetzte. Dann, kurz vor dem Höhepunkt, umfasste Frank ihr Gesicht und zog den Kopf zu sich herunter, um ihr tief in die Augen zu sehen. Sie schauten einander direkt in die Seele. Im nächsten Moment wurden seine Stöße härter und er steigerte das Tempo. Marie verlor sich in Ekstase. Sein Gesicht verzerrte sich. Aber er hörte nicht auf, sie anzuschauen und sich weiter zu bewegen. Bis sie beide gleichzeitig die Erfüllung ihrer Leidenschaft erlebten.

Frank legte seine Arme um sie, als sie erschöpft auf seine Brust sank. Er drückte sie an sich, küsste ihre Augenlider, ihre Nase, ihr Kinn und schließlich ihren Mund so zärtlich, dass ihr Herz vor Glück zu zerspringen drohte. Zufrieden steckte Frank sich eine Zigarette an und blies den Rauch an die Decke. Marie lag neben ihm und legte ihre Hand auf seine Brust, die sie streichelte. »Woher hast du die Narbe bekommen?«, fragte sie. »Das ist eine lange Geschichte, die ziemlich kompliziert ist«, sagte er. So lagen sie noch eine Weile nebeneinander im Bett. Marie dachte über ihre Beziehung nach, ob es eine war oder nur der Sex. Im Moment aber war sie glücklich, wie es war, ohne darüber nachzudenken. Frank war für sie weitaus mehr als ein Freund, ein besserer Mann als Big Willy, den sie als Freund gehabt hatte. Sie dachte über beide, Frank und Willy, nach, verglich beide und bemerkte, dass es mit Willy ein Fehler gewesen war. Marie stand vom Bett auf und sah Frank an, der mit seiner Größe und seinem Wissen viel zu bieten hatte. Nackt wie Marie war, ging sie durch den Raum. Bei jeder Bewegung bebten ihre Brüste, die nicht zu klein oder zu groß waren. Ihr Haar war noch immer in Form, als sie anfing, sich zu kämmen und am Spiegel sitzend, die Bürste in der Hand, durch ihr kupferrotes Haar fuhr. Marie dachte beim Kämmen ihrer Haare über eine Zukunft mit Frank nach. Sie sah sich lange im Spiegel der Kommode an. Ihre Figur war perfekt und ebenso das Gesicht, dem kein Mann widerstehen konnte. Langsam fuhr sie mit der Bürste durch ihr Haar und beobachtete Frank, der noch immer auf dem Bett lag. Er stand auf zog sich seine Boxershorts und Hose wieder an, kam zu ihr an die Kommode, legte seine Hände auf ihre Schultern und sah sie im Spiegel an. »Weißt du«, sagte er, »dass ich davon geträumt habe, seit wir hier sind?« »Das Warten hat sich doch gelohnt?«, fragte sie. Worauf sie aufstand, sich auf die Zehen stellte, um ihm einen langen Kuss zu geben. Frank musste sich sehr tief bücken, um Maries Kuss zu erwidern, da er um einiges größer als Marie war. Doch am Ende hob er sie einfach hoch und sie schlang die Arme um ihn. So küssten sich beide lange und intensiv, als ob es kein Morgen geben würde, wild und leidenschaftlich.

Ich stand an der Bar und trank ab und zu von meinem Bier und dachte über Irene nach, die überall auftauchte. Sie schien mir wie ein mahnender Engel, der dir sagt:»Bis hier und nicht weiter.« War sie seit dem Tod von ihrem Mann mal wieder mit einem anderen zusammengewesen? Diese Frage ging mir durch den Kopf. Endlich kamen Marie und Frank wieder in die Bar, Marie strahlte über beide Backen.

Frank kam zur Bar und stand neben mir. Er legte seine Hand auf meine Schulter und grinste mich an. »Ihr ward aber sehr lange oben«, und ich zeigte auf die Tür. Frank sah mich an. »Du hast recht, es war eine ganz heiße Sache.« »Du kannst es wohl nicht lassen«, sagte ich. Er stand da und strahlte. Marie, die an der Bar Louise half, kam aus dem Schwärmen nicht mehr raus. Alles schien im Augenblick perfekt zu sein. Bis auf einmal draußen vor der Bar ein Auto mit laufendem Motor stand. Die Räder drehten plötzlich durch und der Wagen schoss die Hauptstraße hinunter in die Nacht hinein. Bis Frank und ich die Tür der Bar erreichten, war der glänzende schwarze Wagen verschwunden. »Wer zum Henker fährt diese Karre?«, brummte Frank und kratzte sich am Kopf. »Wenn das Big Willy ist, haben wir mit unserem alten V8 keine Chance gegen diese Karre«, stellte ich fest. Wir machten kehrt und gingen wieder in die Bar. »Jetzt brauche ich einen Drink«, sagte Frank und winkte Marie. Sie kam zu uns, brachte eine Flasche und zwei Gläser, lächelte Frank an und verschwand wieder. Ich nahm die Flasche und schenkte ein. Frank, dem ich das Glas rüberschob, sah mich an und stieß mit mir an. »Na dann, auf Big Willy und Marie« sagte ich. »Auf Big Willy kann ich nicht trinken, sonst kommt mir alles wieder hoch.« »Wenn du auf jemanden trinken willst, dann auf Marie oder Joe und Angus«, sagte ich. »Na, denn Prost«, meinte Frank, der sich eine Zigarette anmachte, die er genüsslich rauchte. Louise war noch immer hinter der Bar am Arbeiten, denn jeder wollte von ihr bedient werden.

Während wir an der Bar standen, dachte ich über diese schwarze Scheißkarre nach, die auf uns beide vor Joes Haus gewartet hatte. Danach fanden wir sie vor der Bar wieder. Die Karre musste die ganze Zeit vor der Bar gestanden haben. Der Fahrer musste im Auto gesessen haben, bis er die Geduld verloren hatte und mit quietschenden Rädern davongerast war.

Der schwarze Rocket 88 raste durch die Nacht. Big Willy saß am Steuer. Neben ihm saß Dave, der ziemlich blass aussah. Big Willy und er hatten den halben Abend auf die beiden Kerle gewartet. Bis Big Willy der Geduldsfaden riss, weil sie nicht vor die Tür kamen. Er wollte sich mit den beiden wieder anlegen. So startete er den Motor, ließ die Räder durchdrehen und raste mit vollem Tempo aus der Stadt. Willy war so auf Touren wie der Motor, und sein Zorn ging in Hass auf die beiden über. Dave, der neben ihm saß, starrte aus dem Fenster und dachte darüber nach, wie er es den beiden heimzahlen könnte. Ihm war noch keine Idee gekommen. So jagte der Rocket durch die Nacht, bis Willy bremste und aufs Lenkrad schlug. »Verdammt, verdammt!«, schrie er. »Die haben uns ganz schön drangekriegt, mit denen rechnen wir noch ab«, sagte er. Seine Narbe leuchtete vor Zorn, und er schlug immer wieder aufs Lenkrad ein. »Ganz ruhig«, meinte Dave, der zu Willy hinüberschaute. »Unsere Zeit für Rache wird noch kommen«, dachte Dave laut.

Frank und ich standen an der Bar. Ohne ein Wort zu sagen, tranken wir weiter. Das Erlebte mit dem schwarzen Auto gab uns zu denken. Bis Louise vor uns auftauchte. »Na, ihr beide seht nicht gerade gut aus«, sagte sie und machte eine Drehung, um sich nichts anmerken zu lassen. Sie hatte die Sache mit dem Auto ebenfalls mitbekommen, wie jeder andere in der Bar. Dieses Auto war ja nicht zu überhören, als es die Hauptstraße entlang davonraste und sämtliche roten Ampeln, es gab nur zwei, überfahren hatte. Nach einer Weile meinte Frank: »Wenn das wirklich Big Willy gewesen ist, na dann Mahlzeit! Mit unserem alten V8 haben wir nicht die Möglichkeit, ein Rennen zu fahren«, sagte er und trank sein Glas aus. Was Frank damit sagen wollte, ist Folgendes: Bei einem Rennen könnte es sein, wenn wir zu schnell fuhren, könnten wir im Jahre 2009 oder sonst wo rauskommen. Auf dieser Berechnung von Angus war es zu 100 % der Fall, wieder zurückzukommen. »Es könnte der Fall sein, dass ich von Joe Peters Auto bekommen kann«, sagte ich. »Du bist doch nicht im Ernst den Buick von Joes Sohn gefahren?«, fragte Frank ungläubig. »Doch, vor zwei Tagen bat mich Joe, damit eine Runde zu fahren. Er bestand darauf«, gab ich zu. »Mit diesem bösen Teil bist du hier über die Straßen gefahren, mit 7,4 Liter und 350 PS unter der Haube?«, fragte Frank. »Was sieht Joe in dir? Etwa eine Reinkarnation von Peter? Da ist er aber ganz weit weg«, meinte Frank. »Dieses ist eine Sache, über die ich einmal mit Joe reden muss, was er in mir sieht«, erwiderte ich. Peter konnte ich nicht ersetzen. Der alte Joe musste sehr an seinem Sohn gehangen haben. Über seine Frau hatte Joe nie ein Wort gesagt. War sie bei Peters Geburt gestorben oder abgehauen und hatte beide alleingelassen? Später würde ich Joe einfach darauf ansprechen.

Auf einmal stand Louise vor mir und sah mich fragend an. »Du siehst nicht gut aus.« Sie streckte die Hand nach mir aus. Dann legte sie ihre Hand auf meine Wange, sie war zart und weich, und sie rieb sie auf und ab. Ich nahm ihre Hand und legte sie auf die Bar. »Louise, es ist noch nicht an der Zeit«, sagte ich. »Hat es mit der Frau auf deiner Brust zu tun?«, fragte sie. »Dieses ist eine zu lange Geschichte und zu wenig Zeit«, sagte ich zu Louise. Sie zog die Nase kraus, sah mich lange an und dachte kurz darüber nach. Frank stieß mich von der Seite an. »Da hast du aber eine glühende Verehrerin in Louise gefunden!« Er schlug mir auf die Schulter und lachte. Während wir an der Bar standen, kam Marie zu uns und parkte gegenüber von Frank. Sie sah ihn verliebt an. Frank war in ihren Händen zu allem fähig. Was sie oben machten oder taten, war mir egal. Das Einzige, was mich im Augenblick mehr beschäftigte, war diese schwarze Karre, die uns am Arsch klebte wie Kaugummi. Ich sah mich nach Louise um, die nun von der Männerwelt auch mehr wissen wollte. Sie sah sehr gut aus, und wenn sie noch ein paar Kilos abnahm, würde sie sich vor Männern nicht mehr retten können. Als Louise einem Gast ein neues Getränk brachte, griff dieser ihr an die Bluse, Louise schrie und ließ das Tablett fallen, das scheppernd zu Boden ging. Mit einem Ruck stand ich auf und ging zu dem Gast, der sich an Louise zu schaffen machte. »Hey komm, lass sie in Ruhe«, sagte ich ganz ruhig. Er drehte sich um und sah mich an. »Was willst du?«, fragte er. »Ich will, dass du sie«, ich zeigte mit dem Finger auf Louise, »in Ruhe lässt«, sagte ich ganz ruhig. Sein Nebenmann flüsterte ihm zu: »Das ist der, der Big Willy aufs Maul gehauen hat.« Er sah mich an und wurde ganz blass und sah verlegen zu Boden. »Ich möchte mich«, und er sah Louise an, »entschuldigen. Es wird nie wieder vorkommen.« »Na also, geht doch«, sagte ich, drehte mich um und ging an meinen Platz zurück. Bei Frank angekommen, schaute dieser mich von oben an. »Ist doch eine gute Sache, dass wir hier als Helden angesehen werden«, sagte er. Ich nickte nur, nahm mein Glas und trank weiter. Louise, die sich von dem Schreck erholt hatte, sah mich verliebt an. Diese ganze Geschichte mit Big Willy hatte mehr Aufsehen erregt, als uns lieb war. Wir hatten Probleme genug, und hier noch groß aufzufallen war nicht nötig. Von der Seite stieß mich Frank an, der alles von Weitem gesehen hatte. »Wir sollten sehen, dass wir bald nach Hause fahren«, sagte er. »Zu Joe oder nach 2009?«, fragte ich Frank. Dieser schien zu überlegen. Einiges war hier noch ins Reine zu bringen, dachte ich. Die größte Sorge war Joe, der mit Peters Tod zum Einzelgänger geworden war. Froh war er, als wir beide zu ihm gekommen waren.

Angus, sein Neffe, war jetzt öfter bei ihm. Frank, der mit Marie eine Beziehung oder nur Sex hatte. Louise die mich als Freund ansah und sich völlig verändert hatte, was zu ihrem Vorteil wurde. Irene, aus der ich nicht schlau wurde, die überall auftauchte, wo man sie nicht erwartete. Auf jeden Fall hatte Irene etwas Geheimnisvolles. Mit ihrer ruhigen Art und Ausstrahlung wusste sie auf alle Fälle mehr, als sie zugab. Mochte es bei Irene sein, dass sie ihr Leben einfach in vollen Zügen genoss? Mit diesen Fragen wollte ich mich nicht näher befassen. Meine Größte Sorge war Frank, der für Marie jede Dummheit begehen würde. Wenn sie wollte, würde er darum jeden Fehler der Welt begehen. Liebe macht bekanntlich blind. Aber man sollte sein Ziel nicht aus den Augen verlieren. Nicht in die Scheiße treten und fragen, wo der Duft herkommt. Denn wir wollten auch wieder ins Jahr 2009 zurückkommen. Frank, der neben mir stand, bemerkte, dass ich über etwas nachgrübelte. »Worüber denkst du nach?«, wollte er wissen. Er nahm einen weiteren Schluck aus seinem Glas. »Über die ganze Sache, die wir hier losgetreten haben«, antwortete ich. Frank nickte. »Ja, ich weiß, was du meinst«, sagte er. »Wir sollten auf diese schwarze Karre aufpassen. Sonst könnte es ganz böse enden«, meinte ich. »Wenn es wirklich Big Willy sein sollte, na dann Mahlzeit«, sagte Frank. Da hatte er recht, mit Big Willy war nicht zu spaßen. Der war zu allem fähig. Bei dem letzten Rennen mit Willy hatte es ja einen Toten gegeben, wie wir schon wussten. Aber dieses Mal würde das Rennen anders ausgehen.

    Der Abend neigte sich. Es war schon spät, als wir die Bar verließen. Marie hatte sich von Frank länger und mit vielen Küssen verabschiedet. Louise hatte mit dem Abräumen der Tische, dem Leeren der Aschenbecher und Spülen der Gläser genug zu tun. Sie winkte uns zu, als wir die Bar verließen. Mit langsamen Schritten gingen wir zum Bel-Air. Ich drehte den Schlüssel um und wir fuhren Richtung Joes Haus. Kaum waren wir unterwegs und hatten eine Zigarette angezündet, wurde es hell im Rückspiegel. Das wütende Geräusch eines frisierten Motors war zu hören.

»Halt dich irgendwo fest!«, schrie ich Frank zu. »Die wollen uns wohl umbringen?«, fragte Frank. Die Lichter des Autos hinter uns kamen immer näher. Ein Tritt aufs Pedal und der Bel-Air begann richtig anzulaufen. Doch gegen das Auto hinter uns hatten wir mit dem Bel-Air keine Möglichkeit, zu verschwinden. Blieb nur, mit dem Auto so gut zu fahren, wie es ging, und zu sehen, was der Hintermann vorhatte. Bei dem Bel-Air war bei 170 km/h Schluss. Mehr gab der Motor nicht her. So musste ich mit Können fahren. »Pass auf. Die wollen uns von der Straße drängen«, schrie Frank. Als der schwarze Wagen sich neben uns setzte, nach rechts zog und seine Längsseite immer näher kam, trat ich auf die Bremse. Fünf Zentimeter näher, und der schwarze Wagen hätte uns gerammt. Der Bel-Air blieb sofort stehen. Der Fahrer dieser schwarzen Karre wurde davon überrascht und raste einfach weiter in die Nacht hinein. Frank und ich stiegen aus. Wir sahen dem Auto nach. Wie es gekommen war, war es auch wieder verschwunden. »Junge, Junge, das war eng«, meinte Frank. »Konntest du den Fahrer erkennen?«, fragte ich. Frank sah immer noch in die Nacht. »Hatte genug zu tun, um mich irgendwo festzuhalten«, schrie Frank. »Na, dann wollen wir mal zu Joe fahren«, meinte ich.

Als wir im Bel-Air saßen, rauchten wir während der Fahrt. Im Radio lief Musik. Der Rest der Fahrt verlief ohne weitere Probleme. Als wir bei Joe ankamen, lief der uns entgegen. »Diese verdammte schwarze Karre ist eben hier durchgefahren«, sagte Joe und zeigte mit der Hand in eine Richtung. »Ja, der wollte uns von der Straße schieben«, brummte Frank. Er zeigte auf mich. »Er hat denen mal gezeigt, wie man Auto fährt«, und er schlug mir auf die Schulter. Joe überlegte und ging um den Bel-Air herum, um nach Beulen oder Kratzern zu sehen. Aber er fand nichts. Er sah aus wie am ersten Tag, als wir in die Stadt fuhren. Er kam auf mich zu und blieb vor mir stehen, tippte mit dem Finger auf meine Brust. »Ich wusste, dass du mit solchen Sachen klarkommst«, brummte er. »Jeder andere hätte das nicht überlebt.

Deshalb habe ich dir Peters Auto zum Fahren gegeben«, sagte Joe stolz. Frank sah Joe und mich erstaunt an. Er rieb sich das Kinn und überlegte kurz. »Wenn das eben Big Willy war, dann ist er der Einzige«, er zeigte auf mich, »der dieses Rennen mit Peters Auto gewinnen könnte«, sagte Frank. Joe hörte zu, was Frank sagte, und nickte mit dem Kopf. »Hey alle Mann. Macht aus mir keinen Helden!«, rief ich. »Joe, du glaubst doch nicht, dass ich Big Willy in einem Rennen besiegen kann?«, fragte ich. »Du bist der Einzige der mit Peters Auto gefahren ist, seitdem es in der Garage steht«, brummte Joe. »Mit Peters Buick ist jedes Rennen zu gewinnen?«, fragte Frank. »Niemand weiß von dem Auto, das seit Peters Tod in der Garage stand«, sagte Joe. »Lasst uns ins Haus gehen«, schlug ich vor.

So gingen wir alle nach drinnen. Dort saß Angus und überdachte an der Tafel nochmals seine Formel. »War in der schwarzen Karre Big Willy?«, wollte Angus wissen. »Scheint so«, meinte Frank. »Na, dann gute Nacht, ein Psycho mit einem solchen Auto auf der Straße. Da kommt jede Menge Spaß auf«, meinte Angus, der mit den Händen herumfuchtelte. »Wann gibt es denn was zu futtern?«, fragte Angus und rieb mit den Händen am Bauch. Mit Joe ging ich in die Küche und half beim Kochen. Keine halbe Stunde später saßen wir zu viert im Wohnzimmer und ließen es uns schmecken. Joe sah mich immer wieder an und schüttelte den Kopf. »Du kannst Big Willy schlagen«, sagte er, während er mit Messer und Gabel weiteraß und ab und zu an seinem Bier trank.

Nach dem Essen gingen wir nach draußen. Der Abend war kühl und die Sterne standen am Himmel. Joe kam und stellte sich neben mich. Lange sah er in die Nacht und überlegte. »Seit ihr beiden da seid, hat sich mein Leben verändert. Jetzt hat alles wieder einen Sinn. Seit Peters Tod habe ich mich völlig zurückgezogen und wollte keinen sehen«, sagte Joe. »Dann hast du auch lange an seinem Auto gearbeitet und es wieder aufgebaut?«, fragte ich. »Ja, war so eine Art von Trauerbewältigung, an nichts zu denken und wieder etwas zu tun zu haben, nichts anderes als eine Sache wieder aufzubauen«, meinte Joe. »Bis die Sache mit Big Willy in der Bar von Marie und Louise passiert ist?«, fragte ich. »Das, was du mit Big Willy getan hast, war schon lange fällig. Keiner hatte den Mut, sich mit einem Psycho wie dem anzulegen«, sagte Joe. »Er wollte mich oder uns aus der Bar jagen und störte uns«, gab ich zu. »Danach hat er ein paar aufs Maul bekommen, und das war es dann auch«, sagte ich zu Joe. Nach dieser Erklärung von mir war Joe zufrieden. Er drehte sich um und murmelte etwas vor sich hin, was ich nicht ganz verstand. Als ich mich umdrehte, standen Frank und Angus hinter mir. »Scheint, der alte Joe hat euch wohl ins Herz geschlossen«, sinnierte Angus mit tiefer Ironie in der Stimme. Frank brachte eine Packung Zigaretten zum Vorschein und reichte sie mir. Ich nahm eine und steckte sie mit dem Feuerzug an. »Danke, Mann«, sagte ich. »Kein Problem«, meinte er und blieb noch eine Weile neben mir stehen. Es wurde kein Wort gesprochen. Wir dachten über die letzten Stunden nach.

»Hey Mann, lass uns eine Runde pennen gehen. Morgen sieht alles anders aus«, sagte er. Ja, ein paar Stunden Schlaf konnten nicht schaden. Wer weiß, wozu Big Willy noch fähig war. Ob er mich zu einem Rennen forderte oder nicht. Deshalb brauchte ich doch Schlaf, um wieder fit für den nächsten Tag zu sein, was immer er auch brachte. Am nächsten Morgen schien die Sonne durchs Fenster und weckte mich. So ging ich ins Bad und sah in den Spiegel. Die Haare standen in alle Richtungen. Der Bart musste runter. Nach einer Rasur ging es mir besser. Frisch geduscht und rasiert, die Haare mit Pomade behandelt, in neuen Jeans und einem frischen T-Shirt ging ich zu den drei anderen, die längst beim Frühstück saßen.

Joe, Frank und Angus schaufelten wie jeden Tag Unmengen von Speck mit Rührei in sich rein, die sie mit riesigen Mengen Tee hinunterspülten. Während alle aßen, sprach kaum einer, Joe aß ruhig, aber sehr langsam. Frank hatte sich auch den Teller vollgehauen. Es schien, Angus und er würden ein Wettessen veranstalten. Ich nahm Eier und etwas Speck, dazu eine Tasse Kaffee und ging auf die Veranda. Der Tag war zu schön, um drinnen zu essen. Die Sonne brannte vom Himmel. Es schien ein guter Tag zu werden. Während ich draußen meine Eier mit Speck zu mir nahm, kam Joe und setzte sich neben mich. »Und, alles klar bei dir?«, fragte er. Nach einem Schluck Kaffee und einem Zug an der Zigarette sah ich ihn an. »Alles bestens, du brauchst dir keine Sorgen um mich zu machen. Es ist alles in Ordnung«, sagte ich. Joe stand auf und wollte ins Haus gehen. »Joe, kann ich später den Bel-Air nehmen?«, fragte ich. »Wollte mal eine Runde drehen. Nur so zum Spaß durch die Gegend fahren«, sagte ich. »Natürlich, jederzeit kannst du den Wagen haben. Wann du möchtest, du brauchst mich nicht zu fragen«, brummte Joe. Kurz darauf saß ich im Auto. Als Frank kam und durchs Fenster sah, fragte er mich: »Willst du eine Runde fahren, um den Kopf frei zu bekommen?« Ich nickte nur. Frank trat zurück, während der Motor ansprang, und ich fuhr los. Das Radio lief. Die Zigarette im Mund und mir den Wind um die Nase wehen lassen tat einfach nur gut.

Ohne Plan fuhr ich drauflos. Ehe ich mich versah, war ich in der Stadt gelandet. In den Straßen herrschte nur wenig Betrieb. Leute gingen zum Einkaufen und andere waren auf dem Weg zur Arbeit. Vor einem Haus stand ein roter Ford Thunderbird mit weißem Verdeck in der Auffahrt. »Irenes Auto«, dachte ich. Es war ein großes rotes Backsteinhaus. Auf eine Art zu groß für eine Person. Ich parkte den Bel-Air und sah mich ein wenig um, bis sich die Tür öffnete und Irene herauskam. Sie sah das Auto und kam auf mich zu.

Sie trug schwarze Jeans und eine weiße Bluse, die sich an ihren Körper schmiegte wie eine zweite Haut, besonders an den Brüsten, die keinen BH brauchten. »Morgen«, hauchte sie. »Willst du auf einen Kaffee reinkommen?« Sie deutete aufs Haus. »Wie ich sehe, hast du neue Sachen an. Ja, ein Kaffee wäre gut«, sagte ich und stieg aus. Wir gingen ins Haus. Nach den ersten Schritten blieb ich stehen und sah mich lange um. Die Wohnung war für diese Zeit modern eingerichtet. Alles glänzte in Schwarz und noch mehr Chrom. Irene kam aus der Küche mit dem Kaffee. Sie saß mir gegenüber und machte sich eine Zigarette an. Den Rauch blies sie lange aus und sah mich durchdringend an. Sie bemerkte, dass ich sie ansah. Irene sah unglaublich sexy aus, besonders jetzt. Als sie so dasaß und ich auf ihre Brüste blickte, die sich deutlich unter dem dünnen Stoff abzeichneten, reagierten ihre Brustspitzen sofort auf meinen Blick und stellten sich auf. Irene bemerkte, dass ich es sah. Sie kam und setzte sich neben mich.

»Ich wage dich fast nicht zu berühren, aus Angst, es könnte nur ein Traum sein.« Irene lächelte und berührte meine Wange. »Es ist ganz und gar real«, sagte sie. Sie setzte sich mit gespreizten Beinen auf meinen Schoss, zog meinen Kopf zu sich und küsste mich voller Leidenschaft. Lange dauerte der Kuss, bis sich Irene ihre Bluse über den Kopf zog. Ein heißer Schauer überlief Irene. Alleine der Gedanke reichte aus, um ihre Brustwarzen hart werden zu lassen. Hatte sie sich in eine unersättliche Sexkatze verwandelt? Sie wirkte nicht im Geringsten verlegen. Im Gegenteil, ich nahm ihre Reaktion zum Anlass, eine Brustwarze in den Mund zu nehmen und daran zu saugen. »Das ist gut«, sie schnurrte wie eine Katze. »Alles ist so gut, ich hatte keine Ahnung, dass es so gut sein kann«, gestand sie. Das süße Ziehen zwischen ihren Beinen wurde so stark, dass sie fest die Schenkel zusammenpresste, als könnte sie es nicht unterdrücken. Irene lief auf vollen Touren. Sie stand auf und zeigte nach oben. »Oben haben wir noch mehr Platz«, und ihre Stimme veränderte sich. Es war mehr ein Flüstern. Sie ging die Treppe nach oben und ich folgte ihr. War sie zu lange alleine gewesen? Es hatte so den Anschein, wie sie über mich hergefallen war, voller Sehnsucht und Leidenschaft. Das Schlafzimmer war groß. Noch größer das Bett, vor dem Irene stand. »Worauf wartest du?«, fragte sie und winkte mit der Hand. Ihre Augen funkelten. Ich ging auf sie zu. Während dem Laufen zog ich mein Shirt, die Hose und die Stiefel aus, die ich im Raum verteilte. »Na, meine Schöne«, flüsterte ich in ihr Ohr und beobachtete Irenes Gesicht.

Sie schloss die Augen und ihre Züge spannten sich an. Beide fielen wir aufs Bett. Irenes Atem ging schneller. Ich tastete nach ihrer empfindsamsten Stelle und liebkoste sie und strich über ihre Schenkel aufwärts. Meine Finger waren geschickt. Immer wieder brachte ich sie dazu, dass sie wonnig erschauderte, ohne wirklich zum Höhepunkt zu kommen. Ich machte sie verrückt. Irene überlegte, ob sie mich mit dem Mund liebkosen sollte. »Später«, sagte ich, als könnte ich ihre Gedanken lesen. »Jetzt komm«, sie lächelte vor Ungeduld und bewegte sich langsam, obwohl es ihr schwerfiel. Wenn ich sie verrückt machen wollte, konnte sie das auch. Sie bedeckte mein Gesicht mit Küssen. »Das macht Spaß«, sagte sie und lachte wie ein Schulmädchen. Sie hob die Hüften weit genug, um meine Erektion zu berühren. Irene wand sich genüsslich und hob mir ihre Brüste entgegen. Sie liebte es, zu sehen, wie ich mich in ungezügelter Lust hingab. Ich drang tief in sie ein. Ihre Brüste hüpften, als sie meine Stöße erwiderte. Bald fanden wir einen gemeinsamen Rhythmus. Als sie dann noch ihre Brüste an meine Brust schmiegte, provozierte sie mich ganz. »Genug ist genug.« Entschlossen packte ich Irene und hob sie hoch, um ganz in sie einzudringen. Immer mehr, immer tiefer. Bis sie vor Lust zitterte. »Ah, das ist so gut!« »Ich weiß«, flüsterte ich und legte ihr einen Finger unters Kinn. Sie öffnete die Augen und wir sahen uns lange schweigend an. Dann legte ich beide Hände auf ihren Po und bewegte herausfordernd die Hüften, damit sie den Takt vorgeben sollte. Zugleich schob ich eine Hand zwischen ihre Schenkel und tastete nach ihrer sensibelsten Stelle. Irene klammerte sich zitternd an mich und drehte sich meinen suchenden Fingern entgegen. Als ich ihre kleine Knospe fand und daran rieb, schrie Irene kurz auf und ließ sich von diesem sinnlichen Vergnügen ins Paradies der Leidenschaft davontragen. Wie ich auch, ließ sie sich gehen und folgte mir auf den Gipfel. Der Höhepunkt war überwältigend. Auch die Erkenntnis, dass Irene mit solcher Leidenschaft auf meine Berührung reagierte, mehr als alles andere. Für Irene war dieser Augenblick so wundervoll und so intensiv, wie sie es noch nie zuvor erlebt hatte. Aber Irene wusste, es war noch nicht zu Ende. Ich war gleich wieder soweit, und meine Hüften bewegten sich unter ihr so heftig, dass ihre Knie fast ihren Dienst versagten. Und dann kam Irene zum zweiten Mal, bevor sie erschöpft auf meine Brust sank. »Ich wusste nicht mehr, dass es so sein konnte«, flüsterte sie mir ins Ohr. Dann lagen wir nebeneinander. Irene war glücklich. Im Moment jedenfalls. Nach einer Weile stand ich auf und holte aus der Jacke die Zigaretten und das Feuerzeug. Sie lag noch immer auf dem Bett. Den Kopf hatte sie auf die Arme gelegt, die Beine nach oben gestreckt und sah mir zu, wie ich die Hose wieder anzog und eine Zigarette rauchte.

»Weißt du«, fing sie an, »Seit dem ersten Abend in der Bar hatte ich schon daran gedacht, wie es sein könnte. Seit dem Abend, als Big Willy seine Prügel bekommen hatte, dachte ich daran, mit dir zu schlafen. Keine feste Beziehung, einfach nur Sex ohne Verpflichtung«, sagte Irene. Dann ging ich ins Badezimmer, um mich ein wenig frisch zu machen. Sie saß vor der Kommode und sah sich im Spiegel an. Die Zigarette in der Hand sah sie an sich herunter. »Gefalle ich dir überhaupt?«, fragte sie. »Wenn nicht, dann hätten wir zusammen keinen Sex gehabt«, meinte ich. »Wie kommst du zu solch einem Haus?«, wollte ich wissen. »Ist nicht gerade klein. Muss doch eine ganze Stange gekostet haben?«, fragte ich. Irene schnaufte. »Mein Mann war bei der Regierung angestellt. Seine Arbeit war so geheim, dass er manchmal selbst nicht wusste, was er arbeitete.« »Regierung?«, fragte ich. »Ja, er war bei der US-Army für Ufos und andere Dinge, die im All sind zuständig« sagte Irene. »Louise erzählte mir, dass er an Krebs gestorben sei.« »Ja, Bauchspeicheldrüsenkrebs. Es ging ziemlich lange. Er hatte starke Schmerzen Die

Tabletten und Medikamente halfen nur wenig. Der körperliche Verfall ging dann ziemlich schnell, innerhalb von drei Wochen ist er dann gestorben. Sein Begräbnis wurde von der US-Army ausgerichtet, mit allem, was dazugehört« sagte Irene. »Seit diesem Tag bist du Witwe«, fragte ich, »und lebst in so einem großen Haus?« »Ich bekomme jeden Monat eine Art Rente von der Regierung. Er hatte auch noch eine hohe Lebensversicherung abgeschlossen. Ich brauche mir um Geld keine Sorgen zu machen«, sagte sie. »Du fährst mit deinem Auto durch die Gegend und am Abend bist du bei Marie und Louise zu finden«, sagte ich. »Oder auf Partys mit Musik und einigen Drinks und vielen Zigaretten«, meinte ich. Irene stand auf und kam auf mich zu. Sie sah mich mit ihren blauen Augen an. Wir küssten uns und sie schwebte an mir vorbei ins Bad. Kurz darauf war Wasser zu hören. Bald stand sie wieder vor mir, in ein Badetuch gehüllt. Ihre Haare standen nach allen Seiten ab. Ihr Blick verhieß, dass sie noch eine Runde im Bett drehen wollte. Doch ich wollte es nicht übertreiben. Man sollte aufhören, wenn es am schönsten ist.

»Na, dann sehen wir uns heute Abend bei Marie und Louise in der Bar wieder?«, fragte ich. Irene sah mich an und lachte vor sich hin. »Klar, ich werde da sein, denn ich werde wie jeden Abend da sein«, sagte sie und schlang ihre Arme um meine Hüfte, worauf ich ihr einen Klaps auf den Po gab. Erstaunt sah sie mich an, lächelte und nach kurzem Ansehen löste sie ihren Griff, mit dem sie mich hielt. »Dann bis heute Abend, meine Schöne«, gab ich ihr zur Antwort. Sie stand einfach nur da, bis wie von Geisterhand das Badetuch zu Boden fiel. »Du wirst noch was verpassen«, und zeigte auf ihren Körper, der noch nass glänzte. »Dann bis heute Abend«, sagte ich und ging Richtung Treppe, und sie sah mir nach, als ich das Haus verließ.

Draußen schien die Sonne. Am Bel-Air angekommen steckte ich mir eine Zigarette an und sah mich um. Als ich wieder anfuhr, dachte ich an Irene. Bis heute Abend konnte noch viel geschehen. Man wusste nicht, was der Tag noch bringen würde.

Mit dem Bel-Air fuhr ich langsam Richtung Joe zurück. Die Gegend sah auf einmal irgendwie anders aus. Während der Fahrt gingen mir verschiedene Dinge durch den Kopf.

»Wie zum Henker geht das?«, schrie Big Willy vor Wut und schmiss die Bierflasche an die Wand. Dave, der unter der Haube des Rocket steckte und die Vergaser neu einstellte, damit der Motor besser lief, versuchte, noch ein paar PS herauszubringen. »Die Karre von den beiden hatte doch keine große Leistung«, sagte Dave unter der Haube. Trotzdem konnten sie abhauen. Deshalb war Big Willy außer sich. Der Rocket hatte genug PS unter der Haube. Mit dieser Leistung wäre es ein Leichtes, den Bel-Air von der Straße zu schieben. »Dieser Typ hatte es drauf, mit dem Auto umzugehen«‚ sagte Dave, der noch immer mit dem Kopf unter der Haube steckte. »Die hatten einfach nur Glück«, schrie Big Willy und flippte fast aus.

14 »Rocket 88 Umbau«

»Hey Willy, lass uns die Karre noch ein wenig mehr frisieren. Nur für alle Fälle. Ich habe da noch ein paar Ideen«, sagte Dave. Willy beugte sich hinunter und sah ihm beim Arbeiten zu. »Am besten fahren wir bei Ace auf den Schrottplatz, um einige Teile zu besorgen« sagte Dave. Big Willy sah ihn erstaunt an. »Was hast du denn noch vor?«, und zeigte auf den Rocket. »Ich dachte an einen Kompressor, anderen Vergaser und einen Fächerauspuff, der neben den Schwellern rauskommt.« Dave sah das Auto längere Zeit an und überlegte. »Eine scharfe Nockenwelle und Luftfilter würden dem Rocket so um die 105 PS mehr bringen« sagte er. Big Willy rechnete zusammen. »Dann hätte das Baby 285 PS unter der Haube.« Er fuhr mit der Hand über den Kotflügel des Autos. »Wird uns aber eine Menge Kohle kosten«, überlegte Dave. »Die wir leider nicht haben«, sinnierte Dave. »Na, dann werden wir warten, bis Ace den Laden geschlossen hat. Dann sehen wir uns mal ein wenig um«, sagte Big Willy. »Ein wenig Werkzeug kann auch nicht schaden, um ein paar Teile abzuschrauben«, grinste Dave Big Willy an. »Bis dahin ist aber noch Zeit«, meinte Big Willy und zeigte auf die Uhr, die in der Garage hing. »Es gibt immer noch genug zu tun«, sagte Dave, der noch über die Teile für das Auto nachdachte. Dave schob seinen Oberkörper wieder unter die Haube und schraubte weiter an den Vergasern herum.

Big Willy ging durch die Garage, in der viele Autos – oder was noch davon übrig war – standen. Beim Öffnen einer Haube sah er sich den Vergaser an. »Dave, Dave«, schrie er. »Sieh dir das mal an.« Dave ließ das Werkzeug fallen und stieß sich noch den Kopf, als er unter der Haube vorkam. Auf dem Weg zu Big Willy rieb er sich die Beule am Kopf. Big Willy stand vor einem Wrack und zeigte auf den Motor. »Könnte der Vergaser passen?«, fragte er. »Ja, wir können die beiden Vergaser und den aufgebohrten Luftfilter ganz gut gebrauchen«, sagte Dave, beugte sich vor und überlegte kurz. »Passen werden die Teile auch.« »Den Luftfilter und den Vergaser können wir gleich ausbauen«, sagte Dave. Während Dave ging, um Werkzeug zu holen, drehte Willy eine Runde weiter durch die Garage, um weitere Teile zu suchen. Er wühlte sich durch den Müll, nur um etwas zu finden. Bis er unter einem Haufen einen Auspuff, der neben einem Kompressor lag, fand. Big Willy sah aus, als hätte er einen Schatz gefunden. »Dave«, rief er aufgeregt. »Hier haben wir einen Kompressor und einen Fächerauspuff, der sogar noch neu ist. Hier«, er hob den Kompressor hoch, »ist das beste Stück von allen«, rief Big Willy aufgeregt. Dave kam, blickte ihn an und sah sich die Teile an. »Wenn sie in Ordnung sind, sollte der Rocket abgehen wie die Hölle«, überlegte er laut. »Wird aber eine Menge Arbeit, das alles umzubauen und alle zu überprüfen, ob sie auch laufen«, sagte Dave. »Na, dann los«, sagte Big Willy und rieb sich die Hände. Big Willy machte sich daran, den Kompressor zu zerlegen, alle Teile zu reinigen und mit Muttern und Schrauben neu auszustatten. Bald glänzte das Teil wie aus dem Laden. Dave machte sich in dieser Zeit daran, ein Loch für den Kompressor in die Haube zu schneiden. Willy brachte das Teil und Dave fing an zu schrauben, bis der Kompressor auf dem Block des Motors saß. Willy war mit sich zufrieden. Er holte aus dem Kofferraum mehrere Flaschen Bier. Er warf Dave eine zu, der sie auffing und öffnete.

»Bin mal gespannt, ob sich die Arbeit lohnt«, meinte Big Willy und nahm einen Schluck aus der Flasche. »Wenn alles gutgeht, sind wir bald fertig«, sagte Dave, stellte die Flasche ab, ging ans Auto zurück und machte sich wieder an die Arbeit. Willy legte sich auf ein Rollbrett, zog sich unters Auto und montierte den Auspuff ab. Er brauchte nicht lange, um ihn abzubekommen. Danach fing er an, den neuen Auspuff anzubringen. Keine halbe Stunde dauerte es, bis Big Willy mit seiner Arbeit fertig war.

Dave hatte den Kompressor auf dem Motorblock soweit fertig. Mit der Hand strich er über den Block. »Du wirst bestens laufen«, murmelte er vor sich hin. Big Willy stand neben ihm und überlegte. »Lass ihn mal an«, sagte er. »Ja, ist eine gute Idee. Mal hören, wie er sich anhört«, sagte Dave. Dave ließ es sich nicht nehmen und stieg in den Rocket, der mit einem lauten Brüllen zum Laufen kam. Er stand nur kurz auf dem Gas. Der Motor brüllte, als wolle er aus dem Auto springen. Als Dave ausstieg, lief der Motor nur noch im Leerlauf. Dave nahm sein Werkzeug und schraubte, bis der Motor rundlief. »Wenn du willst, drehen wir eine Runde, machen die Haube drauf und dann fahren wir«, schrie Dave. Willy stellte den Motor ab, holte die Haube, legte sie auf und Dave machte sie mit ein paar Schrauben fest. Beide standen nun vor dem Rocket, der mit dem Kompressor noch etwas böser aussah. »Na dann los«, sagte Willy. Sie stiegen ein, ließen den Motor an, der laut brüllend ansprang, als er anfuhr.

Big Willy fuhr los. Die ersten paar Kilometer ließ er den Rocket laufen. Als er das Pedal richtig durchtrat, schaltete sich der Kompressor zu und der Rocket fraß die Räder in die Straße. Dave, der neben ihm saß, schaute nur auf den Tacho und sah wie der Zeiger sich immer weiter nach unten bewegte. »Los Willy, tritt mal ganz aufs Pedal«, schrie Dave. Der Rocket 88 schrie förmlich, während Big Willy bis an die Grenze das Pedal durchtrat. Sie wurden förmlich in die Sitzbank gedrückt. Mit 295 km/h raste der Rocket durch die Nacht. Big Willy war mit dem Auto und Dave zufrieden. »Wenn wir jetzt nicht die schnellste Karre hier haben, dann weiß ich auch nicht weiter«, sagte er. Dave, der ihn ansah, nickte nur mit dem Kopf. »Ja, wer sollte sich mit diesem Baby anlegen wollen«, stellte er fest. Big Willy ließ den Rocket nun etwas langsamer laufen. Er hatte Angst, dass der Kompressor durchbrennen könnte oder sonst etwas anderes passieren könnte. Big Willy und Dave waren mit ihrer Arbeit zufrieden. Sie hatten in wenigen Stunden, ohne bei

Ace Teile zu kaufen oder zu klauen, für ihr Auto alles gefunden und eingebaut. Niemand würde davon je erfahren, wo und wie sie das Auto so aufgemotzt hatten.

Big Willy sah, dass die Tankuhr im roten Bereich stand. »Wir sollten mal tanken fahren«, stellte er fest. Dave nickte mit dem Kopf. »Ist nicht weit, dann kommt eine Tankstelle«, und er zeigte mit dem Finger in eine Richtung. Mit mäßiger Geschwindigkeit fuhr Willy in die Richtung. Bald waren sie am Ziel. Dave sprang raus, öffnete den Tank, nahm den Zapfhahn und ließ den Sprit laufen, bis es mit einem lauten Knacken stoppte. Als Dave auf dem Weg zum Bezahlen war, kam ihm der Tankwart entgegen, der sich das Auto näher ansehen wollte. »Wir können gleich reingehen zum Bezahlen«, meinte er. Der alte Mann drehte sich um und ging mit Dave zur Kasse. Dave kam zum Auto zurück, und Willy ließ den Motor an, der brüllend seine Arbeit verrichtete und mit quietschenden Reifen davonfuhr. Der alte Mann zog die Schultern hoch, drehte sich um, nahm den Hörer des Telefons ab und wählte eine sehr bekannte Nummer, die von Joe Miller.

Bei Joe klingelte das Telefon, und er erfuhr von dem Tankwart, dass Dave und Big Willy gerade eben mit einem schwarzen Auto zum Tanken da gewesen waren, er aber nicht genau hatte sehen können, was die beiden daran umgebaut hatten. »Jungs, ich glaube, dass wir ein großes Problem haben«, sagte Joe und schnaufte tief aus. »Der Alte von der Tankstelle hat eben Besuch von Big Willy und Dave gehabt. Nun ratet mal, mit was für einem Auto«, sagte er. »Ein schwarzer Rocket 88?«, fragte Frank. »Genau, und laut Al war er ganz böse aufgemacht gewesen. Er konnte nicht sehen, was sie gemacht haben. Er ist aber wie eine Rakete abgezischt«, sagte Joe nachdenklich. Angus, der um die Ecke kam, meinte nur: »Ich hatte recht, dass es Big Willy mit dem schwarzen Auto gewesen ist«, und schlug sich auf die Schenkel. »Was auch immer Big Willy an dem Auto gebastelt hat. Er wird gegen Peters Auto keine Möglichkeit haben, ein

Rennen, wenn es dazu kommt, zu gewinnen«, sagte Joe stolz. »Joe, rege dich nicht auf«, sagte Frank, der hinter ihm stand. »Hat Big Willy je erfahren, was mit dem Auto von Peter passiert ist nach dem Unfall?«, fragte ich. Joe überlegte und sah sich um. »Nein, offiziell ging das Auto zu Ace Bauers Autoverwertung zum Ausschlachten«, dachte Joe laut. »Dann kann Big Willy ja kommen und sein Glück bei einem Rennen versuchen«, sagte ich und Joe sah mich an. »Ich habe danach die ganze Zeit an dem Auto gearbeitet, um ihn wieder flottzumachen. Du bist der Erste, der damit seitdem gefahren ist, noch nicht einmal ich bin damit gefahren«, sagte Joe ernst. Einige Stunden später machten wir uns auf den Weg in die Stadt. Wir konnten einen oder mehrere Drinks gut gebrauchen. Frank saß neben mir und dachte ebenso wie ich an diese schwarze Scheißkarre oder an Marie, mit der er eine Art Beziehung führte, oder an unsere Lage, ob wir jemals nach 2009 kommen würden. Die ganze Fahrt über dachte ich auch über Big Willy und Dave nach, deren Verhalten uns gegenüber fraglich war. Bei Big Willy musste es das Recht des Stärkeren gewesen sein: »Keiner nimmt den Platz von mir ein. Ich bin hier der King.« Eine Art von Machtspiel für ihn.

Als wir auf dem Weg in die Stadt waren, meinte Frank grinsend: »Dreh mal und fahr in die Ortschaft, wo wir die Dapper-Dan-Pomade gekauft haben. Da war doch auch die Möglichkeit, sich die Haare schneiden zu lassen.« »Du hast recht. Sie sind etwas zu lang und man braucht zu viel Pomade für eine gute Frisur«, gab ich zu. So wendete ich den Bel-Air und fuhr in die andere Richtung. In der Hauptstraße war jede Menge los für diese Zeit, fanden wir. Vor dem Barber Shop parkten wir den Bel-Air und betraten den Shop. Der kleine dicke Mann kam auf uns zu. Mit großen Augen sah er uns an. »Und was kann ich für euch beide tun?«, fragte er. »Haare schneiden«, sagte Frank und er zeigte auf seine Frisur. »Dann kommt mal mit nach hinten«, und er ging vor.

Im hinteren Teil standen mehrere freie Stühle aus rotem Leder und noch mehr Chrom. In einem saß eine ältere Frau mit Wicklern unter der Haube und las. »Ich habe aber noch zu tun« sagte der Mann, und zeigte auf die ältere Frau. Er ging nach hinten und kam mit zwei Mädchen wieder zurück. Die eine war hellblond und hatte schulterlanges Haar. Ihre Beine steckten in hellblauen Jeans, die eng anlagen. Sie saßen so perfekt wie ihr Make-up. Die Brust schien den weißen Kittel, den sie trug, fast zu sprengen. Sie wirkte noch jung, etwa wie 25, nicht älter. Sie kam auf Frank zu und wies ihm einen Stuhl zu. Er setzte sich und streckte die Beine aus. »Hey, mein Name ist Anne«, sagte sie und warf ihm den Umhang über. Die zweite Angestellte des Shops war mit ihren 166 cm ein wenig kleiner und hatte ein Gewicht von 68 Kilo, die zu ihrer Figur passten. Ich ging auf einen leeren Stuhl zu und setzte mich. »Julia kannst du zu mir sagen.« Im Licht bemerkte man ihre rotblonden Haare, die sie kurz trug. Die schwarzen Jeans waren gut sitzend und ließen ihre 68 Kilo gut aussehen. Der weiße Kittel spannte nicht so sehr wie der von Anne. Ihr Gesicht zeigte hohe Wangen. Die Nase, die Lippen und das Make-up passten genau. Nachdem Julia mir den Umhang angelegt hatte, sah sie in den Spiegel. Frank der von Anne die Haare gewaschen bekam, konnte nichts sehen außer der Decke, die er jetzt im Moment anstarrte. »Ihr seid doch die zwei ... die zwei, die Big Willy und Dave aufs Maul gehauen haben.« »Ja, genau die sind wir.« Anne hörte auf, bei Frank zu waschen, und starrte ihn an, er setzte sich auf und grinste in den Spiegel. »Ihr, ihr, ihr«, stotterte sie und atmete so tief, dass sich ihre Brust stark hob und senkte. Sie wurde leicht rot im Gesicht. Julia zog die Luft durch die Nase. »Und ihr wollt euch hier wirklich die Haare schneiden lassen?«, fragte sie lachend. »Warum sonst sind wir wohl hergekommen?«, sagte ich und schaute sie im Spiegel an. Frank, der sich ganz gut amüsierte, saß einfach nur da und wartete darauf, dass Anne mit ihrer Arbeit weitermachte. Julia fing an, die Haare zu waschen. Das Wasser war nicht zu warm oder zu kalt. Ihre Hände wuschen mit kräftigen Fingern die Haare. »Dapper Dan?«, fragte sie und zog eine Strähne aus den Haaren. »Ja, wir haben Dapper Dan hier im Shop vor ein paar Tagen gekauft«, sagte ich. »Danach war Dapper Dan bei uns ausverkauft«, sagte sie. »Hier ist nicht eine Dose mehr zu haben, seit ihr bei uns eingekauft habt«, meinte sie ganz stolz.

Anne, die zuhörte, fing an, bei Frank die Haare zu schneiden. Er grinste nur in den Spiegel und sah zu. Julia, die immer noch so dastand, zückte ihre Schere und fing langsam an zu schneiden. Die Haare fielen zu Boden. »Nicht zu kurz«, sagte ich.« Julia nickte und schnitt weiter. Bald nahm sie ein Rasiermesser und bearbeitete damit den Nacken und die Koteletten. Frank, der fast schon fertig war, bekam von Anne noch eine große Menge Dapper Dan in die Haare, die letzte Dose davon. Anne war froh, die Haare von einem, der Big Willy fertiggemacht hatte, schneiden zu dürfen. Sie holte den Besen und eine Schaufel und fegte die Haare beiseite, dann lief sie mit dem Spiegel um Frank herum. »Gute Arbeit«, sagte er, worauf sie wieder rot wurde. Julia, die sich durch nichts aus der Ruhe bringen ließ, arbeitete einfach weiter. »So, wir wären dann auch soweit«, sagte sie mit rauchiger Stimme. Ich sah in den Spiegel; ein guter und sauberer Schnitt, den sie da gemacht hatte. Frank, der schon da stand, eine Zigarette im Mund hatte und auf mich wartete, wollte zu Marie, die schon auf ihn warten würde. Julia rieb noch etwas Dapper Dan in die Haare, holte einen Spiegel und zeigte mir die Haare von allen Seiten. Danach bürstete sie noch die Bartstoppeln vom Kragen ab, zog den Umhang auf und ich war fertig. Der kleine dicke Mann kämpfte noch immer mit den Haaren der Frau, mit denen er einfach nicht klarkam.

Er sah, dass wir fertig waren, und lief, so schnell er konnte. Keine zwei Minuten später stand er mit einem Fotoapparat vor uns. »Ein Bild könnte ich ein Bild von euch machen?«, fragte er verlegen. »Ja komm, lass ihn ein Bild von uns machen«, sagte Frank. »Gut, machen Sie ein Bild, aber nicht nur von uns, sondern auch von den beiden«, er zeigte auf Julia und Anne, die so dastanden und nicht weiterwussten. »Damit aber auch alle drauf passen, sollten wir uns setzen. Die Mädels hinter uns stehend«, sagte ich. »Denn er«, ich zeigte auf Frank, »ist zu groß für ein Bild im Stehen«, sagte ich. Wir setzten uns auf die Stühle. Julia und Anne standen hinter uns. Der kleine dicke Mann sah durch den Sucher, stellte vorne die Linse, bis es zwei-, dreimal laut klickte. »Danke«, sagte er und rannte davon. Als wir dann an der Kasse standen und bezahlen wollten, sagte der Mann: »Nein, mit den Bildern ist das schon in Ordnung.« Draußen standen wieder jede Menge Leute, die uns sehen wollten. »Vielleicht können wir mal was zusammen trinken?«, fragte Julia und ihre Augen weiteten sich, als sie mich ansah. »Wir sind oft bei Marie und Louise in der Bar zu finden«, sagte Frank zu ihr. Draußen standen viele Leute, die irgendwie erfahren hatten, dass wir beide uns hier die Haare schneiden ließen. Nur hierhergekommen, um »die beiden« noch einmal zu sehen.

»Lass uns zu Marie fahren«, brummte Frank, der Durst hatte und seine Freundin sehen wollte. »Der kleine Mann wird sich eine goldene Nase mit den Bildern von uns verdienen«, sagte ich. Kurz darauf fuhren wir mit dem Bel-Air zur Bar. Zurück blieben eine Menge Leute, die dem Auto noch lange nachsahen. »Der wird durch uns noch ziemlich Kohle machen«, sagte Frank lachend und zog an seiner Zigarette. Er blies den Rauch aus dem Fenster. »Lass doch den kleinen Mann ein wenig Kohle machen. Ist doch ganz egal, lass ihn doch«, sagte ich. Nur kurz und wir hatten die Bar erreicht. Wir parkten den Bel-Air und sahen uns nach dieser schwarzen Karre um, von der weit und breit nichts zu sehen oder zu hören war. Ich parkte den Bel-Air und Frank sprang raus und rannte schnell, dass er zu Marie kam. »Hey Frank, ich komm dann nach«, sagte ich. Er hörte und sah nichts mehr, denn er hatte die Tür schon hinter sich zugemacht. Frank sah sich in der Bar um. Er suchte Marie. Louise kam auf ihn zu. »Sie ist gleich wieder unten. Einer hat ihr sein Bier über die Hose geschüttet«, sagte sie und strahlte ihn an. »Wo hast du denn B. C. gelassen?«, wollte Louise wissen. »Der ist noch draußen« und Frank zeigte zur Tür. »Er parkt nur das Auto, ich bin nur vorgegangen«, sagte Frank. »Was zu trinken?«, fragte Louise. »Wie immer eine Flasche und zwei Gläser«, meinte er. »Kommt gleich.« Sie drehte sich und kam mit dem Gewünschten zurück. Als ich reinkam, merkte ich, dass Louise auf mich gewartet hatte. Sie schien erleichtert, mich zu sehen. Verliebt sah sie mich durch ihre Brille an. Frank sah mich kommen und winkte mir zu. Ich nahm Kurs auf ihn zu. Louise, die hinter der Bar stand und den Kopf zwischen die Hände gelegt hatte, sah zu mir. »Hey, da bist du ja«, sagte sie und wurde wieder rot. Ich sah sie von Kopf bis Fuß an. Seit den letzten Tagen hatte Louise sich ziemlich verändert. Sie war fraulicher geworden. »Du wirst jeden Tag hübscher, Louise. Bald kannst du dich vor Männern nicht mehr retten« sagte ich zu ihr. »Wenn du meinst«, hauchte sie verlegen. »Er hat recht«, sagte Frank, der sein Glas zum Trinken hochhob. Kurz darauf kam Marie durch die Tür. Sie sah einfach super aus. Noch besser als die Tage zuvor. Ihre Beine steckten in einer dunkelblauen Jeans, die wie eine zweite Haut anlag. In der Bluse hob sich ihre Brust weit ab. Ihre roten Haare waren kunstvoll frisiert Der rote Lippenstift passte zum Rest von Marie. Sie schritt wie eine Königin durch den Raum. Ihr fehlte nur noch eine Krone, dann wäre sie perfekt gewesen. So kam Marie auf Frank und mich zugelaufen und strahlte Frank an, der immer noch sein Glas in der Hand hielt. »Da bist du ja«, sagte Marie, nahm das Glas und trank es mit einem Zug aus. Frank sah sie verwundert an: »Hast du mich vermisst?«, fragte er. »Den ganzen Tag über dachte ich nur an dich, und ich habe gewartet, bis du wieder zu mir kommst«, hauchte sie, beugte sich nach vorne und hielt Frank am Kopf fest. Sie küsste ihn lange und innig. »Glaubst du, ich könnte dich vergessen?«, fragte Frank. »Nach dieser Zeit, die wir miteinander hatten«, sagte Frank zu Marie. Beide lachten und alberten herum wie kleine Kinder, während Louise weiterhin ihrer Arbeit nachging.

An den andern Tischen war reger Betrieb. Der Laden brummte wirklich. Die Gäste blieben nicht aus. Louise wusste nicht, wo ihr der Kopf stand. Jeder hatte Durst, wollte dieses oder das haben. Marie machte lieber mit Frank rum, als ihrer Schwester zu helfen. Eine Weile sah ich dem Treiben in der Bar zu, bis ich von dem Klacken eines Feuerzeugs und dem Rauch, der mir entgegenkam, aus meinen Gedanken gerissen wurde. Ich drehte mich um, und neben mir saß Irene auf einem Hocker, die an einer Zigarette zog. Vor ihr stand ein Glas und sie sah mich an. »Hallo, auch hier?«, fragte sie. »Wo sollten wir uns sonst treffen, wo denn sonst, wenn nicht hier«, sagte ich. Louise, die hinter der Bar stand und Gläser füllte, hörte uns zu. Sie hatte vielleicht eine Vermutung oder sie hoffte, dass er als Freund in Frage kam. Sie war hoffnungslos in diesen Mann verliebt. Er könnte von ihr alles bekommen. Sie würde alles tun, ohne darüber nachzudenken. Nun sprach ihr Schwarm mit einer anderen Frau, von der keiner etwas wollte oder wusste, was sie im Schilde führte. Mit diesen Gedanken arbeitete Louise weiter, um nicht nachzudenken. Sie würde darüber in Ruhe nachdenken müssen und überlegen, was sie dann tun könnte. »Deine Haare sind etwas kürzer«, sagte Irene. »Ja, heute waren Frank und ich im Nachbarort beim Barber Shop«, sagte ich. »Ist der Besitzer ein kleiner dicker Mann?«, wollte Irene wissen. »Ja, nicht sehr groß, wenig Haare und etwas dicker«, sagte ich. »Warum fragst du?« »Weißt du, wie dieser Mann heißt?«, fragte sie mich. Ich zog fragend die Schultern hoch. »Keine Ahnung«, gab ich zu. »Mit dem Vornamen heißt er Willy.« »Du willst doch nicht sagen, dass er der Vater von Big Willy ist«, sagte ich. »Doch, er sollte später einmal den Laden seines Vaters übernehmen. Bis zu jenem Unfall, bei dem Peter uns Leben gekommen ist, da war er auch bei seinem Vater unten durch. Seitdem schlägt er sich mit verschiedenen kleinen Jobs durchs Leben«, sagte Irene und sah mich an. »Du weißt auch über jeden Bescheid«, sagte ich. Irene hob die Schultern und sah mich lange an, so wie heute Morgen.

Nur dass ich bei Frank war und nicht bei ihr zu Hause. Irene winkte Louise zu, um sich noch etwas zu trinken zu bestellen. Louise kam und brachte ihr ein neues Glas. Als sie es abstellte, hatte sie einen wütenden, eher giftigen Blick drauf. Sie konnte es nicht verstehen, dass er mit dieser Frau sprach. Mit einem Knall stellte Louise das Glas ab und drehte sich um, um die anderen Gäste zu versorgen. Die hatten alle Durst. »Was sieht Louise in dir?«, fragte Irene. »Ich weiß es nicht.« Ich nahm eine weitere Zigarette, zündete sie an, dann zog ich daran, blies den Rauch aus und nahm einen Schluck aus meinem Glas. »Einen Freund oder einen Mann?«, fragte Irene. »Ihre Schwester war immer schneller als sie. Louise ist nie wirklich zum Zug gekommen. Diese Sache mit uns war vielleicht ein großer Fehler«, sagte ich. »Würde ich nicht sagen, eher ein kleines Abenteuer nach all den Jahren ohne einen Mann«, sagte Irene. Ihre Augen bekamen wieder diesen Glanz, als sie merkte, dass ihre Gefühle größer, waren als sie zugab. Sie wurde nervös und rutschte auf dem Barhocker herum. Da war es wieder. Das süße Ziehen zwischen ihren Beinen wurde wieder stärker, und sie wollte nicht daran erinnert werden, nicht hier und jetzt. Diese Gefühle waren lange nicht mehr in ihr geweckt worden, seit dem Tag, als ihr Mann gestorben war. Doch ihr Leben war dann auf die eine oder andere Art weitergegangen. Bis zu dem Tag, als die beiden hier in der Bar aufgetaucht waren und der eine sich mit Big Willy angelegt hatte. Keiner aus der Stadt brachte den Mut auf, einen Kampf gegen Big Willy zu bestehen.

Irene blickte in den Spiegel hinter der Bar und besah sich selbst, rauchend und einen Drink in der Hand. »Hey Irene, hast du schon von der schwarzen Karre gehört, die hier über die Straßen fährt?«, fragte ich. Sie saß noch immer in Gedanken da und schaute in den Spiegel. »Was ist mit dem schwarzen Auto?«, fragte Irene. »Ob du davon gehört hast«, wollte ich wissen. »Nicht nur gehört, sondern auch gesehen. Letzte Nacht ist er an mir vorbeigerast«, sagte sie und machte eine neue Zigarette an. »Hast du den Fahrer dieses Autos gesehen?«, fragte ich. »Nein, der ist wie eine Rakete an mir vorbeigefahren, dass ich dachte, mein Auto sei kaputt«, sagte Irene und zog wieder an ihrer Zigarette. Ich sah nach Frank und Marie, die beide noch immer an einem Tisch saßen und es sich gut gehen ließen. Sie sahen aus wie ein Paar, das schon Jahre zusammen war, obwohl sie sich erst ein paar Tage kannten. Zumindest verstanden sie sich gut und hatten ein Menge Spaß zusammen.

Wenn Angus richtig mit seiner Formel lag, dann könnten wir ganz leicht ins Jahr 2009 zurückfahren. Was hier noch passieren konnte war, dass einer sterben oder andere Schwierigkeiten haben könnte. Doch bis es soweit war, gab es da noch eine Sache die wir tun sollten. Nämlich mit Big Willy abrechnen, sodass er für den Tod von Peter sühnen oder bezahlen musste. Wenn es zu einem Rennen kommen sollte, dann musste ich alles geben, um für Joe zu gewinnen, damit er wieder Freude am Leben hatte und Peters Tod für ihn leichter war. Doch im Moment lief alles gut und wir waren guter Laune. Diese Zeit, in der alles besser war, die Autos oder die Mode und die Frauen, fanden wir nicht schlecht.

Wenn alles schiefging und wir hierbleiben müssten, dann wären hier schon die richtigen Leute, die wir kannten oder mochten. Joe, der mich wie einen Sohn ansah, Angus, der auf seine Art ein schlaues Kerlchen war. Louise, die gute Seele von einer Frau, die mich liebte, ohne dass ich es wollte. Frank und Marie, die ganz gut zusammen passen würden als Paar und die vielleicht auch heiraten würden. Man würde sehen, wie alles laufen würde. Der Abend hatte gut angefangen und lief sehr gut. Frank hatte seinen Spaß mit Marie, den sie auch genoss. Endlich war sie mit einem Mann zusammen. In ihren Augen war die Beziehung mit Big Willy ein Fehler gewesen. Er war zu grob und dachte nur an sich, wenn sie sich liebten. Frank dagegen wusste, was eine Frau von einem Mann wollte. Liebe, Zuneigung und dass er auf ihre Gefühle einging. So hatte Marie sich die Liebe vorgestellt und bei Frank, den sie erst kurz kannte, erhalten, was sie gesucht hatte. Er hatte einfach gegeben, was Marie wollte. Aus dem Freund von Frank wurde sie nicht schlau. Anstatt Louise als Freundin zu haben, hing er mit dieser Irene ab, die zu reif für ihn war.

Louise hatte sich am ersten Abend, als diese beiden in der Bar aufgetaucht waren, Hals über Kopf in ihn verliebt. Als Louise seine Wunde, die er von Dave bekommen hatte, versorgte, war es um Louise geschehen. Er ging ihr nicht mehr aus dem Kopf. Am letzten Abend noch hatten Marie und Louise ein Gespräch unter Schwestern gehabt. »Du musst dir einfach den Mann nehmen, der dich interessiert«, sagte Marie, die mit ihrer Figur immer bekam, was sie wollte. Bei Louise war es so, dass die meisten Männer nichts mit ihr zu tun haben wollten. »Wie bei dir geht es nicht so einfach«, sagte Louise und zeigte auf Marie, die mit ihren weiblichen Reizen nicht geizte. Louise hatte ein paar Kilos zu viel. Ihre Größe machte sie immer wieder unsicher. »Du hast doch in den letzten paar Tagen ein paar Kilos abgenommen«, sagte Marie. »Und ohne diese weiten Röcke und Blusen bist du auch besser dran«, stellte Marie fest. Louise überlegte kurz und sie fand, dass Marie recht hatte. Seit sie andere Sachen trug, waren etliche Gäste öfter zu ihr gekommen. Einer hatte ihr sogar an die Bluse gefasst, was noch nie der Fall gewesen war. Soweit Louise denken konnte, war so etwas noch nie geschehen. Marie hatte wie immer recht: Sie musste sich nicht verstecken. »Sieh dich mal ohne Kleidung vor einem Spiegel an«, hatte Marie zu ihr gesagt. Zuerst war Louise verblüfft über ihre Schwester. Bis sie eines Abends aus der Dusche kam und sich in dem Spiegel ohne die lästigen Kilos sah. Sie hatte kräftige Waden. Ihre Arme waren nicht zu dick oder dünn. Der Hals war ebenmäßig wie ihr Busen, der sich hob und senkte, wenn sie atmete. Marie hatte recht gehabt: Sie musste sich nicht verstecken. Wenn sie wollte, konnte Louise auch jeden Mann haben, den sie wollte. An jenem Abend, als Big Willy von einem Fremden die Prügel bekommen hatte, da war es um Louise geschehen. Sie war einfach hin und weg. Er war einfach der Richtige, für den ihr Herz schlug. Er aber wollte anscheinend nichts von ihr wissen. Darüber war Louise etwas verärgert und darüber, dass er sich lieber mit Irene unterhielt. Sobald sie auftauchte, empfand Louise Neid. Dabei liebte sie ihn, ohne dass er es wusste. Für Louise kam kein anderer Mann infrage, egal, woher er auch kam. Sie dachte immer an das Bild auf seiner Brust, als er mit nacktem Oberkörper auf ihrem Bett gesessen und sie ihm dort die Wunde ausgewaschen und verbunden hatte. Er war der erste halbnackte Mann, der in ihrem Zimmer gewesen war, seit Louise denken konnte.

An dem Abend, als Marie, Frank und Louise mit ihm auf die Party gefahren waren, hatte sie auf einem Hocker gesessen, ihre Coke getrunken und sich alles angesehen, nachdem sie den beiden Buddy vorgestellt hatte. Bis die beiden auf die Bühne gingen und Musik machten, wie Louise sie bisher noch nie gehört hatte. Danach fuhren sie nach Hause. Sie sah während der Fahrt ihren Schwarm immer wieder an. Sie versuchte, jede Einzelheit, jede Bewegung, die er machte, in ihrem Kopf zu speichern, um nichts zu vergessen und alles zu behalten, was sie sah. Nur für alle Fälle. Sie wollte diesen Abend nie in ihrem Leben vergessen. Auf den Rat von Marie hatte Louise die weiten Blusen und zu großen Röcke gegen enge Jeans und Blusen, die ihre weiblichen Formen besser zur Geltung brachten, eingetauscht. Seitdem rissen sich die Gäste darum, nur von ihr bedient zu werden. Marie hatte also recht und die Männerwelt spielte verrückt. Louise hatte von Marie gezeigt bekommen, wie sie mit Make-up und Lippenstift noch mehr aus ihrem Gesicht machen konnte. Louise hatte auch noch ihre Haare kunstvoll frisiert. Die Brille machte ihr Gesicht noch hübscher. Dies alles geschah vor ein paar Tagen. Nun stand sie hinter der Bar und versuchte, die Gäste zu versorgen, welche alle großen Durst hatten. Und ihr Schwarm stand bei Irene, unterhielt sich mit der und nahm keine Notiz von ihr. Sie würde für ihn einen Mord oder mehrere begehen. So sehr war

Louise in diesen Mann verliebt. Irene war für Louise 80 % Teufel und 20% Engel. Eine Frau, die sich einfach nahm, was sie wollte. Ohne Rücksicht auf die Gefühle von anderen. Er stand keinen halben Meter von ihr weg.

Sie sah mich schmachtend an, überlegte und drehte sich um und ging ihrer Arbeit nach, bis ich vor ihr stand. »Hey Louise«, sagte ich und winkte ihr zu. Louise kam näher und sah mich an. Ihr Herz schlug bis zum Hals. »Hast du noch einen Wunsch?«, fragte sie. Ich sah Louise an und hauchte zu ihr: »Du bist schön und du weißt, dass du schön bist.« »In deinen Augen lese ich es«, sagte sie, zog mich ganz dicht heran und nahm mein Gesicht in beide Hände. »Ja,« hauchte sie. Und dann küsste ich diese roten, dürstenden Lippen zum ersten Mal. Louise empfing diesen Kuss mit geschlossenen Augen. Mit einem Mal warf sie die Arme um meinen Hals und riss mich an sich. Sie vergrub ihre Zähne in meinen Lippen und suchte mit ihrer Zunge die meine. Das war ihr erster Kuss, den sie mit einem Mann hatte. Sie war ganz wild und voller Leidenschaft, so hatte sie sich die Liebe vorgestellt. Unsere Lippen lösten sich und Louise wurde rot vor Verlegenheit. »Ich weiß nicht, was über mich gekommen ist«, stammelte sie und schaute verlegen auf den Boden. »Hier vor allen Leuten dich zu küssen«, sagte sie leise. Irene, die nur wenige Meter von uns saß, sah uns an, stand auf und machte sich auf den Weg zum Auto. Marie und Frank saßen noch immer an ihrem Tisch, von da hatten sie alles mitbekommen. Die Tür der Bar ging mit einem Knall zu. Irene hatte die Bar in Wut verlassen. Ich stand noch immer an der Bar und wusste nicht so richtig, was geschehen war. Dass Louise auf mich stand, hatte ich vermutet. Aber dass sie so auf mich stand, nicht. Sie musste weitere Absichten haben, sonst hätte sie mir nicht so überraschend diesen Kuss gegeben. Frank stand auf, kam zur Bar und stellte sich neben mich. »Scheint, als ob du eine Freundin hättest«, lachte er. »Ja, vielleicht«, sagte ich. »Alle hier haben mitbekommen, dass Louise auf dich steht«, meinte er. »Zumindest hat es ihr gefallen«, sagte er. »Scheint so. Ich wusste nicht, dass Louise solche Gefühle für mich hat«, sagte ich zu Frank. »Sie liebt dich, glaube ich«, stellte Frank fest. Während wir uns darüber unterhielten, fegte Louise hinter der Bar herum, um die Gäste mit Getränken zu versorgen. »Da hast du eine glühende Verehrerin«, sagte Frank und zeigte auf Louise. »Kannst ja recht haben. Aber ich weiß nicht, warum ich?«, wollte ich wissen. »Liegt wohl in der Natur der Frauen. Sie suchen einen Mann, den sie bemuttern und umsorgen können und den sie lieben können«, sagte Frank nachdenklich. »Wenn Angus' Berechnungen nicht ganz stimmen und wir nicht nach 2009 zurückkommen, dann werden wir wohl hierbleiben müssen«, dachte ich laut. »Wenn das der Fall sein sollte, haben wir doch zwei Frauen und einen Job, der uns am Leben hält«, sagte ich. »Dann hätten wir doch ausgesorgt und unsere Ruhe vor unseren Freunden, die ihr Dasein im »Hell's Gate Sanatorium fristen«, sagte Frank und grinste mich an. Ich dachte darüber nach und stellte fest, dass Frank nicht ganz unrecht hatte. Er und Marie liebten sich, im Moment jedenfalls. Ich hatte Louise, die auf mich abfuhr. Sie war eine Frau, von der ein Mann alles haben konnte, was er begehrte. Hinter mir spürte ich den heißen Atem einer Frau im Nacken. Marie stand hinter mir, die Arme verschränkt, und sah mich zornig an: »Wenn du Louise das Herz brichst, dann wird es nicht gut für dich enden«, sagte sie. Sie stieß mit einem Finger auf meine Brust. Maries Augen hatten ein Leuchten, das nichts Gutes verhieß. Wenn ich an die Narbe von Big Willy dachte, lief mir ein Schauer über den Rücken. Sie drehte sich um, warf ihre kupferrotes Haar nach hinten und ging um die Bar, um Louise bei der Arbeit zu helfen. Darüber musste ich noch einmal nachdenken. Ich nahm mein Glas und trank einen Schluck. Dann zündete ich eine weitere Zigarette an.

Aus der Musikbox lief Rock 'n' Roll, der mich etwas ablenkte. Die meisten anderen Gäste plauderten über dieses und jenes. Mancher aber sah mich verwundert an. Dass Louise so reagierte, damit hatten sie nicht gerechnet. Diese Gedanken gingen mir durch den Kopf. Der alte Joe hatte seit dem Tod seines Sohnes fern von den Leuten gelebt. Auch Big Willy musste mit seiner Schuld jeden Tag aufs Neue leben. Jeder hatte sein Schicksal zu tragen und musste klarkommen. So wie wir beide.

Einige Kilometer weiter hatten auch zwei andere Sorgen. Big Willy und Dave schraubten in ihrer Garage an dem Rocket. Dave bastelte an dem Kompressor herum, damit er noch besser lief. »Glaubst du, dass noch etwas geht?«, fragte Big Willy.

»Wenn ich noch mehr daran mache, dann wird der Rocket wirklich fliegen«, stellte Dave fest. Je länger Dave darüber nachdachte, desto mehr Zweifel hatte er, dass der Motor dieser Leistung über längere Zeit standhielt. Er konnte in die Luft fliegen oder sonst was konnte da passieren. Big Willy wollte nur seine Abrechnung mit den beiden. Dave, der vor dem Auto stand und seine Arbeit noch einmal durchging, konnte nichts Weiteres finden. Big Willy drehte eine Runde um das Auto und überlegte angestrengt. »Was wäre, wenn man die Rückbank herausnehmen würde?«, fragte Big Willy. »Das würde etwas Gewicht einsparen«, meinte Dave. »Na, dann los«, sagte Big Willy, der von Daves Idee begeistert war. Mit wenigen Handgriffen hatten sie die Rückbank ausgebaut. Beide brauchten dafür nicht einmal Werkzeug. »Dann lass uns mal probieren, ob es was gebracht hat«, meinte Big Willy. Er sprang in den Rocket, ließ den Motor an und trat aufs Pedal. Der hörte sich richtig böse an. »Dave, kommst du?«, fragte er. Lange musste Dave nicht überlegen. Er schlug die Tür von innen zu. »Na, denn mal los«, rief er in das Brüllen des Motors. Willy trat mit dem Fuß das Gaspedal durch. Mit rauchenden Reifen jagte der Rocket wieder über die Landstraße. »Läuft doch ganz gut«, rief Willy zu Dave rüber, der sich ein Grinsen nicht verkneifen konnte. Er hatte auch allen Grund, stolz auf seine Arbeit zu sein. Der Rocket machte seinem Namen alle Ehre. Big Willy hatte so richtig Spaß, je mehr Gas er gab. Der Rocket lief, wie sein Name es von ihm verlangte. »Uns kann keiner mehr aufhalten«, schrie Dave. Willy trat noch mehr aufs Pedal. Der Kompressor lief auf vollen Touren. »Wer auf dieser Welt würde sich trauen, mit diesem Baby freiwillig ein Rennen zu fahren?«, fragte Big Willy. In Gedanken sah Willy wieder das Rennen, bei dem Peter sein Leben verloren hatte. Seit diesem Tag war er ein anderer Mensch geworden. Er traute sich nicht mehr so schnell zu, ein Rennen gegen ein anderes Auto zu fahren. Jetzt im Moment fühlte sich Big Willy unbesiegbar. Mit diesem Auto zu fahren, machte einen anderen Menschen aus ihm. Er fühlte sich wieder wie die Nummer eins. Die alte Form kam wieder zurück. Dieses Gefühl hatte Big Willy schon lange nicht mehr gekannt, und es war gut, wieder daran erinnert zu werden. Er hatte schon geglaubt, er könnte nie wieder so fühlen. So machte diese Fahrt noch mehr Spaß und er genoss die Kraft des Motors, der vor sich hin brüllte. Er war mit sich und Dave, der ihm bei der Arbeit am Rocket geholfen hatte, zufrieden. »Lass uns umdrehen«, schrie Dave. Er wollte mal wieder ein Bier zu sich nehmen. »Wir fahren zu Marie«, schlug er vor. »Wenn du meinst«, rief Big Willy. Er drehte den Rocket um die eigene Achse. Staub und Dreck wirbelten auf. »Mach aber keinen Stress«, sagte Dave, der noch an die Prügel dachte, die sie von den beiden bezogen hatten. »Nur ein paar Bier«, sagte Big Willy, der mit Marie keinen Ärger haben wollte. Er fasste mit der Hand an die Narbe, die er einst von Marie erhalten hatte. Big Willy fuhr Richtung Stadt nicht mehr so schnell, da er nicht auffallen wollte. Dave, der neben ihm saß, sah aus dem Fenster und dachte über alles nach. Big Willy wollte mit ihm ein paar Bier zu sich nehmen, ohne einen Streit mit den beiden anzufangen, falls sie auch dort waren. Bald darauf parkten Big Willy und Dave den Rocket ein paar Straßen von der Bar entfernt und gingen die restlichen Meter zu Fuß. Beide waren gut gelaunt, als sie die Bar betraten.

Kaum standen sie an der Bar, war Marie bei ihnen und sah sie lange an. »Dave, Willy, ich möchte keinen Ärger mit meinen

Gästen, habt ihr verstanden?« »Nur was trinken wollen wir«, sagte Willy. Dave stand neben ihm und nickte nur. »Genau, ein paar Bier und wir sind auch ganz friedlich«, sagte auch Dave. Marie ging und holte die Getränke für die beiden. Sie verhielten sich ruhig, obwohl sie nur wenige Meter von den beiden weg standen, von denen sie die Prügel ihres Lebens bekommen hatten.

Als ich Big Willy und Dave die Bar betreten sah, dachte ich, dass es Ärger geben würde. Doch Marie hatte den beiden sofort erklärt, dass sie rausfliegen würden, sobald sie einen Streit oder etwas anderes wollten. Louise, die hinter der Bar zum Arbeiten war, sah ziemlich bleich aus. Sie dachte immer noch an den Abend, als Frank und sein Freund hier auf Big Willy getroffen waren. Nur der Gedanke daran ließ Louise die Knie zittern und ihr Herz begann schneller zu schlagen. Ein zweites Mal konnte oder wollte Louise dies nicht erleben. Gut, dass Marie den beiden gesagt hatte, was Sache war. Das ließ Louise gleich etwas ruhiger werden. Frank und B. C ließen sich nicht sichtlich aus der Ruhe bringen. Sie tranken ihre Drinks, lachten und hatten ihren Spaß. Louise machte sich Sorgen, dass Dave ausrasten könnte oder sonst was. Beide verhielten sich ruhig, tranken ihr Bier und dachten an die Warnung von Marie, die es ernst meinte. Es verlief alles ruhig. Dave und Willy benahmen sich, wie sie es Marie versprochen hatten. Sie kam und stellte den beiden etwas zu trinken auf die Bar. »Das geht aufs Haus«, sagte sie, lächelte und ging wieder ihrer Arbeit nach. »Geht doch«, sagte Dave zu Willy, der das Bier nahm und trank. So tranken Dave und Big Willy ihr Bier ruhig, obwohl die beiden keine zwei Meter von ihnen weg standen. Am liebsten wären Dave und Willy auf ihre verhassten Gegner losgegangen. Doch sie hatten Marie versprochen, Ruhe zu geben. Mit zornigen Blicken sahen sie auf Frank und B. C., während beide an ihrem Bier tranken. Nach etwa einer Stunde verließen Dave und Big Willy die Bar. Draußen auf der Straße gingen sie zum Rocket. »Wenn ich gekonnt hätte, dann wäre dort Blut geflossen«, sagte Big Willy. Die Narbe in seinem Gesicht leuchtete rot vor Zorn. »Früher oder später werden wir die beiden im Sack haben«, brummte Dave. Als sie den Rocket erreicht hatten, drehte Big Willy den Zündschlüssel um, ließ den Motor drehen und jagte mit vollem Tempo aus der Stadt. Zu überhören war dieses Auto nicht. Man hörte bis in die Bar laut und deutlich, dass Big Willy durch die Stadt raste. Dave und Big Willy waren mit sich und dem Auto zufrieden. »Der Abend hat sich gelohnt oder?«, fragte Dave. »Ja, manchmal sollte man freundlich sein«, meinte Big Willy mit Spott in der Stimme.

Die Stimmung in der Bar hob sich, als man hörte, dass draußen ein Auto laut davonfuhr. Marie, die Dave und Big Willy die ganze Zeit im Auge gehabt hatte, konnte erleichtert aufatmen. »Die haben sich aber wirklich am Riemen gerissen«, stellte Frank fest. Louise sah auch erleichtert aus und kam zu uns. »Bin froh, das die beiden weg sind«, hauchte sie. »Wenn es dumm gelaufen wäre, dann hätten sie ein paar Schläge aufs Maul bekommen«, sagte ich. Frank sah mich an und nickte mit dem Kopf. Louise zog die Luft durch die Nase und schüttelte den Kopf. »Ich verstehe euch nicht«, meinte sie und dachte daran, was alles hätte passieren können, während Dave und Big Willy da waren. Marie, die sich auch zu uns gesellte, zog Frank an sich und küsste ihn. »Na mein Großer, liebst du mich?«, wollte sie wissen. Frank nahm sie in den Arm und küsste sie noch länger. Marie hatte schon wieder oder noch immer ein Kribbeln im Bauch. »Honey, spürst du das denn nicht?«, sagte Frank, der den Kuss mit Marie noch länger ausfallen ließ als sonst. Marie, die sich noch immer bei Frank sicher fühlte, gab ihm einen weiteren Kuss und dachte nicht weiter darüber nach. »Es ist doch alles gut ausgegangen«, sagte ich. »Denke nicht weiter darüber nach. Es ist alles gut. Reden wir nicht mehr darüber«, sagte Frank. Er nahm sein Glas und trank einen Schluck, sah mich an und lachte in sich hinein.

Von Irene war nichts mehr zu sehen seit dem Kuss, den mir Louise gegeben hatte. War sie geschockt oder spielte Eifersucht eine Rolle? Hatte Irene geglaubt, sie wäre die einzige Frau, die einen Mann suchte? Marie gab mir zu verstehen, was passieren könnte. Das konnte ich mir genau vorstellen. Diese Sache würde nicht ganz gut ausgehen, wenn ich nicht aufpasste. Die anderen Probleme, die wir hatten, standen auch im Raum.

Angus hatte seit mehreren Tagen mit der Formel gekämpft. Mit allen Mitteln, Kreide und viel Geduld hatte Angus sich beim Rechnen den Kopf zerbrochen, nur um auf diese Formel zu kommen. Der arme Kerl hatte sein Bestes gegeben. Der Abend ging weiter. Die Gäste hatten sich von dem Schreck erholt. Die Gespräche wurden wieder lauter. Denn als Dave und Willy hier gewesen waren, hatte Stille geherrscht. Der normale Betrieb ging weiter. Wir beide ließen uns durch nichts aus der Ruhe bringen, bis zwei Frauen die Bar betraten.

15 »Jealousy«

Es waren die beiden aus dem Barber-Shop. Die hellblonde Anne, die ihr schulterlanges Haar kunstvoll frisiert hatte. Ihre langen, schlanken Beine steckten in schwarzen Jeans. Die Bluse betonte ihre Brust noch mehr und es sah aus, als ob der Bug eines Schiffes hervorspringen würde. Julia hatte hellblaue Jeans und eine schwarze Bluse an. Die Hose saß perfekt um ihre Taille. Ihr Haar, das rotblond glänzte, passte zu ihrem Make-up und dem Lippenstift. Das laute Stöckeln war zu hören, als die beiden zu uns an die Bar kamen. »Da seid ihr ja«, sagte Julia. Frank drehte sich um und schaute von seinem Platz aus auf die pralle Bluse von Anne, die mit rotem Kopf vor ihm stand. Er konnte einfach nicht anders. »Ich habe doch gesagt, dass wir hier sind«, sagte ich. »Wir wollten auch etwas trinken«, stellte Julia fest und zeigte auf Anne, die immer noch mit hochrotem Kopf vor Frank stand. Ich rief Louise und bat sie, mehrere Drinks zu bringen, was sie auch mit großer Unlust tat. Mit den Mädchen und den Drinks gingen wir an einen Tisch und setzten uns. Kaum saßen wir, kam Marie an den Tisch und baute sich vor uns auf. »Du kommst mit«, und sie zeigte auf Frank. Dieser sah sie an, stand auf, nahm sein Glas und ging zur Bar. »Und du solltest auch zu Frank gehen«, sagte sie und winkte mit ihrer Hand. Sie beugte sich zu Anne und Julia. »Die Drinks gehen aufs Haus. Wenn ihr ausgetrunken habt, dann geht ihr wieder?«, fragte Marie. Die beiden nickten und sahen sich an. »Von dem lasst ihr besser die Finger«, warnte Marie. Mit schnellen Schritten war Marie bei uns und baute sich vor uns auf. »Du, du hast diesem blonden Weib auf die Titten gestarrt«, schrie sie Frank an. So wurde ein Mann von seiner Größe ganz klein und stand mit gebeugtem Kopf vor Marie. »Und du bist auch nicht viel besser«, sagte sie und schaute mich mit Wut in ihren Augen an. »Das waren doch nur die Mädchen, die uns die Haare geschnitten haben«, sagte ich verlegen. »Ihr zwei«, sie zeigte mit dem Finger auf uns, »seid doch nur hinter Frauen her«, sagte Marie. »Marie, Liebling«, sagte Frank und zog sie an sich. »Du weißt doch, dass es nur dich für mich gibt«, sagte Frank. Er küsste sie und schlang die Arme um ihre Hüften. Marie erwiderte diesen Kuss lange und intensiv. Als sie wieder Luft bekam, sah sie ihn an. »Da hast du aber Glück gehabt mein Großer«, hauchte sie und strahlte über das ganze Gesicht. »Und du solltest dich mal länger mit Louise unterhalten. Ich glaube, dass sie dich liebt«, sagte Marie zu mir. »Louise liebt mich?«, fragte ich verwundert. »Nach diesem Kuss, den sie dir gegeben hat. Ich bitte dich«, sagte Marie. »Es war schon überraschend für mich«, gestand ich. Bei weiterem Überlegen musste auch der Letzte gemerkt haben, dass Louise total in mich verliebt war. Frank, der noch immer neben mir saß, grinste in sich hinein. »Damit hast du wohl nicht gerechnet, Kumpel?«, sagte er. Louise, die immer noch hinter der Bar stand und alles mitbekam, hatte ihre Brille abgenommen und sah mich nur mit großen Augen an. Ohne sah sie noch besser aus. Sie sah in meine Richtung und in ihren Augen war ein gewisses Funkeln zu sehen. Irgendwie sah Louise auf einmal anders aus. Ohne die große Brille schien ihr Gesicht noch fraulicher zu wirken. Ihre weiblichen Formen kamen besser zur Geltung. So hatte ich Louise noch nie gesehen. Sie war auf einmal mehr als Frau anzusehen als Irene, die sich nahm, was sie wollte. Bei Louise schien es, als habe sie in mir ihre große Liebe gefunden. Ich musste an eine andere Frau in meinem Leben denken, die ich so geliebt hatte, dass es schmerzte. Diese Liebe findet man nur einmal im ganzen Leben, wenn der Tod nicht dazwischenkommt. Mit der Hand fuhr ich über die Stelle unter dem Herzen und dachte an diese Frau, die ich geliebt und verloren hatte. Und nun stand eine andere Frau vor mir, die auf mich abfuhr und die sich total verliebt hatte, in einen Mann, der in ihrem Leben eine große Rolle spielte. Wie Marie schon sagte, könnte ein Mann, den sie liebte, von Louise alles bekommen. Mit einem Hieb auf die Schulter weckte Frank mich aus meinem Gedanken. »Na, wirst du noch sensibel auf deine alten Tage werden?«, fragte er und sah mich an. »Über diese Sache mit Louise sollte ich mal länger nachdenken«, sagte ich. »Aber nicht zu lange. Sonst könnte es für euch zu spät sein«, meinte er und zeigte auf Louise, die noch immer hinter der Bar stand und zu uns herübersah.

»Wir sollten uns auf den Weg zu Joe und Angus machen«, sagte Frank. »Die werden schon auf uns warten.« Frank gab Marie noch einen langen Kuss. »Sehen wir uns morgen wieder?«, fragte sie. »Klar«, sagte er und schlug mit der Hand auf ihren Hintern. »Na dann. Wollen wir fahren?«, wollte ich wissen. Louise, der ich winkte, hatte noch immer den Blick auf mich gerichtet. Ihre dunklen Augen sahen mich an. Ich wollte hier nur noch raus, denn dies ging alles zu schnell. Noch schneller wollte ich mit Frank zu Joe und Angus. Wir sollten nicht länger hierbleiben. Frank, der sich von Marie losreißen konnte, kam hinter mir zur Tür heraus. Keine zwei Minuten später fuhren wir mit dem Bel-Air aus der Stadt. »Warum stehst du nicht auf Louise?«, fragte Frank in die Stille hinein. Ich zog an meiner Zigarette, sog den Rauch tief in die Lunge, hob die Schultern und sah ihn an. »Louise ist ganz in Ordnung, aber eine Beziehung für längere Zeit geht einfach noch nicht an mich«, sagte ich. »Später vielleicht?«, meinte Frank, der wusste, was ich meinte.

Bald hatten wir das Haus von Joe erreicht. Angus und Joe kamen uns schon entgegen. »Wo zum Henker ward ihr?«, schrie Joe. »Bei Marie und Louise in der Bar«, sagte Frank. »Big Willy und Dave waren auch da.« »Die waren in der Bar?«, fragte Angus. »Seid ihr verrückt? Ich rufe gleich im Hell's Gate an und lasse ein Zimmer für euch reservieren«, brummte Joe. »Joe, ich glaube die beiden«, er zeigte auf uns, »sind nicht ganz richtig im Kopf«, sagte Angus und wedelte mit den Armen herum, als wäre er eine Windmühle. »Es ist doch gar nichts passiert«, bemerkte Frank. »Marie hatte den beiden den Kopf gewaschen und gut war es«, sagte ich. »Wenn ich auch nur daran denke, kriege ich Kopfschmerzen. Mit Dave und Willy ist nach dieser Sache nicht zu spaßen«, überlegte Angus. »Wenn es zum Streit gekommen wäre, dann hätten Dave und Big Willy wieder eine aufs Maul bekommen«, stellte Frank fest, der in Gedanken noch einmal die beiden vor sich sah, wie sie ihre Prügel bekamen. »Vor Dave solltet ihr Respekt haben«, meinte Angus und kratzte sich am Kopf. »Ja, der hat nicht alle Tassen im Schrank«, sagte Joe. »Aber mit Motoren kennt er sich aus. Sonst ist Dave völlig irre, der hat schon wegen weniger durchgedreht. Nur weil ihn einer verkehrt angesehen hatte«, sagte Joe. »Frank und ich hatten auch noch Stress mit Marie«, sagte ich und schaute auf Joe und Angus. »Und weshalb?«, fragte Joe und zog die Augenbrauen hoch. »Wegen zwei Mädchen, die in der Bar zu uns gekommen sind«, gab Frank zu. »Wie sahen die zwei aus?«, wollte Angus wissen. »Die eine hatte hellblondes schulterlanges Haar und war so 172 cm groß. Die andere war etwa 166 cm und hatte kurze rotblonde Haare«, sagte Frank. »Das sind Anne und Julia gewesen«, sagte Angus nachdenklich. »Die haben außer ihrer Arbeit nur Männer und Partys im Kopf«, meinte Angus. »Und jede Menge in der Bluse«, stellte Frank fest. »Das war Anne, die damit hier die Männer verrückt macht«, sagte Angus. »Davon abgesehen hatten wir einen ziemlich ruhigen Abend«, sagte ich und zündete mir eine Zigarette an.

Joe kam, stellte sich neben mich und sah mich an. »Warum hast du mich Peters Auto fahren lassen und Frank nicht?«, wollte ich wissen. Joe wischte sich mit der Hand über die Wange und das Kratzen der Bartstoppeln war zu hören. »Du bist Peter in vielen Dingen gleich. Du gehst auch nicht allen Sachen, wenn sich Schwierigkeiten zeigen, aus dem Weg. Peter und du, ihr könntet Brüder sein, die immer füreinander da sind«, meinte Joe. Er machte eine kurze Pause. »Wenn Peter noch am Leben wäre, dann wollte er sicher, dass nur du sein Auto fahren solltest«, meinte Joe. »Du scheinst große Stücke auf mich zu halten?«, fragte ich ihn. »Ich habe mich noch nie in einem Menschen getäuscht und in dir sehe ich meinen Sohn Peter, wie er heute sein könnte«, sagte Joe, drehte sich um und ging ins Haus zurück. Er ließ mich stehen. Ich blieb noch eine Weile vor der Tür und rauchte genüsslich weiter. Drinnen war der Lärm von Töpfen und Pfannen zu hören. Joe zauberte in der Küche wie jeden Abend ein Essen.

Angus stand auf einmal neben mir. »Weißt du, ich glaube die Formel ist richtig«, sagte er und verschränkte die Arme ineinander. »Und wenn nicht?«, fragte ich. »Dann haben wir ein großes Problem mehr. Aber mit eurem Wissen im Kopf könnt ihr die Zukunft verändern«, sagte Angus und kratzte sich am Kopf. »Ja, das weiß ich selbst, dass wir mit dem Wissen aus dem Jahr 2009 einen großen Vorteil haben, falls wir hier bleiben müssen«, sagte ich. Angus sah mich an und nickte mit dem Kopf. Er schien zu überlegen, bis auf einmal Joe zum Essen rief.

Kurz darauf saßen wir alle in Joes Küche und ließen es uns schmecken. »Joe, wo hast du so gut kochen gelernt?«, fragte Frank in die Stille. Denn außer dem Kratzen von Gabeln war nichts zu hören. »Das lernt man im Laufe der Jahre«, sagte Joe kauend. Angus, der kurz aufsah, um einen Schluck Wasser zu sich zu nehmen, blickte uns nur an und aß weiter. Sonst wurde nicht viel gesprochen. Jeder aß weiter, bis die Teller leer und die Mägen voll waren. Wenig später saßen wir auf der Veranda und hatten ein paar Flaschen Bier vor uns, die wir in Ruhe trinken wollten. Nur Angus gab sich mit Wasser zufrieden. Er meinte, dass er einen klaren Kopf brauchte. So blieb mehr für uns, was uns nicht groß störte. Wir saßen noch eine ganze Weile da, rauchten und tranken ein paar Bier dazu. Nach einer Weile fing Frank an und sagte: »Er hat eine Freundin«, und zeigte auf mich. »Wer ist es?«, fragte Angus. »Louise aus der Bar«, sagte Frank. »Ja, Louise«, echote ich. »Mancher Mann könnte sich sehr froh schätzen, eine Frau wie Louise zu finden«, sagte Joe nachdenklich. »Sie ist eine Seele von Mensch«, warf Angus ein. »Warum will mich jeder mit Louise zusammenbringen?«, fragte ich. Frank, Joe und Angus sahen mich lange an und überlegten. »Damit du mal wieder eine Liebe findest«, sagte Frank. »Es ist doch schon eine Weile her, seit du deine Frau durch den Unfall verloren hast«, sagte Frank. »Wir haben wirklich andere Probleme als sein Liebesleben«, sagte Angus ernst. »Im wahrsten Sinn«, meinte Joe. »Wenn die Formel nicht genau stimmt, dann ist immer noch genug Zeit, um an Frauen zu denken.« »Meine Formel ist aber hundertprozentig richtig. Ich habe sie mehrmals durchgerechnet«, meinte Angus beleidigt. »Dann bleibt noch immer die Sache mit Big Willy und Dave, die sich für die Prügel, die beide von euch bekommen haben, an euch rächen wollen«, sagte Joe nachdenklich. »Könnte sein, dass die beiden nicht umsonst diese schwarze Karre so groß aufgemotzt haben. Nicht um einkaufen zu fahren, sondern um ein Rennen zu fahren«, sagte Frank nachdenklich. Ja, diese schwarze Karre, mit der diese beiden Wahnsinnigen über die Straßen jagten. Mit genügend PS unter der Haube rasten sie, bis noch jemand sein Leben verlieren würde. Dieses war unsere zweite Sorge. Die erste war, dass wir nicht mehr ins Jahr 2009 kommen würden. Diese Gedanken gingen mir durch den Kopf. Ich musste jetzt ein wenig alleine sein. So machte ich mich auf den Weg zur Garage, schob das Tor auf und machte Licht an.

In der Garage standen die Autos herum. Ich ging auf den mattschwarzen Buick zu und legte die Hand auf die Haube. »Na, wir werden, sollte es so sein, mit Big Willy schon klarkommen«, murmelte ich. Ich öffnete die Tür und setzte mich, als eine Stimme sagte: »Ja, es ist so, wie ich die ganze Zeit gesagt hatte«, meinte Joe, der die ganze Zeit in der Tür der Garage stand und mir zusah. »Dann solltest du mit ihm«, er zeigte auf den Buick »noch ein paar Runden drehen, um zu wissen, wie er richtig läuft und wie er in den Kurven reagiert und ob ihr beide auch zusammenpasst«, sagte Joe und kam an das Auto heran. »Lass ihn an«, brummte Joe. Mit einem Dreh sprang der Buick an. Die 7,4-Liter-Maschine fauchte, als ich auf das Gaspedal trat. Der

Zeiger im Drehzahlmesser sprang hin und her. »Heute Nacht ist noch Zeit, zu fahren. Die Straßen sind um diese Zeit leer«, sagte Joe. »Gut, dann werde ich noch eine Runde mit ihm fahren«, sagte ich. Joe schien zufrieden mit sich zu sein. Er schloss die Tür und fuhr mit der Hand über den Lack. Ich schob den Hebel auf den ersten Gang und fuhr langsam aus der Garage.

Wie zwei große Finger schoben sich die Lichter durch die Nacht. Der Buick lief gut. Dann trat ich das Pedal richtig durch, bis er auf Leistung kam und zu arbeiten begann. Ich hatte das Gefühl, in einer Rakete zu sitzen. Die Nacht flog nur so an mir vorbei. Die Nadel des Tachos lief immer weiter nach unten, 190, 195, 200, 210, 230, bis sie am Ende anschlug. Dieses Baby lief in der Tat seine 300 km/h, und das auf Rädern. Der alte Joe hatte doch gute Arbeit gemacht und ich musste grinsen. Ehe ich mich versah, war ich bei diesem Tempo in der Stadt. In der Bar von Marie und Louise brannte noch Licht. In einer dunklen Seitenstraße parkte ich den Buick. Er würde in dieser Dunkelheit kaum auffallen. Ich ging auf die Tür zu und schaute durchs Fenster. Louise war noch bei der Arbeit. Sie drehte die Stühle um und setzte sie auf die Tische. Als ich eintrat, bemerkte sie mich nicht gleich. Louise war so in ihre Arbeit vertieft, dass sie mich nicht sah. »Hey Louise«, sagte ich leise. Vor lauter Schreck ließ sie einen Stuhl fallen, der krachend zu Boden fiel. »Du …du …du hier?«, fragte Louise. »Wir müssen reden, Louise«, sagte ich, und ich ging auf einen Tisch zu und setzte mich. »Nimm Platz, Louise.« Sie stand noch immer da und sah mich an. Dann nahm sie sich einen Stuhl und setzte sich mir gegenüber. Mit ihren großen dunklen Augen sah sie mich an. »Louise, was ich dir jetzt sage, das weiß noch nicht einmal Marie«, sagte ich. »Frank und ich kommen aus dem Jahre 2009 und wir sind sozusagen hier gelandet«, sagte ich zu ihr. Ich sah, wie es bei Louise im Kopf arbeitete und wie sie rechnete. »Dann seid ihr beide ja 53 Jahre zurück in die Zeit gereist«, stellte sie fest. »Und der einzige Mensch, der uns wieder nach Hause bringen kann, ist Angus Black«, sagte ich. »Angus, Angus Black?«, fragte sie. »So 175 cm groß, 77 kg schwer, braunes schütteres Haar und mit einem hektischen Gang?« sagte sie. »Genau den meinte ich. Er ist auch ein Neffe von Joe Miller, bei dem wir zur Zeit wohnen. »Wie ist das möglich, dass ihr hier seid?«, wollte Louise wissen.

»Genau wissen wir das auch nicht. Nur Angus, der sich mit Zeitreisen auskennt, hat eine Erklärung.« Ich zog den Ring vom Finger der linken Hand und legte ihn vor Louise auf den Tisch. Sie nahm den Ring in die Hand und las die Gravur: 1963. »Was heißt das?« »Das ist mein Geburtsdatum«, sagte ich. »1963, aber wir schreiben erst 1956«, stellte Louise fest. »Dass ich aus einer Zeit nach 1956 komme, ist wahr. Auf einmal waren wir hier bei euch«, sagte ich. Louise wog den Ring noch immer in der Hand und versuchte, das Gesagte zu verstehen. Louise stand auf, ging hinter die Bar und kam mit einer Flasche und zwei Gläsern zurück. Sie stellte die Gläser ab und schenkte ein. Ein Glas schob sie zu mir. »Jetzt brauche ich einen Drink.« Sie nahm ihr Glas und leerte es auf einen Zug. Louise brauchte eine Weile, um nachzudenken. »Dann bist du ja um vieles älter als ich«, stellte sie fest. »Ja, ist ein wenig viel auf einmal und schwer zu verstehen«, sagte ich. Louise sah mich noch immer mit ihren großen Augen an. Sie schien gerade das Gesagte zu verarbeiten und drehte meinen Ring zwischen den Fingern. »Noch einmal: Du bist 1963 geboren und kommst aus dem Jahr 2009?«, fragte sie. »Und ihr beide seid jetzt bei uns im Jahre 1956 gelandet«, sagte Louise. »Genau richtig« sagte ich, nahm mein Glas und trank einen Schluck. Dann machte ich mir eine Zigarette an und rauchte, während Louise mir gegenüber saß.

»Weißt du eigentlich, dass ich mich in dich verliebt habe?«, sagte Louise. »Seit dem Tag, als du hier Big Willy die Prügel seines Lebens gegeben hast, da war es um mich geschehen«, meinte Louise. »Ja, das habe ich heute Abend zu spüren bekommen durch diesen Kuss, den du mir gegeben hast«, sagte ich. Sie stand auf, ging zur Tür und schloss ab. Dann kam sie zum Tisch und sah mich an. Ihre dunklen Augen hatten wieder dieses gewisse Funkeln. »Louise, ich glaube, dass es keine gute Idee wäre, wenn wir etwas tun, wofür wir noch nicht bereit sind«, meinte ich. Ich stand auf und ging Richtung Tür. Louise saß noch immer auf dem Stuhl. »Wenn du jetzt gehst«, sagte sie, »dann werden wir uns kaum näherkommen als jetzt.« Sie kam auf mich zu, schlang ihre Arme um meinen Nacken und zog mich an sich. Louise spitzte die Lippen und küsste mich. Ihre Lippen suchten die meinen. Mit geschlossenen Augen küsste ich diese roten Lippen wie wild und voller Leidenschaft. Langsam lösten sich unsere Lippen. »Darauf habe ich schon solange gewartet«, hauchte Louise. Ihr Herz raste und der Puls schlug heftig. Ihr Blut war in Wallung gekommen. So hatte sie sich noch nie gefühlt, bis auf heute. So hatte sie sich die Liebe vorgestellt. Es gab in ihrem Leben noch keinen Mann, in den Louise sich verliebt hatte. Nun stand einer vor ihr, den sie geküsst hatte, als gäbe es kein Morgen mehr. Nun fasste sie meine Hand und fuhr damit über ihr Gesicht. Das erregte sie noch mehr. Ihre Augen hatten wieder diesen Glanz bekommen.

»Louise, ich sollte gehen«, sagte ich und sah sie an. Sie drehte sich um. Meine Hand lag in der ihren und sie lief in Richtung Bar. Ich folgte ihr mit zärtlichem Druck ihrer Hand die Stufen der Treppe hinauf, die zu ihrem Zimmer führte. Hier war es, wo mir Louise nach dem Angriff von Dave, der mit dem Messer auf mich losgegangen war und mich an der Hüfte erwischt hatte, dann einen Verband angelegt hatte. Louise zog mich ins Zimmer, schob mich in den Raum und drückte die Tür ins Schloss. Ich stand hinter ihr und küsste ihren Nacken. »Aber«, sagte Louise und drehte den Kopf. Ich begann, ihre Bluse langsam aufzuknöpfen. Mit der einen Hand fasste ich um ihre Taille. Dann stellte sie sich vor mich hin und streckte die Hüften her, dass die jungen Brüste mit Deutlichkeit unter dem BH hervorragten. Als sie ihre Bluse ausgezogen hatte und sie mich mit erhobenem Blick zu betrachten begann, sah ich, dass meine Augen bei dem Anblick der beiden großen Halbkugeln, die sich hektisch auf und ab bewegten, immer starrer wurden. Von der Schönheit des weiblichen Busens und ihrer Wirkung auf einen Mann hatte Louise keine Ahnung. Ich erfasste die Schönheit im nächsten Augenblick und nahm die beiden großen Brüste in meine Hände und drückte sie. »Ah, das ist gut, so gut«, stammelte Louise. Und ehe sie es sich versah, beugte ich mich und nahm eine der hellbraunen Knospen in den Mund. Ich rieb die Brust zwischen meinen Zähnen, biss leicht hinein und ließ die Zunge dann wieder spielen. Keuchend kam der Atem aus ihrer wogenden Brust, und von Zeit zu Zeit zuckte es durch sie wie ein leichter Krampf. Sie presste mir einen langen Kuss auf den Mund. Ihre Zunge schob sie dabei zwischen meine Lippen, was sie wieder schrecklich zu erregen schien. »Küss mich ... küss mich«, flehte sie. Meine Lippen saugten sich an den ihren fest. Ich stand da und zog mich aus. Louise hatte noch nicht viele nackte Männer gesehen. Ich war ein gut gebauter Mann, groß und kräftig. Bei diesem Anblick bekam sie Lust, Dinge zu tun, die sie noch nie zuvor getan hatte. Aufregende Dinge und abenteuerliche. Ihr wurde fast schwindlig vor Leidenschaft, als ich sie auf den Mund küsste. Sie war längst bereit und sehnte sich danach, meinen Körper zu erkunden. Behutsam strich sie mit den Fingerkuppen über meinen Bauch und genoss, wie sich die Muskeln unter ihren Berührungen spannten. Ein leises Stöhnen ermutigte Louise, ihre Hand an meine Hüften gleiten zu lassen, bis sie ein hartes Glied mit den Fingern umschloss. Beim Anblick der Erektion atmete Louise hörbar ein. »Oh mein Gott«, hauchte sie. Sie setzte sich auf und griff nach ihm. Aber ich hielt sie am Handgelenk fest. »Nein«, sagte ich. »Wenn du mich jetzt dort berührst, ist alles vorbei.« Sie konnte einfach nicht widerstehen. Mein Blick wanderte über ihren Körper. »Hast du überhaupt eine Ahnung, wie sexy du bist?«, fragte ich. Und sie schlug die Arme um meinen Nacken, um mich zu küssen. Wenn sie sich auf diese Nacht einließ, dann aber richtig. Keine Angst. Kein

Zögern. Sie wusste genau, was sie tat. Als ich nach ihrem Slip griff, hielt sie mich nicht auf. Sie ließ sich den Slip von mir ausziehen. Jetzt gab es kein Zurück für Louise. Ich senkte den Kopf, küsste sie auf den Bauch und zog eine Spur von Küssen. Louise stöhnte lustvoll auf. »Gefällt dir das?«, fragte ich. »Nein.« »Nein?« Verwirrt hob ich den Kopf. »Es macht mich rasend«, antwortete sie. Als ich ihren Schoß erreichte, hielt ich inne. Louise spürte meinen heißen Atem auf ihrer Haut. Auffordernd drängte sie sich mir entgegen. »Geduld, Louise, Geduld.« Sie wollte nicht warten. Sie wollte, dass ich sie in genau dieser Sekunde mit dem Mund liebte. Vor Verlangen konnte sie an nichts anderes denken. Sanft spreizte ich ihre Schenkel weiter auseinander und zog mich mit dem Kopf dazwischen. Als ich mich vorbeugte streifte die Spitze meines Gliedes ihre Knie. Louise konnte die Spannung kaum noch aushalten. Sie hatte noch nie ein solches Verlangen gespürt. Dann schob ich eine Hand zwischen ihre Beine und streichelte sie und sie schloss die Augen. »Bitte«, flüsterte sie. »Bitte hör nicht auf.« Ich senkte den Kopf und reizte die kleine Knospe mit der Zunge und umschloss sie zärtlich mit den Lippen. Noch nie war sie so verwöhnt worden. Sie schien genau zu wissen, was sie wollte, bevor es ihr selbst bewusst war. Ohne die Lippen von Louise zu lösen, drang ich mit den Finger in sie ein. Sie spannte ihre Muskeln und zog mich in sich hinein, getrieben von unermesslichem Verlangen. »Bitte«, flehte sie, »Bitte.« »Bitte was, Louise? Du musst mir schon sagen, was du willst.« Dann hielt mich nichts mehr, ich liebkoste sie nach allen Regeln der Kunst, mit der Zunge und den Fingern. Louise ließ sich fallen und gab sich ganz ihren Gefühlen hin. »Fester ... mehr.« Ich gab ihr genau das, was sie wollte. Bis sich die Spannung in ihr explosionsartig entlud. Sie bäumte sich auf und stieß einen langen tiefen Schrei aus. Das Gefühl der Erlösung war sehr stark. Jetzt wollte Louise mehr von mir. Sie wollte noch näher sein. Ich hob sie an den Hüften, schlang die Beine um ihre Taille und presste sie an mich. Ich half ihr, indem ich ihren Po mit beiden Händen umfasste und den Druck verstärkte. Immer schneller wurden meine Stöße. Raum und Zeit spielten keine Rolle mehr. Unsere Körper waren eins geworden. Ich drückte mein Gesicht an Louises Hals und stöhnte vor Lust. »Komm mit mir«, flüsterte ich und mein Atem strich über ihren Hals. Ich biss sie sachte in den Hals und diese zärtliche Geste ließ sie fast aufschreien. Louise war völlig verzückt. Noch nie war sie so berührt worden. Als sie nach einem letzten tiefen Stoß ihren Gipfel erreichte, stöhnte sie laut, legte den Kopf zurück und schloss die Augen. Dann öffnete sie die Augen, überrascht schloss sie sie jedoch wieder, erschauderte ekstatisch und lauschte meinen Seufzern, als ich auch die Erfüllung fand. Langsam fand Louise wieder zur Wirklichkeit zurück. Ich legte beide Arme um sie. Louise kuschelte sich an mich. Es war alles so schnell passiert. So unerwartet und intensiv. Es war alles so schön, dass sie überglücklich war. Louise sah mich lange an. »Ich hatte nicht die geringste Ahnung, dass es so schön sein könnte«, sagte sie leise.

»Ich sollte gehen«, sagte ich. »Weshalb, bist du nicht glücklich?«, hauchte sie. »Im Moment ja. Aber wie geht es weiter mit uns?«, fragte ich. »Wir werden sehen, ob ihr nach Hause kommt oder nicht. Dann sehen wir weiter«, sagte Louise und rückte noch näher an mich. Ich angelte mit dem Fuß nach meiner Hose. Louise drehte sich und schloss die Augen. Sie hatte ein Lächeln im Gesicht und schlief ein. Ich fuhr mit der Hand über ihre Wange. Sie schnurrte wie eine Katze. Noch eine Weile sah ich sie an. Sie schien glücklich zu sein. Ich zog mich an, ging zur Tür und drehte mich noch einmal um. Der Weg zum Auto schien länger zu sein als zuvor. Am Buick angekommen, suchte ich in der Jacke nach den Zigaretten, nahm eine aus der Packung, steckte sie an und sah rauchend zur Bar.

Louise, die mich liebte, oder Irene, die sich die Männer nahm, wie sollte das alles enden? Ich sollte zu Joe und den anderen zurückfahren. Ich warf den Rest der Zigarette auf die Straße, stieg in den Buick, ließ ihn an und fuhr langsam los. Joe, der schon auf mich warten würde, machte sich eventuell Sorgen um mich oder um das Auto. Wer weiß es. Die Fahrt machte richtig Spaß und bald hatte ich Joes Haus erreicht. Mit dem Buick fuhr ich in die Garage und parkte ihn dort, wo er gestanden hatte.

»Du warst lange weg«, sagte eine Stimme aus der Dunkelheit. Joe trat ins Licht. »Wo warst du?«, wollte er wissen. »Ich habe eine Fahrt mit dem Buick gemacht und landete in der Stadt bei Louise in der Bar«, sagte ich. »Habt ihr miteinander geredet?«, wollte Joe wissen. »Wir haben nicht nur geredet, wenn du weißt, was ich meine«, sagte ich. Joe sah mich an und verzog das Gesicht. »Du hast doch nicht? Nein, das glaube ich nicht«, sagte Joe. »Es ist unglaublich, dass eine Frau wie Louise keinen Freund oder Mann hatte«, sagte ich. »Du alter Schwerenöter«, lachte Joe und schlug mir mit der Hand auf die Schulter. »Das glaube ich einfach nicht«, sagte Joe, noch immer lachend. So ging ich Richtung Haus. Joe löschte das Licht und schloss die Garage. Er ging ins Haus und kam mit ein paar Flaschen Bier wieder auf die Veranda zurück. »Ihr habt doch gesagt, dass ich mit Louise reden sollte«, sagte ich, nahm die Flasche und trank daraus. »Reden ja, aber das andere hatte keiner von uns gemeint«, brummte er. »Ändern kann man es nicht mehr«, überlegte ich. »Aber wenn ich es richtig überlege, ist Louise eine bessere Frau für mich als Irene«, sagte ich und drehte die Flasche zwischen den Fingern. »Jetzt hast du eine Sorge weniger«, stellte Joe fest. »Bleibt noch Big Willy und Dave und wie ihr wieder ins Jahr 2009 kommt«, meinte Joe nachdenklich. So saßen wir noch eine Weile auf der Veranda, tranken unser Bier und sahen in die Nacht. Bis Joe aufstand und ins Haus ging. »Glaube, du solltest auch eine Runde schlafen. Könnte nicht schaden«, meinte er lachend. »Später«, sagte ich und blieb noch eine Weile sitzen. Als die Bierflasche leer war, ging ich ins Haus. Aus dem waren die Geräusche von drei schnarchenden Männern zu hören. Ich setzte mich auf die Bank, schlug die Beine übereinander und nach wenigen Minuten war ich eingeschlafen. Das Nächste was ich sah, war das Gesicht von Angus, der vor mir stand. »Morgen«, schrie er mich an. »Was ist denn?«, fragte ich ihn. »Hey Joe. Er hat doch wirklich auf der Bank geschlafen«, schrie Angus ins Haus. Joe kam raus und sah mich an. »Junge, du hast den Weg ins Bett nicht mehr geschafft«, stellte er fest. »Frühstück gibt es drinnen«, und er zeigte ins Haus. Drinnen saßen die anderen und ließen es sich bei viel Kaffee und noch mehr Eiern und Speck gut gehen. »Da ist ja unser Rennfahrer«, lachte Frank, der zu essen aufhörte und auf mich zeigte. »Ja, ich habe dich auch vermisst«, sagte ich lachend. »Wo zum Henker bist du gestern Abend noch mit dem Buick hingefahren?«, wollte Frank wissen. »Hierhin und dahin«, sagte ich, »dann landete ich noch bei Louise.« »Oh, oh, bei Louise«, meinte Frank. »Was habt ihr getan?« »Geredet über uns und die Beziehung zwischen ihr und mir«, sagte ich. »Geredet habt ihr?«, scherzte er. »Joe hat mir aber etwas anderes gesagt und das hörte sich nicht nach reden an«, meinte er und fing an zu lachen. »Und was hast du mit Marie gehabt?«, wollte ich wissen. Frank wurde über beide Ohren rot und fing an zu schwitzen. »Das ... das ist etwas anderes«, schluckte er atmend. »Glaube ich aber nicht, ist aber auch ganz gleich. Wir beide haben jetzt eine Freundin und müssen sehen, wie wir rumkommen«, sagte ich und Frank sah mich lange an.

Von Weitem war ein lautes Grollen zu hören, das immer näher kam. Wir sahen uns an. »Was zum Henker ist das?«, fragte Joe. »Das hört sich nach Big Willy an«, bemerkte Angus und legte die Gabel auf die Seite. Das Grollen kam immer näher. Wir gingen auf die Veranda und sahen uns um. Keine zwei Minuten später rollte ein schwarzes Auto, aus dessen Haube ein Kompressor ragte, heran. Am Steuer saß Big Willy und bremste vor Joes Haus. Er hielt an und trat aufs Gaspedal, bis der Kompressor nur so aufheulte. Dave grinste aus dem Fenster heraus. »Oh, oh, das ist nicht gut«, sagte Angus, und wir sahen nur Big Willys Auto an. Wenige Minuten später gab Big Willy nur so Gas, dass die Reifen durchdrehten und der Dreck nur so spritzte. Wie dieses schwarze Auto gekommen war, so schnell war es auch wieder auf der Straße. »Ich hatte die ganze Zeit recht«, sagte Angus, der wie immer, wenn er sich aufregte, mit den Händen wedelte. »Dann sollte ich einmal in der Garage nach den Vergasern im Buick sehen«, brummte Joe. Er machte sich auf den Weg zur Garage und schüttelte den Kopf. »Der Buick ist doch völlig in Ordnung«, sagte ich. »Der läuft noch besser, als ich dachte. Der Buick packt locker 300 km/h« sagte ich nachdenklich. »300 km/h sagst du? Ist nicht dein Ernst!«, sagte Frank erstaunt. »Sehe ich aus, als ob ich Witze mache? Nein, dafür ist diese Sache zu ernst, mit Big Willy ist nicht zu spaßen.« »Ich glaube, dass es nur eine Frage der Zeit ist, bis Big Willy hier wieder auftaucht, um dich zu einem Rennen herauszufordern«, meinte Angus, der hinter uns stand. »Könnte aber schlecht ausgehen, wenn es zu einem Rennen kommen sollte zwischen Big Willy und dir«, meinte Frank. Joe, der aus der Garage wieder zu uns kam, grinste über beide Backen. »Der Buick ist völlig in Ordnung, gegen ihn hat Big Willy nicht die geringste Möglichkeit, zu gewinnen«, sagte Joe. »Egal, wie es kommen sollte. Mit dem Buick schlagt ihr locker diese schwarze Karre«, dachte Joe laut. »Bis dahin könnten noch ein bis zwei Tage vergehen, um dich zu einem Rennen herauszufordern«, meinte Angus, der wie aus dem Nichts aufgetaucht war. »Wenn er wirklich hierherkommt, um ein Rennen zu fahren, dann habe ich auch schon eine Strecke im Kopf«, dachte ich laut. Joe, der neben mir stand, wurde blass und sah mich an. »Du wirst doch nicht die Strecke …«, stammelte er. »Doch, genau diese Straße, wo Peter seinen Unfall hatte«, sagte ich. Angus und Joe sahen mich an. »Am besten rufen wir im Hell's Gate an und lassen ein Zimmer für dich freimachen«, sagte Angus laut. »Was habt ihr eigentlich für Probleme damit, auf was für einer Straße ich gegen Big Willy das Rennen fahre?«, schrie ich. »Du könntest dabei draufgehen«, sagte Frank ruhig und zog an seiner Zigarette. »Könnte ich, ja, aber es ist so: Big Willy ist seit dem Tod von Peter, soweit ich weiß, die Stecke nie wieder gefahren«, sagte ich. Ich sah die anderen an. Joe hob die Hand unter den Kopf. »Er könnte recht haben. Dieser Unfall hat Big Willys Leben völlig verändert«, meinte Joe.

»Hast du ihre Gesichter gesehen?«, fragte Dave, der neben Big Willy saß. »Die werden die Hosen jetzt voll haben, wie sie unser Baby gesehen haben«, meinte Big Willy mit gewissem Stolz. »Was sollten sie gegen dieses Baby entgegensetzen?« Und Big Willy fuhr mit der Hand über das Lenkrad. So rasten die beiden mit dem Rocket über die Straßen, während der Kompressor noch immer auf vollen Touren lief. »Mit dem alten V8 haben die nicht die geringste Möglichkeit, gegen ihn«, Dave zeigte auf den Kompressor, »ein Rennen zu fahren«, meinte er zufrieden. Big Willy nickte nur und jagte den Rocket weiter über die Straße. »Wenn die beiden so ein Auto aufbauen wollten, mit genügend PS unter der Haube, bräuchten sie zumindest ein paar Wochen. Vielleicht auch etwas mehr?«, fragte Big Willy. »So haben die beiden keine Möglichkeit, um uns mit diesem Auto zu schlagen oder zu gewinnen«, meinte Dave.

Während dieser Zeit standen wir noch auf der Veranda und überlegten, was zu tun sei. »Lasst uns doch alle mit dem Bel-Air eine Runde fahren. So wie ein Ausflug«, schlug Angus vor. »Was spricht dagegen?«, meinte Joe. »Ja, lasst uns eine Runde fahren«, meinte auch Frank. »Es scheint, als habe ich keine andere Wahl als mitzukommen«, sagte ich. »Aber ich fahre, sonst bleiben wir hier.« Ich ging in die Garage und holte den Bel-Air, Joe und Angus nahmen hinten Platz. Frank saß neben mir, und so rollten wir mit dem Auto gemütlich über die Landstraße.

»Gib ihm mal die Sporen«, rief Joe von der Rückbank. So gab ich etwas mehr Gas, und der Bel-Air fing an, richtig zu laufen. »So gefällt mir das schon besser«, meinte Joe. »Ja, mein Auto läuft auch schneller«, meinte Angus. »Ja, den Berg runter mit Rückenwind«, lachten alle. Angus saß ein wenig beleidigt am Fenster und sah hinaus. Frank hatte seinen Spaß genauso wie Joe, der seit Jahren mal aus dem Haus gekommen war. »Lass uns zu Marie und Louise fahren. Ich gebe einen aus«, rief Joe gut gelaunt. »Gut, fahren wir in die Bar«, sagte ich. »Ja, dort treffen wir unsere Mädchen wieder«, sagte Frank. So lenkte ich den Bel-Air Richtung Stadt. Nach einer Weile waren wir, bei meiner Fahrweise, da.

Kaum parkten wir, rannten die meisten Richtung Bar, die gerade aufgemacht hatte. Der Letzte, der zur Tür reinkam, war ich. Frank, Joe und Angus saßen bereits an einem Tisch. Marie, die hinter der Bar stand, kam und fragte: »Na Jungs, wollt ihr etwas zu trinken?«, Sie ging auf Frank zu, legte ihm die Hände in den Nacken und zog ihn zu sich. Sie gab ihm einen langen Kuss. »Hallo Marie«, brachte er nur noch heraus. »Schön, dich wieder mal zu sehen, Joe, warst lange nicht mehr hier.« »Ja, viel zu lange«, sagte Joe. »Bring uns bitte drei Gläser und eine Flasche und Wasser für ihn.« Er zeigte auf Angus. Als ich an den Tisch kam, sah mich Marie kurz an und ging dann weiter, um das Bestellte zu holen. »Wo ist Louise?«, fragte ich. »Oben, aber sie dürfte auch bald hier sein«, sagte Marie. Sie sah mich an, und ihr Blick verhieß nichts Gutes. Marie hatte recht. Nicht lange, und Louise kam in die Bar. Und es schien, als wäre sie eine andere Frau. Ihr Gang hatte sich verändert. Die Züge des Gesichtes waren fraulicher. Eine ganz andere Louise stand hinter der Bar, als wie ich sie kennengelernt hatte. Ihre Haare waren kunstvoll nach oben frisiert, damit ihr Gesicht noch besser zur Geltung kam. Das Make-up, das Louise aufgetragen hatte, machte sie noch reifer und fraulicher. Louise hatte eng anliegende Jeans und eine weiße Bluse, unter der sich ihre Brust deutlich abzeichnete, an. »Das ist Louise?«, fragte Joe, der seinen Augen nicht traute. »Ja«, meinte Frank, »und er ist dafür verantwortlich.« Mit dem Glas in der Hand zeigte er auf mich. »Was ist passiert?«, fragte Angus. »Die Louise, die ich kannte, sah aber ganz anders aus«, stellte Angus fest. »Ja, die Liebe«, murmelte Joe in sein Glas und sah nach Louise, die er schon viele Jahre kannte. Frank, der zu Louise sah, rollte mit den Augen »Junge, Junge, was zum

Henker ist mit ihr geschehen?«, fragte er. »Sie ist in ihn verliebt«, sagte Joe, »und so wirkt es sich bei manchen Frauen aus. Sie verändern sich, um den Männern zu gefallen«, stellte er ruhig fest. Ich stand auf und ging zu Louise, die über das ganze Gesicht strahlte, als sie mich sah. Bei Louise angekommen, blieb ich vor ihr stehen und sah sie an. Da war wieder dieses Funkeln in ihren Augen. »Da bist du ja wieder«, stellte Louise fest. »Wie geht es dir heute?«, wollte ich wissen. »Nach dieser Nacht?« Louise bekam einen roten Kopf und sah mich an. Sie dachte noch immer an die letzte Nacht, wie sie noch nie eine erlebt hatte. Leicht errötet blickte Louise mich an. »So etwas habe ich in meinem Leben noch nie erlebt«, hauchte Louise, und sie spürte ein leichtes Ziehen in ihrem Körper. Sie beugte sich über die Bar, zog mich an sich und küsste mich voller Leidenschaft mit geschlossenen Augen. Als sich unsere Lippen voneinander lösten, raste Louises Herz so, dass sie glaubte, ihr Atem würde noch heißer werden. Ihre Beine wurden etwas weich. Verstört sah sie mich an. »Ich glaube, dass du mich liebst«, sagte sie. »Kann sein. Aber spürst du das nicht?« Darauf nahm ich ihre Hand und gab ihr einen weiteren Kuss darauf. Louise blieb stehen und genoss es, von einem Mann so verwöhnt zu werden. Sie griff in die Tasche ihrer Hose und brachte meinen Ring zum Vorschein. »Den hast du gestern bei mir vergessen«, und legte ihn auf meine Hand. »Behalte ihn einfach als kleines Geschenk unter Freunden«, sagte ich. Sie nahm den Ring wieder an sich und zog eine Kette hervor, machte den Ring daran und zog die Kette um ihren Hals. »Den werde ich ab jetzt immer tragen«, sagte sie ganz stolz. Mit ihren Fingern fuhr sie immer wieder zu der Kette und dem Ring. »Und du willst den Ring nicht mehr zurück?«, fragte sie. »Nein, ich möchte, dass du ihn behältst«, sagte ich zu Louise.

»Hast du Joe gesehen? Angus und Frank sitzen mit ihm dort an einem Tisch.« Sie sah an mir vorbei und kam um die Bar herum. Als Louise vor mir stand, legte sie ihre Hände in die meinen. »Ohne Brille siehst du noch besser aus«, stellte ich fest. »Lass uns zu den Jungs gehen«, und ich nahm Louise an der Hand und ging mit ihr an den Tisch. »Hey Joe, lange nicht gesehen«, sagte sie. »Louise, du siehst besser aus«, meinte Joe. »Meinst du das wirklich?«, fragte sie. »Ich hätte dich kaum wiedererkannt ohne deine Brille und die weiten Röcke und die weiten Blusen«, sagte Joe und nahm sein Glas und trank. Angus, der nur da saß und auf Louise schaute, fehlten die Worte. »Na Angus, da bist du platt«, sagte Frank. »Oh, das ist Louise?«, fragte er.

16 »Verwandlung«

»So habe ich dich noch nie gesehen. Auf der Straße wäre ich an dir vorbeigelaufen«, sagte Angus leise. »Ja, es ist in den letzten Tagen viel geschehen«, hauchte Louise und zog mich näher an sich. Sie drückte mir einen weiteren Kuss auf die Wange. Marie kam an den Tisch und sah, wie ihre Schwester an mir hing. Ihr Blick hatte nichts Gutes, als sie mich ansah. Doch als Marie bei Frank war, wurde sie auch ruhiger. Sie schaute auf Joe, Angus, Frank und mich. »Habt ihr einen Ausflug unternommen?«, fragte sie. »Wollten alle mal raus, etwas trinken«, sagte Frank. »Wurde aber Zeit«, sagte Marie und zeigte auf Joe. »Du warst schon lange nicht mehr in der Stadt«, sagte Marie. »Ich werde in nächster Zeit mal öfter hierherkommen«, brummte Joe. »Na, dann ist ja alles gut«, stellte Marie fest. »Wir wollten nur eine Runde durch die Gegend fahren«, meinte Frank. »Dann sind wir hier vorbeigekommen und wollten etwas trinken, um nach euch zu sehen«, lachte Frank. »Da hast du aber Glück gehabt«, meinte Marie, zog Frank zu sich und drückte ihm einen Kuss auf. Während dieser Zeit stand Louise neben mir und strahlte mich an. »Wir wollen noch ein wenig fahren«, sagte Joe und sah Marie an. »Ihr werdet doch später wiederkommen?«, meinte Louise. »Du glaubst, dass wir nicht kommen?«, fragte ich. Louise sah mich fragend an. »Du kommst doch später vorbei?«, wollte sie wissen. »Wo sollten wir sonst etwas trinken außer bei euch?«, fragte ich. Joe und Angus standen auf und gingen Richtung Tür. Frank drückte Marie noch einen Kuss auf und gab ihr noch einen Klaps auf ihr Hinterteil. Louise, die noch immer meine Hand hielt, spitzte die Lippen, um noch einen Kuss zu bekommen. Sie küsste mich heiß und voller Leidenschaft. Langsam lösten sich unsere Lippen und Louise atmete heftig. Ich drehte mich um und ging. »Wir sehen uns später«, sagte ich. Louise winkte noch zu uns herüber, als wir die Bar verließen.

Die anderen saßen schon im Bel-Air und warteten. Als ich das Auto anließ, sahen sie mich an. »Junge, Junge, was hast du mit Louise gemacht?«, fragte Joe. »So verändert habe ich Louise noch nie gesehen«, murmelte Angus. » Eigentlich habe ich doch gar nichts getan«, sagte ich. »Ja«, meinte Frank. »Und warum bin ich der Schuldige?«, fragte ich. »Und wer«, ich zeigte mit dem Finger auf Frank, »hatte zuerst etwas mit Marie am Laufen?«, wollte ich wissen. Frank sah mich an und sah weiter aus dem Fenster. »Womit er recht hat«, meinte Joe, der auf der Rückbank saß. »Eigentlich ist es wie eine Formel«, sagte Angus. »Eine Formel?«, fragte Joe. »Man nimmt ein Element in kleinen Mengen und gibt ein zweites dazu. Zusammen gibt es eine ganz andere Verbindung«, sagte Angus ernst. »Dann ist Liebe nur eine Formel?«, fragte Frank. »Im Grunde gesagt ja«, meinte Angus. »Liebe ist keine Formel, Angus«, brummte Joe. »Sie ist etwas Wunderbares. Etwas, das man fühlt«, sagte Joe. »Gut, dass wir dieses Thema abgeschlossen haben«, sagte ich.

Und so rollten wir mit dem Bel-Air weiter durch die Gegend. Nach einer Weile waren wir wieder bei Joes Haus angekommen. »Ich könnte noch eine Runde Schlaf gebrauchen«, sagte ich, als der Bel-Air stand. »Stimmt«, meinte Frank. »Könnte noch eine lange Nacht werden« sagte ich. »Letzte Nacht war doch etwas kurz und anstrengend?« wollte Frank wissen. »Diese Sache hatte sich einfach ergeben. So eine Frau hat es verdient, auch mal die Freuden der Liebe zu erleben«, sagte ich und sah Frank an. »Hey, in dir steckt ja ein Philosoph, oder bist du verliebt?«, fragte Frank, der zu lachen anfing.

Angus und Joe sprachen über die letzten Stunden und wie Louise jetzt aussah und welche Wirkung ich auf sie hatte. Bei genauer Betrachtung viel Angus auf, dass es nur eine Frage der Zeit gewesen sei. »Angus, du solltest dir eine Freundin suchen«, sagte Joe ernst. »Eine Frau?!«, echote er. »Dann kannst du deine Formel mal selbst testen«, grinste Joe. »Ich bin doch nicht verrückt. Hast du eine Ahnung, wie meine Zeit aussieht?

Dafür habe ich gar keine Nerven«, sagte Angus und fuchtelte mit den Händen. »Mit Formeln wird man nicht alt«, sagte Joe und sah ihn an. »Aber mit Formeln und einer Gleichung ist so gut wie alles zu berechnen«, sagte Angus, der noch immer mit den Händen wedelte. Frank, der noch auf der Veranda saß, hörte den beiden noch eine Weile zu und steckte sich eine weitere Zigarette an. Während er so rauchend da saß und Angus mit Joe über »Liebe als Formel« sprach, grinste er nur.

Ich ging nach oben, um noch eine Runde zu pennen. Kaum war ich im Zimmer, welches ich die letzten Nächte mit Frank geteilt hatte, setzte ich mich auf das Bett, zog Jacke und Stiefel aus und warf alles auf den Boden. Kurz darauf legte ich mich auf den Rücken und sah an die Decke. Bald hatte der Schlaf oder die Drinks dafür gesorgt, dass ich eingeschlafen war. Wie lange ich geschlafen hatte, wusste ich nicht. Das Erste, was ich sah, war das Gesicht von Frank. Der stand am Fenster und sah zum Bett herüber. »Na, Schneewittchen? Ausgeschlafen?«, fragte er grinsend. »Ja, aber du bist kein Prinz«, sagte ich und schwang die Beine vom Bett. »Joe und Angus sitzen schon da und warten auf uns. Sie haben Essen gemacht«, sagte er. »Geh nach unten, Frank. Ich bin auch gleich unten. Ich brauche noch eine Weile. Ich muss erst mal zu mir kommen.« Frank setzte sich in Bewegung und verließ das Zimmer. Seine Schritte waren noch auf der Treppe zu hören. Während ich mir die Stiefel anzog und an den Spiegel trat, nahm ich die Dose Dapper Dan und strich etwas davon in die Haare. Mit wenigen Strichen mit dem Kamm brachte ich die Haare wieder in Form. Als ich die Jacke aufhob und nach oben sah, stand Joe in der Tür. »Alles in Ordnung bei dir?«, wollte er wissen. »Alles ist gut, Joe.« »Unten ist das Essen fertig«, und Joe zeigte die Treppe hinunter. So gingen wir beide zu Angus und Frank, die eine Art von Wettessen am Laufen hatten. Beide kauten in schnellem Tempo, die Augen immer auf den anderen gerichtet. »Esst langsam«, meinte Joe, der den beiden wenige Minuten zusah. Ohne sich groß stören zu lassen, aßen die beiden weiter. Ich nahm Platz, nahm mir ein wenig davon und fing an zu essen. Joe saß mir gegenüber und beobachtete mich, er schien zu überlegen.

Nach dem Essen ging ich auf die Veranda, steckte mir eine Zigarette an und rauchte in aller Ruhe. Auf einmal sah ich Richtung Garage und beschloss, noch einmal nach dem Buick zu sehen. Ich öffnete die Haube und sah mir den Motor in Ruhe an, bis mich die Stimme von Joe aus meinen Gedanken riss. »Ist doch eine wahre Schönheit, oder?«, fragte er und sah mich an. »Ja«, stellte ich fest. »Hat auch jede Menge Arbeit gekostet und noch mehr Zeit, von der ich ja jede Menge hatte«, sagte Joe. »Und mit ihm kann man jedes Rennen gewinnen?«, wollte ich wissen. »Dafür wurde dieses Auto gebaut«, und er fuhr mit der Hand über den Lack. »Und wenn Big Willy sich auf ein Rennen mit ihm einlässt?« Ich zeigte auf den Buick. »Wirst du ihn von der Straße fegen, dass es ihm eine Lehre sein wird«, meinte Joe. »Warum fährt Frank nicht den Buick?«, wollte ich wissen. »Frank fährt den alten V8 ganz gut. Du aber kannst, und das weiß ich, mit diesem Auto so fahren, dass jeder alt aussieht«, brummte Joe. »Du hast viel Vertrauen in mich und den Buick. Und ich hoffe, dass ich nicht versage«, sagte ich und sah Joe an. »Wenn es soweit ist, werden wir sehen ob ich recht hatte«, sagte Joe und er schloss mit einem Knacken die Haube des Autos.

Gemeinsam verließen wir die Garage und machten uns auf den Weg zum Haus. Frank und Angus saßen auf der Veranda und warteten auf uns. »Na Joe, ist alles in Ordnung?«, fragte Frank. »Der Buick ist in bester Verfassung und ist bereit, alles in Grund und Boden zu fahren. Egal, wer es ist oder was für ein Auto er hat«, sagte ich. »Na, dann kann Big Willy jederzeit auf ein Rennen vorbeikommen«, meinte Angus. Der war für seine Verhältnisse ohne Alkohol auch gut drauf. So unterhielten wir uns noch eine Weile, bis Frank anfing, wie ein Tiger auf und ab zu laufen. »Hey Frank, wie wäre es mit einem Drink bei Marie?«, wollte ich wissen. Er blieb auf einmal stehen und sah mich fragend an. »Worauf wartest du noch?« Er lief an den Bel-Air, riss die Tür auf und wartete voller Ungeduld. »Lass ihn nicht warten. Haut ab und sagt den Mädchen einen Gruß von mir«, lachte Joe. Mit langsamen Schritten ging ich zum Auto und steckte mir noch eine Zigarette an. »Los, los, los«, meinte Frank aufgeregt. Nicht lange danach waren wir dank Frank, der gegen eine ruhige Fahrt war, vor der Bar. Kaum stand der Bel-Air, riss er die Tür auf und sprang in die Bar.

Komische Sache. Wir waren doch erst vor ein paar Stunden hier gewesen. Bei Frank hatte es den Anschein, als wäre er seit Tagen nicht hier gewesen. Als ich in die Bar kam, hing Frank bereits an Marie, die ihm um den Hals gefallen war und ihn küsste. Louise, die auch hinter der Bar stand, sah mich hereinkommen und winkte mir zu. Als ich vor ihr stand, sah sie mich lange an. »Ich habe etwas für dich«, und sie griff unter die Bar. »Es ist nichts Besonderes. Aber es kommt von Herzen«, sagte sie. Es war ein kleines Päckchen von 8 cm Länge und 6 cm Breite, in buntes Papier eingewickelt und mit einer Schleife. Ich nahm es in die Hand und wollte es aufmachen. Doch Louise hielt mich davon ab. »Nicht hier öffnen. Später, wenn du alleine bist«, hauchte sie. »Gut, dann später«, sagte ich und drückte ihre Hand. So steckte ich das Päckchen in die Innentasche der Jacke. Louise sah, wie ich es einsteckte und verzog ihr Gesicht zu einem Lächeln. Was mochte da wohl drin sein? Später war noch genug Zeit. Im Moment waren andere Dinge wichtiger. Marie und Frank konnten einfach die Finger nicht voneinander lassen. Sie waren zu sehr miteinander beschäftigt, um auf die anderen zu achten.

Dave und Big Willy feierten auch in der Garage. Sie saßen auf Kisten, sahen den Rocket an und feierten mit ihren beiden besten Freunden Bourbon und Scotch, die rapide abnahmen. »Weißt du Dave«, lallte Willy mit schwerer Zunge. »Wir sollten mal den beiden Pfeifen zu einem Rennen verhelfen.«. »Du … du meinst, der Ro-Ro-Rocket wäre soweit?«, brabbelte Dave und versuchte, auf die Beine zu kommen, fiel aber wieder auf den

Hintern. »Bleib einfach sitzen«, brummte Big Willy, »sonst haut es dich wieder auf den Arsch.« Dave sah Big Willy mit großen Augen an. »Glaube, dass du recht hast, Willy. Aber auf unser Baby können wir verdammt stolz sein«, meinte Dave und zeigte auf den Rocket, der im schwachen Licht der Garage stand. »Das ist der schnellste Wagen in der Umgebung«, brummte Big Willy und nahm einen weiteren Schluck aus der Flasche. So saßen die beiden und feierten ihren Sieg schon ein wenig vor. Ihr Alkoholspiegel stieg immer weiter an. »Lass uns 'ne Runde drehen«, sagte Dave. »Dazu bin ich viel zu voll. Ich möchte auch keinen Ärger mit den Bullen haben«, lallte Willy. »Hast recht, wäre schade um das Auto. Das brauchen wir noch, um die zwei Pfeifen fertigzumachen«, überlegte Dave. Er dachte an die Arbeit und Zeit, die er in den Rocket hineingesteckt hatte. Dies wollte er auskosten bei einem Rennen. Ob die zwei mit etwas in dieser Art aufwarten konnten? Laut Willy hatten sie ja nur den alten V8, der für den Rocket keine große Gefahr war. Nur aus diesem Grund waren Dave und Big Willy voller Zuversicht, dass sie das Rennen jederzeit gewinnen konnten. Big Willy hatte die Flasche in der Hand und trank weiter. Immer wieder blickte er auf den Rocket. Dave saß neben ihm und hatte ebenfalls den Blick auf das Auto gerichtet. Beide dachten an ihren Sieg. Der Rocket stand in der Garage. Der Lack glänzte. Unter der Haube stecken mehrere Hundert PS. Aus der Mitte der Haube ragte drohend der Kompressor, dessen Öffnung wie die Mündung einer Kanone aussah. Von der Front des Rockets ging etwas Bedrohliches aus. Man konnte glauben, er würde gleich losfahren. Big Willy und Dave saßen noch immer vor ihrem Auto und feierten nur für sich.

Frank und Marie hatten in der Zeit vom Mittag bis zum Abend keine vier Stunden getrennt verbracht. Es war, als ob beide diese Zeit nachholen wollten. Beide hingen wie die Kletten zusammen. Frank wollte Marie immer wieder die Hand unter die Bluse schieben. »Nein, lass das«, sagte Marie, die seine Hand wegschob. Doch Frank dachte gar nicht daran, aufzuhören. »Lass mich doch«, bettelte Frank. Doch Marie wehrte ihn immer wieder aufs Neue ab. Ihr schien es, als würde sie mit einem Kraken kämpfen. Seine Hände waren überall an ihrem Körper. An der Bar sah ich den beiden zu, während Louise die anderen Gäste der Bar mit Getränken und anderem versorgte. Ab und zu kam Louise an mir vorbei und warf mir einen verliebten Blick zu. Als sie ein paar Minuten Zeit hatte, blieb sie kurz bei mir stehen. »Heute ist hier aber gut besucht und ich bin alleine«, sagte Louise. »Marie ist zu sehr mit Frank beschäftigt«, und sie zeigte auf die beiden. »Die zwei sollten sich etwas zusammennehmen. Marie ist völlig durch den Wind«, sagte Louise beleidigt. »Es gibt auch andere Paare, die nicht so verliebt tun wie die beiden«, bemerkte ich kurz. Louise sah mich für einen Augenblick an und wurde leicht rot und verlegen. »Ich weiß genau, wie du es meinst«, und sie fuhr mit der Hand über meine Wange. »Das kratzt. Du solltest dich mal wieder rasieren. Dann geht das mit dem Küssen besser. Sonst«, sie zeigte auf ihren Mund, »gibt es von hier nichts mehr«, lachte sie. Louise drehte sich um und sah nach den anderen Gästen. Keiner hatte einen Wunsch. Mit einem Blick auf mein Glas nahm sie die Flasche und schenkte nach. »Damit du nicht auf dem Trockenen sitzen bleibst«, sagte Louise. Ich steckte mir eine Zigarette an und sah in den Spiegel hinter der Bar. Mit der Zigarette in der Hand und einem vollen Glas ließ ich es mir gut gehen, während Frank und Marie weiterhin mit sich beschäftigt waren. Louise hatte weiter genügend Arbeit. Kaum stand sie bei mir, wurde sie von Gästen gerufen.

Mit dem Glas in der Hand nahm ich Kurs auf den Tisch von Frank und Marie. Als ich mich setzte, sah Frank mich fragend an. »Du gefällst mir nicht. Etwas ist anders an dir. Was ist denn los?«, wollte er wissen. »Big Willy verhält sich im Moment ziemlich ruhig und das macht mir Sorgen«, sagte ich. Frank verzog das Gesicht, als hätte er Essig getrunken. »Big Willy hat doch gar keine Möglichkeit, gegen dich zu gewinnen«, und er zeigte mit dem Finger auf mich. »Moment«, sagte Marie. »Er soll gegen Willy ein Rennen fahren?« »Der alte Joe ist davon überzeugt, dass er Big Willy in Grund und Boden fahren könnte.« »Beim letzten Mal, als Peter gegen Willy gefahren ist, hat es ihn das Leben gekostet«, sagte Marie wütend. »Peter hatte gegen Willy gar keine Möglichkeit, zu gewinnen«, sagte Joe zu Frank. »Willy ist in dieser Hinsicht nicht zu unterschätzen«, warnte Marie. »Er wird alle Register ziehen, um zu gewinnen.« »Er hat Willy mit seiner schwarzen Karre gezeigt, wie man Auto fährt«, meinte Frank. »Etwas Glück war auch mit dabei«, sagte ich zu Marie und nahm einen Schluck aus dem Glas. »Wenn Louise davon erfährt, wird sie dich nicht mehr aus den Augen lassen«, meinte Marie bestimmend. »Wenn dir etwas passiert, dann weiß ich nicht, wie Louise damit klarkommen würde«, sagte Marie. »Bei Louise hat sich in den letzten Tagen zu viel verändert. Das hätte ich nie gedacht. Sie hatte noch nie einen Freund, denn keiner wollte etwas mit dieser Louise zu tun haben. Jeder ließ sie stehen. In der Schule war sie nicht sehr beliebt, obwohl sie immer gute Noten hatte. Am Abend vor dem Abschlussball war Louise zu Hause und weinte sich die Augen aus, weil keiner mit ihr dorthin wollte«, sagte Marie. »Und dann kommt ihr beide hier rein«, und sie zeigte auf mich. »Du haust Big Willy aufs Maul und meine Schwester verliebt sich in dich, sodass sie anfing, weniger zu essen, andere Kleidung anzog und begann, sich zu schminken«, meinte Marie. »Seitdem ist Louise eine ganz andere Frau geworden«, bemerkte Frank, der auch die Verwandlung von Louise mitbekommen hatte. Genauso wie jeder andere Mann sie jetzt richtig wahrnahm. »Und gerade wegen Louise möchte ich, dass das Rennen zwischen dir«, sie zeigte auf mich, »und Big Willy nicht stattfindet«, sagte Marie. »Wenn es nicht gut ausgeht, könntest du dabei draufgehen«, meinte Frank und zog an seiner Zigarette. »Es gibt zu viele Wenns und Abers in einer solchen Angelegenheit«, meinte ich. Ich dachte an Joe und den Buick, der seit dem Tod von seinem Sohn in der Garage stand und auf seinen Einsatz wartete. Denn nach dem Unfall war der Buick von Ace Bauers abgeholt worden, und jeder, der Ace kennt, weiß, was bei ihm mit so einem Auto geschieht. Dass aber Joe den Buick wieder aufgebaut hat, wusste keiner. Er hatte ja auch alle Zeit der Welt. Auf diese Art konnte Joe auch etwas Abstand zu Peters Tod gewinnen und musste nicht über die vielen Abers und Wenns nachdenken. Der Buick musste ziemlich übel ausgesehen haben, nachdem er sich mehrmals überschlagen hatte. Und nun war ich von Joe ausgesucht worden, um Peters Auto zu fahren. Joe glaubte fest daran, dass mit diesem Auto jedes Rennen zu gewinnen sei.

»Worüber denkst du nach?«, wollte Marie wissen und sah mich an. Über dieses und jenes, warum fragst du?« »Weil du aussiehst, als ob du einen Geist gesehen hast«, sagte Frank ironisch. »Wann sich Big Willy die Ehre gibt und bei Joe auftaucht, um das Rennen zu fahren«, überlegte ich laut. Marie, die nur dasaß und zuhörte, schnaufte durch die Nase und schaute uns an. »Was ist das eigentlich für ein Spiel?«; fragte sie. »Was meinst du?«, fragte Frank. »Na, dass Männer immer öfter damit angeben, wessen Auto den besseren Motor hat. Oder wer mehr PS unter der Haube hat. Irgendwie wollen Männer damit etwas beweisen«, sagte sie leicht wütend. Frank zog Marie an sich und gab ihr einen Kuss auf die Wange. »Du glaubst, dass Frauen nichts von Autos verstehen?« meinte Marie. »Was glaubt ihr, weshalb Joe ohne Frau lebt?«, fragte sie. » Das habe ich mich auch schon gefragt«, meinte Frank. »In seiner Jugend ist Joe ein ganz berühmter Moonshiner gewesen.« »Was zum Henker ist das denn?«, wollte Frank wissen.»Das kann nicht sein. Joe?«, fragte Frank. »Seit wir bei Joe sind, ist er keinen Meter mit einem Auto gefahren, aber die Autos in seiner Garage sind alle im super Zustand«, gab ich zu bedenken. Frank sah mich an und nickte mit dem Kopf. Marie trank einen Schluck von ihrem Glas und schnaufte tief durch. Ja, das wussten nicht alle, wie der alte Joe als junger Mann unterwegs gewesen war.

»Ja, Joe brannte in seiner Jugend irgendwo im Wald seinen

Whisky, was nicht immer ohne ein Risiko war. In dieser Zeit ohne eine gültige Erlaubniss Whisky herzustellen, konnte einen Mann glatt ins Gefängnis bringen. Joes Frau war jedes Mal froh, wenn ihr Mann wieder zu Hause war. Die Herstellung von Whisky ist nicht wirklich schwer, eher der Verkauf an die Kunden. Da Joe aber schon immer Autos hatte, die etwas schneller fuhren, als sie sollten, hatte er einen leichten Vorsprung gegenüber der Polizei, die öfter, als ihm lieb war, hinter Joe her war. Es gab nur einmal diese eine Sache, als Joe mit einem Auto voller Whisky eine Straßensperre umfahren musste. Aber durch die Leistung seines Autos konnte Joe ohne Weiteres der Polizei entkommen. So bekam Joe als relativ junger Mann den Ruf als einer der besten Fahrer in der Gegend, keiner konnte ihn mit einem Auto schlagen. Nur seine Frau zweifelte, ob es gut ging so als Moonshiner, der jedes Mal nicht nur gegen ein Gesetz verstieß. Bis zu diesem Tag, als Joe erfuhr, dass er Vater wurde, und sich langsam, aber sicher immer mehr aus dem Geschäft zurückzog, nachts im Wald seinen Whisky zu brennen. Es konnte jede Menge schiefgehen, dass die Destille in die Luft flog oder dass andere Schwarzbrenner auftauchten. Hinter jedem Baum und Strauch vermutete Joe einen Polizisten, der einen Mann verhaften wollte. Aber Joe hatte Glück, dass die meisten überhaupt nicht wussten, wo sie ihn suchen sollten. Der Whisky von Joe war einer der besten und die Leute kauften so gut wie alles auf. Was dafür sorgte, dass Joe sich und seine schwangere Frau gut ernähren konnte. Als dann Peter auf die Welt kam, änderte Joe sein Leben komplett, von heute auf morgen hörte er auf mit dem Brennen des Whiskys. So arbeitete Joe dann eine gewisse Zeit bei dem Vater von Ace Bauers, der den Schrottplatz in der Stadt hatte. Mit der Zeit arbeitete Joe in seiner Werkstatt zu Hause an Autos, die ihm Leute vorbeibrachten, die nicht so viel Geld hatten, was Joe in den Ruf eines guten Mechanikers brachte.

Während wir über Joe und seine Vergangenheit sprachen, hatte Louise mehr Arbeit hinter der Bar als sonst. Marie blickte zu ihrer Schwester und machte sich auf den Weg hinter die Bar, um wieder mal etwas zu arbeiten. Der Andrang war noch größer als sonst, weil es sich herumgesprochen hatte, dass Big Willy wieder hier war, seit diesem denkwürdigen Abend. Er hatte einige Bier mit Dave getrunken, obwohl der anwesend war, der ihn auf die Bretter gelegt hatte. So wollten die meisten ein Bier trinken, wo Big Willy Prügel bezogen hatte. Es schien, als wäre heute die ganze Umgebung hier in der Bar. Jeder wollte Bier und reden. Für manchen schien die Bar wie eine Kirche zu sein. Mancher war einige Stunden im Auto gefahren, nur um hier noch einen Platz zu bekommen oder um einen der beiden zu sehen, die Big Willy aufs Maul gehauen hatten. Heute hatten die meisten Gäste Glück, denn beide, die Willy flachgelegt hatten, waren auch hier und vergnügten sich. Mancher der Gäste drehte sich mehr als einmal um und warf einen Blick auf die beiden. Die saßen an einem Tisch, tranken ihre Gläser und unterhielten sich einfach. Am meisten wunderten sie sich, dass Marie dem einen immer öfter einen Kuss nach dem anderen gab. Sonst verlief der Abend ganz ruhig. Nach einer Weile kam Louise zu uns an den Tisch. Sie setzte sich neben mich. »Heute ist ganz schön was los«, schnaufte Louise.

»Mach mal eine Pause«, sagte Frank. Louise rückte näher an mich und legte den Kopf auf meine Schulter. Ich strich mit der Hand über ihre Wange. Louise atmete erleichtert auf und schien diese wenigen Minuten zu genießen. Frank, der uns gegenübersaß, grinste nur. »Ihr seht aus wie ein Ehepaar«, sagte er lachend. Louise drehte den Kopf, drückte mir einen Kuss auf und sah Frank an. »Du hast doch Marie am ersten Abend mit den Augen ausgezogen. Er dagegen«, sie stieß mich in die Seite, »wollte von uns beiden nichts wissen«, sagte sie bestimmend. Frank rollte nur mit den Augen. »Ist ja gut, du hast recht, Louise«, gestand er. »Ach, ehe ich es vergesse. Wir sollen dir von Joe Grüße ausrichten«, sagte ich. »Es scheint, als ob er schon eine ganze Weile nicht mehr hier gewesen war.« »Joe hatte sich nach Peters Tod zurückgezogen, bis er mit euch wieder hier war«, meinte Louise. Ich griff in die Jacke, förderte das kleine Päckchen zutage und wog es in der Hand. Louise schaute mich erstaunt an. »Was ist da wohl drin?«, fragte Frank. »Das wollte ich auch gern wissen«, und ich blickte auf Louise, die jetzt ziemlich hektisch wirkte. »Etwas von mir für dich«, sagte sie und sah mich an. Dieses kleine Päckchen schien für Louise ganz wichtig zu sein. Während ich es in der Hand hielt, umschloss sie es mit ihren Fingern. So als sollte niemand etwas davon wissen, nicht einmal ihre Schwester. Nach wenigen Minuten steckte ich es wieder in die Jacke, worauf Louise recht zufrieden wirkte. Wenige Minuten später kam Irene in die Bar und setzte sich auf einen Hocker. Marie kam und brachte ihr ein Glas, Irene steckte sich eine Zigarette an und sah rauchend in den Spiegel hinter der Bar. Marie warf bei der Arbeit immer wieder einen Blick auf Irene, aus der niemand schlau wurde. »Sie ist auch wieder hier«, sagte Frank und zeigte auf Irene. Louise drehte den Kopf und sah mich an. »Sie kommt jeden Abend wieder hier in die Bar«, stellte Louise fest. In ihren Augen blitzte es auf. Es schien ein Funke Eifersucht aufzuflammen. »Du brauchst keine Angst zu haben. Sie ist keine Gefahr mehr für dich«, sagte ich und drückte Louise einen Kuss auf die Wange. Frank sah uns beide an und schaute zu Irene. »Junge, Junge, als wenn wir nicht genug andere Probleme hätten. Hast du auch noch eine Freundin am Start, die dir nachläuft«, meinte Frank grinsend, zog an seiner Zigarette und blies den Rauch gegen die Decke. »Vielleicht war es ein Fehler, sich mit Irene zu unterhalten«, sagte ich und zog Louise weiter an mich. »Doch mit dir, Louise, ist alles ganz anders«, meinte ich. Louise war sichtlich erleichtert und atmete schwer aus. Marie, die hinter der Bar zu tun hatte, ließ Irene keine Minute aus den Augen. Irene saß immer noch auf ihrem Platz, rauchte und nippte ab und zu an ihrem Drink. Sie sah irgendwie verloren aus. Keiner der anderen Gäste unterhielt sich mit ihr. Ich schob Louise auf die Seite und stand auf. Sie sah mich fragend an. »Was hast du vor?«, fragte sie. »Hast du eine Münze für die Musikbox?«, wollte ich wissen. Mit spitzen Fingern holte Louise eine Münze aus ihrer Hose und gab sie mir. Damit machte ich mich auf den Weg zur Musikbox. Ich schaute auf die Titel und fand nach kurzer Suche dieses eine Lied: »Good Night Irene« von Jerry Lee Lewis. Dieses Lied hatte die Tastennummer B-6. Ich drückte sie und die Platte fing an zu spielen.

Als Jerry Lee Lewis anfing, auf der Platte den Text »Good Night Irene« zu singen, drehte ich mich um und ging zu Frank und Louise zurück. Als ich am Tisch ankam, sahen beide mich an. »Woher wusstest du von diesem Lied?«, fragte Frank. »Wer des Lesens mächtig ist«, sagte ich. Im Hintergrund lief dieses Lied und die Wirkung auf Irene war nicht zu beschreiben. Sie wurde unruhig und rutschte auf ihrem Platz hin und her. Der Text dieses Liedes musste sie doch mehr treffen, als ich angenommen hatte. Kaum war die Platte zu Ende, hob der Tonarm sie wieder auf und fuhr in sein Fach zurück. Irene drückte hastig ihre Zigarette aus und nahm das Glas, trank es aus und stellte es mit einem Ruck wieder auf die Bar. Sie sprang regelrecht von dem Hocker und lief mit rotem Kopf zur Tür. »Na, die sind wir für eine ganze Weile los«, grinste Frank. »Woher wusstest du von diesem Lied?«, wollte Louise wissen. »Ist doch eine ganz nette Art, jemand loszuwerden, oder nicht?«, fragte ich. Marie, die hinter der Bar ihrer Arbeit nachging, sah verwundert aus, als Irene wie von der Tarantel gestochen aufsprang und die Bar fluchtartig verließ. Sie sah zu uns herüber, hob die Schultern und blickte fragend zu uns. Frank und Louise waren ebenfalls völlig fertig, da sie solch eine Reaktion nicht erwartet hatten. »So einfach geht das?«, fragte Louise. »Du hast es doch selbst gesehen. Alles ohne Stress für dich und mich und sie«, und zeigte auf den leeren Hocker an der Bar. »Mit dir will ich keinen Streit bekommen«, stellte Frank fest. Louise, die die ganze Zeit einfach alles beobachtet hatte, schien zu überlegen, warum ihre Feindin ohne großes Aufsehen wieder nach Hause ging. Marie kam zu uns an den Tisch. »Warum ist Irene so schnell gegangen?«, wollte sie wissen. »Ich habe doch nur eine kleine Schallplatte abgespielt«, sagte ich. »Nicht mehr und nicht weniger. Ich kann doch nichts für den Text auf der Platte«, sagte ich. »Ja, das Ganze war ein dummer Zufall«, meinte Frank und grinste über beide Backen. Marie, die vor uns stand, sah uns alle an. »Männer sind doch alle gleich«, stellte sie fest. »Meiner aber nicht. Er ist etwas anders«, stellte Louise fest und sah mich mit ihren großen Augen an. Frank zog Marie an den Tisch und auf seinen Schoß und gab ihr einen Kuss, bevor sie weiterreden konnte. »Du …du …du …«, hauchte sie und atmete tief aus nach diesem langen Kuss. Ihr Atem ging schnell und ihre Brust hob und senkte sich heftig. Nach einer Weile gingen Marie und Louise zusammen hinter die Bar und ließen uns alleine am Tisch. Wir blickten den beiden nach. »Junge, hat Louise eine tolle Figur bekommen! Wenn es so weitergeht, dann sehe ich für Marie und die Männerwelt schwarz«, stellte Frank fest. »Ich weiß. Aus Louise ist eine gut aussehende Frau geworden«, sagte ich und sah in die Richtung der Bar, wo Louise und Marie ihrer Arbeit nachgingen. »Ja, Good Night Irene«, meinte Frank und blickte mich an. Louise kam an den Tisch. Sie verstand nicht richtig, weshalb so ein Lied eine solche Wirkung hatte. Ihr war es im Grunde recht, dass sie so ihre Feindin loswurde, ohne etwas dafür zu tun. Eine innere Ruhe erfüllte sie und sie zog sich näher an mich. Sie strahlte über das ganze Gesicht. »An was denkst du?«, fragte ich Louise. »Wie du Irene losgeworden bist«, sagte sie, »ohne Streit, nur mit einer kleinen Platte«, sie drehte sich, schlang die Arme um meinen Hals und küsste mich. Marie, die hinter der Bar stand und zu uns herüberschaute, wusste nicht, was sie davon halten sollte. Dass ihre Schwester so auf einen Mann abfuhr, hatte Marie bei Louise noch nie erlebt. »Hey, hallo, hört ihr mich?«, fragte Frank. Als sich unsere Lippen voneinander lösten, sah ich ihn fragend an. »Was willst du denn? Marie steht dort, wenn du einen Kuss willst«, sagte ich, während Louise nur strahlte.

Unterdessen saßen Joe und Angus auf der Veranda und tranken etwas, Angus Wasser und Joe ein paar Bier.

17 »Angus Blacks Zweifel«

Sie warteten und überlegten, ob die zwei bald nach Hause kommen würden. »Glaubst du, dass die beiden wieder Ärger am Hals haben?«, wollte Angus wissen. »Bei den beiden musst du mit allem rechnen«, brummte Joe und trank weiter aus seiner Flasche. »Frank ist von den zweien der, der den Ärger heraufbeschwört«, sagte Angus nach reiflicher Überlegung. »B. C dagegen wartet ab und handelt gezielt und geplant, wie einer, der mit einer Formel rechnet«, sagte Angus. »Du und deine Formeln«, meinte Joe. »Aber wenn du es richtig siehst, Joe, dann kann ich die beiden wieder ins Jahr 2009 zurückbringen«, sagte Angus, der wieder mit den Händen wedelte. »Stimmt. Da hast du recht. Aber wenn deine Formel nicht ganz stimmt?«, fragte Joe. »Ich habe es vier Mal durchgerechnet«, sagte Angus. »Sie wird genauestens und bestens die Jungs wieder nach 2009 zurückbringen«, sagte Angus überzeugt. »Hey Angus, was ist das immer, dein Wedeln mit den Händen?«, fragte Joe. »Eigentlich ist es ganz harmlos. Wenn ich eine Tafel und Kreide habe und eine Gleichung oder Berechnung schreibe, dann geht das Rechnen so schneller. Da kannst du rechnen, ohne überlegen zu müssen, und eine Gleichung anfertigen. Alles auf einmal«, sagte Angus. »Und deshalb wedelst du mit den Händen?« »Ganz genau«, meinte Angus und schob die Arme übereinander. »Und was, wenn Big Willy wieder versucht, die beiden von der Straße zu schieben?«, fragte Joe. »Da brauchst du keine Angst zu haben. Damit werden die beiden auch noch fertig«, sagte Angus und schaute in die Nacht. »Na, dann wollen wir mal hoffen, dass du recht behältst«, brummte Joe und trank wieder aus seiner Flasche. Er ging auf der Veranda auf und ab. Immer einen Blick auf die Straße gerichtet, ob nicht bald die Lichter des Bel-Air zu sehen waren. Angus, der auf der Bank saß und Joe zuschaute, rechnete in Gedanken noch einmal alles durch. Er hatte den Kopf auf die Hände gestützt und sah auf den Boden, der für Angus in diesem Moment wie eine Tafel war. Angus war noch immer aufgeregt darüber, weil diese zwei eine Zeitreise gemacht hatten. Was dies alles für einen Mann wie Angus bedeutete und welche Möglichkeiten er im Jahr 2009 hätte! Hier im Jahr 1956 hielt man Angus für eine gestörte Persönlichkeit. Aber wenn er im Jahr 2009 wäre, dann hätte man ihn für seine Forschungen hoch gelobt oder ihm sogar den Nobelpreis verliehen. Angus zog die Luft durch die Nase; irgendwie beneidete er die zwei, die wieder nach Hause wollten. Am liebsten wäre Angus mit den beiden nach 2009 gereist, um dort zu leben und seinen Arbeiten nachzugehen. Doch wenn es schiefgehen sollte, was nicht der Fall sein durfte, musste man sehen, wie es weitergehen sollte. Während Angus nochmals über alles nachdachte, lief Joe weiterhin auf und ab. Er hatte die Bierflasche noch immer in der Hand und blickte wieder in die Nacht. Fast so, als würde er auf das Brummen des Bel-Air hoffen. »Sie werden bald hier auftauchen«, meinte Angus, der neben Joe auf der Veranda mitlief. »Na, dein Wort in Gottes Ohr«, brummte Joe und ging ins Haus. Er kam wenige Minuten später mit einer Flasche Bier wieder. »Den beiden geht es gut, und wenn sie doch auf Big Willy und Dave treffen, werden sie schon das Richtige tun«, dachte Angus laut. Joe schien über Angus' Ansprache nachzudenken. Ab und zu trank er einen Schluck Bier und stand auf einmal vor Angus, der ihn noch immer mit festem Blick ansah. »Ich glaube, dass du recht hast Angus«, sagte Joe erleichtert. »Natürlich habe ich recht. Die beiden kommen aus dem Jahr 2009 und haben dort jede Menge Ärger gehabt und sind noch immer am Leben«, sagte Angus.

Marie, die sich irgendwie von Frank losreißen konnte, half ihrer Schwester hinter der Bar. Nun saßen wir ohne Frauen am Tisch. »Dass diese Sache mit Big Willy so ernst für Marie ist, hätte ich nicht für möglich gehalten«, meinte Frank und sah mich an. »Und wenn es schiefgeht?«, wollte ich wissen. Frank schüttelte den Kopf. »Der alte Joe ist davon überzeugt, dass du es schaffst, gegen Big Willy zu gewinnen«, meinte Frank und zog erneut an seiner Zigarette. Ich nahm mein Glas zwischen die Finger und drehte es gedankenverloren. Joe, Frank und Marie machten sich Sorgen. Louise durfte von alledem nichts wissen, da sie sonst völlig in sich zusammenbrechen könnte. »Heiliger Moses«, dachte ich. »In welche Schwierigkeiten bin ich da geraten? Im Grunde wollte ich nur meine Ruhe für einige Zeit haben, um den Kopf etwas freizubekommen. Und nun bin ich hier im Jahre 1956 gelandet, mit Frank, der mich aufgelesen hat. Er war bis vor wenigen Tagen auf der Flucht gewesen. Mit Big Willy hatte alles angefangen und musste oder würde mit ihm enden. Beenden konnte es auch ein Leben. Meines oder das von Big Willy, der nichts mehr zu verlieren hatte. Wir wollten eigentlich in dieser Bar nur etwas trinken, und so hat der ganze Ärger angefangen. Durch den Verlust einer durchgebrannten Verteilerkappe, mit der wir keinen Meter weiterfahren konnten, sind wir bei Joe gelandet.

Frank riss mich aus meinen Gedanken. »Hallo, jemand zu Hause?«, fragte er und grinste mich fragend an. Für Frank war das alles ein großer Spaß, mit Rockabilly, Zigaretten und jeder Menge zu trinken. Dann war da noch Marie, die Frank den Kopf verdreht hatte. Mit der war er mit großer Sicherheit im Bett gelandet. Seit diesem Tag verhielten die beiden sich wie ein frisch verliebtes Paar, das kaum die Finger von sich lassen konnte. Louise, die noch keinen Freund gehabt hatte, wusste nichts von dem Rennen gegen Big Willy. Sonst würde sie ganz zusammenbrechen. Hinter der Bar hatten Marie und Louise mehr zu tun, als den beiden lieb war. Frank und ich sahen dem Betrieb etwas zu. »Der Laden scheint ja richtig gut zu gehen. Es sind mehr Leute hier als sonst«, sagte Frank. »Ja, die wollen die beiden Helden sehen, die hier aufgeräumt haben«, meinte ich. Louise, die mal Zeit hatte, kam zu uns an den Tisch. Sie setzte sich und strahlte uns an. »Junge, Junge, heute ist die ganze

Umgebung hier«, und sie zeigte in den Raum. »Das schafft ihr beiden doch, oder nicht?«, fragte ich. Louise sah mich mit ihren großen Augen an und rückte noch näher an mich heran. »Das haben wir euch zu verdanken. Früher war kaum etwas los und jetzt könnten wir Eintritt verlangen«, stellte Louise fest. »Hast du noch eine Münze für mich?« Sie zog mit spitzen Fingern eine aus ihrer Tasche. »Du wirst doch nicht ...«, fragte Louise. »Nein, werde ich nicht«, und ging Richtung Musikbox. Dort blieb ich kurz stehen und sah über die Lieder. Meine Wahl fiel auf E-4: Eddie Cochran mit dem Lied »Long Tall Sally«. Nach dem Fallen der Münze drückte ich die Tasten. Dann fing Eddies Lied an zu spielen. Ich machte mich auf den Weg zum Tisch. »Gute Wahl«, meinte Frank. »Ja, ist noch nicht lange auf dem Markt. Ist ein gutes Lied«, sagte Louise. »Wir sollten uns auf den Weg zu Joe und Angus machen«, schlug ich vor. »War ein langer Tag heute«, meinte Frank und sah nach Marie, die schon auf ihn wartete. Sie umschlang Frank und sie küssten sich leidenschaftlich. Louise, die neben mir saß, fuhr mit der Hand über meine Wange. »Pass auf dich auf«, hauchte sie. Frank kam zurück, stand vor uns und legte die Arme übereinander. »Wollen wir mal los?«, wollte er wissen. Louise blickte auf Frank und mich und sah etwas blass aus. »Na, dann wollen wir den alten Joe und Angus nicht länger warten lassen«, sagte ich, stand auf und drückte ihr noch die Hand. So machten wir uns auf den Weg.

Draußen wirkte Frank ein wenig aufgedreht und er lachte in sich hinein. »Mein Freund, ich glaube, dass wir die heißesten Frauen in der Gegend haben«, lachte er. »Wenn du meinst!«, sagte ich. »Ja, das meine ich«, lachte er und hieb mir in die Seite. Bald waren wir am Auto angekommen. Wir stiegen ein und fuhren los. Frank drehte das Fenster runter und sah mich an. »Tritt drauf. Die beiden werden schon auf uns warten«, und er zeigte auf die Uhr. Ich drehte den Schlüssel und der Bel-Air erwachte wieder zum Leben. Mit mäßiger Geschwindigkeit rollten wir aus der Stadt zu Joes Haus. Auf der Straße war nichts los. Die

Fahrt verlief ziemlich ruhig. Als wir um die Kurve kamen, war Joes Haus in Sicht. Auf der Veranda standen Joe und Angus. Kaum parkte der Bel-Air, kam Joe wie von der Tarantel gestochen auf uns zu gerannt. »Könnt ihr mir mal verraten, wo ihr wart?«, schrie er. Frank stieg aus und sah Joe lange an. »Bei Marie und Louise«, sagte er ruhig. »Siehst du, Joe«, unkte Angus von der Veranda. »Es ist den beiden nichts geschehen.« »Ja, ist ja gut, Angus«, brummte Joe. »Ich habe mir halt meine Gedanken gemacht.« »Alles ist gut, Joe«, sagte ich und Frank ging zu Angus, der noch immer auf der Veranda stand. Es war ein Bild für Götter. Angus mit seiner Größe von 175 cm und Frank mit 203 cm standen nebeneinander. Joe atmete hörbar aus, kam auf mich zu und legte mir den Arm auf die Schulter. So gingen wir in Richtung Haus. »Jungs, das ist nicht gut für einen alten Mann wie mich«, lachte er. Frank ging in die Küche und kam mit ein paar Bier zurück. Joe machte sein Bier auf und nahm einen langen Schluck aus der Flasche. »Hey Joe, mach langsam. Keiner nimmt dir etwas weg«, meinte Frank.

Angus setzte sich auf die Bank und sah sich alles an. Er schüttelte nur den Kopf. Bei ihm würde ein Tag nie so enden. Er würde seine Zeit besser nutzen, als mit einer Frau seine Zeit zu verbringen. Da könnte er locker mehrere Gleichungen berechnen für Raum-und-Zeit-Reisen oder etwas anderes. Er verstand dieses Gehabe um eine Frau einfach nicht. Bei genauerer Überlegung kam Angus darauf, dass es vielleicht auch an der Zeitspanne liegen konnte. Es waren schließlich 53 Jahre Unterschied. Weiter darüber nachzudenken, befand Angus als Zeitverschwendung. Joe hatte eine neue Flasche Bier in der Hand und freute sich, dass die Jungs wieder heil angekommen waren. »Wann glaubst du«, fragte ich Joe, der noch aus seiner Flasche trank, »wird Big Willy hier auftauchen?« Joe zuckte zusammen, als habe ihn der Blitz getroffen. »Keine Ahnung«, und er zuckte mit den Schultern. »Könnte morgen oder übermorgen sein«, überlegte Joe. »Dann hätten wir eine Sorge weniger«, stellte Frank fest. Dem ging diese Warterei genauso auf die Nerven wie uns allen. Mir selbst war es gleich, wann Big Willy kommen würde und ob ich gewinnen oder verlieren würde. So saßen wir noch eine ganze Weile mit mehreren Flaschen Bier zusammen und dachten über dieses und jenes nach. Der einzige der vom Bier nichts haben wollte war Angus. Dem war laut seiner Aussage der Alkohol zu viel. »Angus, warum trinkst du nicht mal ein Bier mit uns?«, fragte Frank.

»Das verträgt sich nicht mit der Wissenschaft. Ein Denker braucht keinen Alkohol, sondern nur eine Tafel und genügend Kreide«, sagte Angus und er wedelte wieder mit den Händen. »Aber jeder große Denker trank ab und zu mal etwas Alkohol«, sagte ich zu Angus, der nachzudenken schien. »Und es gab ein paar ganz große darunter«, gab auch Joe zu. »Wenn einer von einer Brücke springt, dann muss ich nicht auch springen«, meinte Angus und verschränkte die Arme vor der Brust. »Lasst Angus doch trinken, was er will«, brummte Joe und sah uns alle an. Frank saß da und rauchte eine Zigarette. Er blies den Rauch lange durch die Nase, sah in die Nacht und trank ab und zu aus seiner Flasche.

In der Bar hatten Marie und Louise noch immer genug Arbeit. Die Gäste bekamen oder hatten immer mehr Durst. »Wenn das so weitergeht, dann ist bald kein Bier mehr da«, stellte Marie fest. »Die haben mehrere Flaschen auf einmal bestellt und trinken noch immer«, meinte Louise fröhlich. »Den größten Anteil daran hat dein Freund«, sagte Marie zu Louise. Worauf Louise leicht rot im Gesicht wurde. »Mein Freund?!«, hauchte sie. »Ja, und Frank ist auch nicht gerade schuldlos«, sagte Louise und blickte Marie in die Augen. Marie sah ihre Schwester nur an und drehte den Kopf auf die Seite. Ganz unrecht hatte Louise nicht. Frank war ja auch mit Big Willy fertig geworden. Während Marie darüber nachdachte, hatte Louise bereits die Kasse abgerechnet. Die paar Gäste, die noch an ihrem letzten Bier saßen, hatten alle schon bezahlt. Louise kam Marie mit einem großen Bündel Geld entgegen, mit dem sie wedelte. »Du siehst aus, als ob du eine Bank überfallen hättest«, lachte Marie. »Dieser Abend hat sich wirklich gelohnt«, meinte Louise, die noch immer mit den Dollarscheinen herumwedelte. Marie schaute in den Raum. Die letzten Gäste hatten sich auf den Heimweg gemacht. Draußen fuhren einige noch mit ihren Autos los. Sie hatten noch eine Weile zu fahren. Louise machte sich daran, die Tische abzuräumen. Mit ihrem Tablett voller Flaschen und Gläser balancierte sie durch den Raum zur Bar. Marie machte sich daran, alles zu sortieren. Nach einer Weile waren die beiden fertig mit ihrer Arbeit. Louise wollte nach oben gehen, als Marie sie noch einmal rief. »Louise, komm, wir beide sollten zusammen einen trinken«, rief Marie. Louise drehte sich um und kam an die Bar zurück. Sie machte sich an dem hinteren Teil der Bar auf die Suche nach einer alten Flasche, die ganz unten stand. Marie hielt sie hoch. Diese Flasche schien wie der heilige Gral für Marie zu sein. Staub lag auf der Flasche, den blies sie ab. Mit ruhiger Hand öffnete sie die Flasche und ließ den bernsteinfarbenen Inhalt in zwei Gläser laufen. Louise schaute ihrer Schwester interessiert zu. »Jetzt sollten wir mal einen trinken«, sagte Marie und schob das Glas in deren Richtung. Louise nahm das Glas und trank alles auf einmal aus. Kurz darauf schüttelte sie sich und holte hörbar Luft.

»Ich verstehe nicht, wie man so etwas trinken kann«, sagte sie. »So etwas sollte man in Ruhe trinken«, sagte Marie und sah ihre Schwester lange an. Marie nippte an ihrem Glas und ließ sich den guten Tropfen schmecken. Louise sah ihrer Schwester zu und schüttelte den Kopf. »Das ist auf keinen Fall ein Getränk für mich«, stellte sie fest. Louise drehte sich um und holte eine andere Flasche. Sie schenkte sich ein und trank. »Das ist viel besser«, und sie hob ihr Glas. »Ist nicht so bitter«, und sie verzog ihr Gesicht nur aus Spaß. »Die Einnahmen heute waren die besten, die wir je gehabt haben«, stellte Marie fest und hob wieder ihr Glas. »Man sollte von den Jungs ein großes Bild über die Bar hängen«, meinte Marie. »Dann haben wir jeden Abend ein volles Haus«, überlegte Louise und blickte Marie fragend an. »Jeden Abend volles Haus. Willst du das wirklich?«, fragte Louise. »Dann würden wir im Geld schwimmen«, meinte Marie. Louise dachte an die Jungs und wollte nicht, dass sie hier zur Schau gestellt werden. Auf jeden Fall war die Sache gut für die Bar und der Umsatz war an diesem Abend ganz großartig gewesen. Marie drehte ihr Glas zwischen den Fingern, trank ab und zu und überlegte, wie es weitergehen sollte. Sie überlegte, ob sie Louise die Sache mit dem Rennen von deren Freund und Big Willy erzählen sollte. Marie nahm ihr Glas und trank. Louise, die ihr gegenübersaß, sah sie überrascht an. »Worüber denkst du nach?«, fragte sie. »Über den heutigen Abend«, meinte Marie und nahm den letzten Schluck aus ihrem Glas. So blieben die beiden noch eine Weile sitzen, Marie trank ab und zu aus ihrem Glas, während Louise ihr gegenübersaß und über den heutigen Abend nachdachte. Seit jener Nacht mit dem Freund von Frank fühlte sich Louise als eine richtige Frau. »Worüber denkst du nach?«, wollte Marie wissen. »Nichts Besonderes«, sagte Louise, die überrascht wirkte. »Lass uns schlafen gehen«, schlug Marie vor. »Morgen könnte es wieder hoch hergehen«, meinte Marie und zeigte auf das Geld, das vor ihr lag. Louise nahm das Geld und schloss es in eine Box ein, die unter der Bar stand. Marie erhob sich und sah Louise an. »Lass uns nach oben gehen. Es war ein langer Tag heute«, und sie zeigte auf die Box, die vor ihrer Schwester stand. Louise nickte nur und drehte sich um in Richtung Tür, die nach oben ging. »Dann lass uns mal schlafen gehen«, sagte Louise und zeigte nach oben. Marie und Louise machten sich auf den Weg nach oben. Louise dachte daran, wie sie ihren Freund nach oben gebracht hatte, um ihn zu verbinden. Oben angekommen blickte Louise auf das Bett, in dem sie die Nacht ihres Lebens verbracht hatte. Mit glänzenden Augen fing Louise an, sich langsam auszuziehen. Sie warf ihre Bluse auf einen Stuhl, ebenso die Hose, aus der sie sich geschält hatte. Nach wenigen Minuten stand Louise im Bad und wusch sich das Gesicht. Dann löschte sie das Licht und ging mit einem Lächeln ins Bett. Sie drehte sich ihre Kissen zurecht und schlief bald darauf ein.

Unter dieser Zeit, als Marie und Louise ins Bett gingen, saßen wir noch auf der Veranda bei Joe. Angus war der Einzige, der nichts von dem Bier haben wollte. Er sah uns nur an. »Na, Jungs«, meinte er, »ihr seht nicht gut aus.« »Ja«, brummte Joe. »Zu viel Aufregung.« »Joe hat recht«, meinte Frank und fummelte eine neue Zigarette aus der Packung. Ich drehte mich um, ging ins Haus und versuchte, die Treppe nach oben zu finden, um eine Runde zu pennen. Wer weiß, was am nächsten Tag los war. Mit lauten Schritten machten sich die anderen auch auf den Weg, um ins Bett zu gehen. Es dauerte nicht lange und die vertrauten Laute des Sägens waren aus dem Haus zu hören. Wenige Stunden später stand die Sonne am Himmel und schien durch das Fenster. Frank schlief noch immer. Ich stand auf, machte mich auf ins Bad, um mich frisch zu machen. Am Fenster stehend steckte ich mir eine Zigarette an und sah hinaus. Später saßen wir alle am Tisch bei Kaffee und Eiern. Keiner hatte Lust, zu reden, außer Angus. »Na, wie fühlt ihr euch heute?«, wollte er wissen.

»Nicht so laut«, sagte Joe leise. Ich setzte mich und sah die anderen an. Frank, dem es nicht wirklich gut ging, verdrehte die Augen bei jedem Wort von Angus. Joe hatte etwas Rührei auf dem Teller und stocherte darin herum. Der Kaffee half ein wenig, den Alkohol herunterzufahren. Hunger hatte nur Angus, der sich seinem Teller mit vollem Eifer widmete und mit vollen Backen kaute. Während Angus sein Frühstück in sich reinschaufelte, meinte er: »Wer am Abend kein Bier trinkt, der hat am nächsten Morgen keine Kopfschmerzen«, und er sah uns kurz an. Dann widmete er sich wieder seinem Teller, der sich langsam leerte. »Ich werde mal darüber nachdenken«, warf Frank ein. Nach einer Weile und mehreren Tassen Kaffee saßen wir auf der Veranda. Die Sonne brannte vom Himmel. Die Luft war trocken. Was konnte heute noch alles geschehen?. »Könnte heute der große Tag für Big Willy und Dave sein?«, warf Joe in den Raum. »Der hat sich lange Zeit gelassen. Er ist verdächtig ruhig geblieben, obwohl er in der Bar gewesen ist«, sagte ich. »Big Willy ist nicht zu unterschätzen. Er könnte jederzeit hier auftauchen«, sagte Joe nachdenklich. »Wir können Big Willy leicht auf eine falsche Spur führen«, dachte Angus laut. »Wie meinst du das?«, wollte Joe wissen. »Von Peters Auto weiß doch keiner etwas«, stellte Angus fest. »Wenn Big Willy hier auftaucht, dann fährst du«, er zeigte mit dem Finger auf mich, »mit dem alten V8 vor. Dann kommt Joe mit Peters Auto aus der Garage, und dann ist alles ganz einfach«, sagte Angus. »Und dann steige ich vom alten V8 in Peters Auto. Ist doch richtig so oder nicht?«, fragte ich Angus. »Dann wäre der Überraschungseffekt auf unserer Seite«, sagte Frank. In Gedanken ging ich diese Idee von Angus noch einmal durch. Big Willy würde mit Sicherheit gleich die Nerven verlieren beim Anblick von Peters Auto. Dieses hatte er seit dem Unfall nicht mehr zu sehen bekommen. Er wusste nur, dass alle Autos, die zu Schrott gefahren wurden, bei Ace Bauers landeten. Jeder wusste, wie Ace mit solchen Autos umging.

Einige Kilometer weiter waren Big Willy und Dave noch immer ziemlich besorgt darüber, ob der Rocket auch genügend Leistung unter der Haube hatte. »Glaubst du, wir können noch ein paar PS aus dem Motor herausholen?«, wollte Willy wissen und sah Dave fragend an. »Mehr Leistung bekomme ich nicht aus dem Motor«, sagte Dave nachdenklich. »Irgendetwas muss doch noch gehen«, schrie Big Willy und wurde rot im Gesicht. »Glaube mir, ich habe alle Möglichkeiten ausgeschöpft«, sagte Dave und zog die Schultern hoch. Big Willy war sich erst jetzt im Klaren darüber, dass der Rocket an seinem Limit war. Dave drehte eine Runde um das Auto und sah sich alles noch einmal an. Er war mit diesem Auto mehr als zufrieden. Jetzt noch etwas daran zu ändern wäre Zeitverschwendung. Dave, der Big Willy lange kannte, wusste, dass dieser vor Ungeduld brannte, um mit dem Rocket gegen die beiden das Rennen zu fahren und zu gewinnen. Dave wusste, dass er Big Willy nicht mehr halten konnte. Er pochte fast darauf, mit dem Rocket gegen die beiden zu fahren.

In Big Willy kochte es wie in einem Vulkan seit dem letzten Abend, als er in der Bar war und einige Bier getrunken hatte, während die beiden auch da waren. Nachdem sie die Bar verlassen hatten, machten Dave und er noch eine Probefahrt. Beide waren zufrieden. Doch nun nagten Zweifel an Big Willy, ob der Rocket auch gut genug war für ein Rennen. Als er und Dave mit dem Rocket eine Fahrt machten, hatten sie die beiden fast von der Straße gefegt, bis der Fahrer des Bel-Air sie mit einem Trick drangebracht hatte. Dieses Ereignis hatte an Big Willys Selbstvertrauen genagt. »Hey, Willy, mach dir keine Sorgen. Es wird alles gut gehen«, meinte Dave. »Mit ihrem alten V8 können die beiden gegen den Rocket nicht gewinnen«, sagte Big Willy und er lief um das Auto und sah sich alles noch einmal an. Sein Blick blieb an dem Kompressor hängen, welcher dem Auto ein ganz böses Aussehen gab. Der Lack machte das Auto noch böser. Dave hatte ihn noch gewaschen und poliert. Der Tank war voll und die Vergaser neu eingestellt. Er wartete nur darauf, dass er wieder auf die Straße kam, um zu zeigen, was in dem Wagen steckte. Für Big Willy war der Rocket die Hölle auf Rädern, mit dem nur er etwas anfangen konnte. »Lass uns zu Joe fahren«, meinte Dave. »Gut«, sagte Big Willy. Beide sprangen in den Rocket, Willy drehte den Schlüssel und der Rocket sprang brüllend an. Willy gab leicht Gas und fuhr aus der Garage auf die Straße. Big Willy ließ den Wagen richtig laufen. »Läuft doch ganz gut«, schrie Dave. Willy nickte und sie fuhren in Richtung Joes Haus. Nachdem Willy beherzt aufs Pedal getreten hatte, schoss der Rocket nach vorne, Willy wollte so schnell wie möglich bei Joe sein. Dave, der neben ihm saß, krallte sich in den Sitz. Bei Big Willys Fahrweise fing er an zu schwitzen. Der Schweiß rann ihm über die Stirn. Die Tropfen liefen über seine Wangen und sammelten sich auf seiner Hand. Nach wenigen Minuten war Dave in Schweiß gebadet. Big Willy bekam davon nichts mit. Er wollte nur noch mit den beiden abrechnen. Heute war der Tag der Abrechnung gekommen, und hier und heute sollte es enden. Big Willy jagte den Rocket nur so über die Straße. Er wollte es einfach nur noch hinter sich bringen. Mit diesem Rennen wollte Big Willy etwas von seiner Würde zurückbekommen, die er vor langer Zeit verloren hatte. Dave, der neben ihm saß, starb alle Tode, die sich ein Mensch vorstellen konnte. In diesem Moment wünschte sich Dave, dass er nicht hier in diesem Auto sitzen würde. So wie Big Willy fuhr, würden sie noch vor dem Rennen auf der Straße draufgehen.

Von Weitem war das laute Brüllen eines Motors zu hören, aber nichts zu sehen. »Ich glaube, dass Big Willy gleich hier auftaucht«, stellte Angus fest und zeigte auf uns. »Na, dann mal los«, brummte Joe und zeigte auf die Garage. Frank erhob sich und ging, um den alten V8 zu holen. Er parkte ihn vor der Veranda und ließ den Schlüssel stecken. Angus zeigte in eine Richtung »Da kommt er«. Kurz darauf bremste der Rocket vor der Veranda. Big Willy ließ den Motor im Leerlauf drehen, bremste und fuhr immer wieder an, bis er bremste und zum Stehen kam. »Hey«, schrie Big Willy, »komm, wenn du Mut hast.« Mit der Hand zeigte er auf mich. Ich setzte mich in Bewegung, steckte mir noch eine Zigarette an und lief zum alten V8. Da fing Big Willy an zu lachen. »Das ist doch nicht dein Ernst?«, fragte er. Aus der Garage kam der mattschwarze Buick mit Joe am Steuer und hielt neben dem Rocket. Big Willys Augen traten heraus und er bekam keine Luft mehr, als er das Auto wieder erkannte. »Das ... das k-kann nicht sein«, schrie er. Joe stieg aus und strich mit der Hand über die Haube. Er sah Big Willy mit matten Augen an. »Ein kleiner Gruß von Peter«, sagte Joe ruhig.

18 »Peters Auto ist zurück«

In Big Willys Kopf arbeitete es. Wo hatte der alte Mann dieses Auto aufgetrieben? Doch das war im Moment egal. Er hatte doch schon einmal gegen dieses Auto ein Rennen gefahren und gewonnen. Dave, der noch immer neben ihm saß, wurde ganz weiß im Gesicht. »Damit will ich nichts zu tun haben«, keuchte er, riss die Tür auf und sprang ins Freie, nur weg von dem Auto. »Ja, mach und verschwinde«, kreischte Big Willy. »Ich brauche dich nicht.« Ich ging zum Buick und öffnete die Tür. Big Willy sah zu mir herüber. Mit dieser Sache war er völlig überfordert. Frank kam zu mir herüber und wollte einsteigen. »Was soll das?«, fragte ich. »Ich komme mit«, sagte er und sah mich an. »Dies ist eine Sache, die ich alleine erledigen muss«, sagte ich und zog die Tür zu. »Wenn du soweit bist, dann los«, rief ich Big Willy zu. Dessen Narbe leuchtete wie eine rote Ampel. Mit einem schnellen Griff ließ Big Willy den Motor des Rocket an und trat aufs Gas. »Hey Willy, du kennst die Straße, die du damals mit Peter gefahren bist«, sagte ich. Big Willy wurde sichtlich nervöser. »Wenn du willst, na, dann mal los«, schrie er und trat aufs Gas und der Rocket brüllte wie ein böses Tier. Ich ließ den Buick an und drehte so, dass ich neben Big Willy zum Stehen kam. Diese Situation erinnerte mich an James Dean, der sich auch auf ein Rennen eingelassen hatte.

Ich steckte mir noch eine Zigarette an und blickte zu Big Willy hinüber. Joe kam und sah dass die Autos auf gleicher Höhe standen. Angus, der sich alles in Ruhe ansah, kam zu uns und meinte: »Wir sollten den beiden hinterherfahren. Nur für den Fall.« Big Willy war kurz davor, die Nerven zu verlieren. Er überlegte krampfhaft und kam zu keinem Ergebnis. Hier musste er durch, ob er wollte oder nicht. Mit einem verzweifelten Tritt aufs Gas schoss der Rocket davon. Ich hatte noch Zeit, die Kippe aus dem Fenster zu werfen. Doch mit dem Buick hatte ich keine Mühe, mitzuhalten. Nach wenigen Minuten war ich auf Big Willys Längsseite. Der Buick hatte keine Mühe, mit dem Tempo des Rocket gleichzuziehen. Big Willy fuhr ohne Rücksicht auf Verluste. Er sah mich kommen und zog den Rocket nach links, um mich von der Straße zu schieben. Bleche rieben aufeinander. Mit einem Tritt aufs Gas machte der Buick einen Satz nach vorne.

Unter dieser Zeit standen die anderen noch vor Joes Haus und sahen den beiden Autos nach. »Angus, du fährst mit Dave und ich mit Frank«, sagte Joe. Er und Frank gingen zum Bel-Air und fuhren los, so schnell es ging. Dave, der noch immer fragend neben Angus stand, zuckte nur mit den Schultern. »Mein Auto steht da« sagte Angus und zeigte auf den Nash Rambler, dessen gute Zeit vorbei war. »Auto nennst du das?«, fragte Dave. »Wenn du willst, dann kannst du auch laufen«, meinte Angus beleidigt und stieg ein. »Wenn es sein muss«, brummte Dave und ging zu Angus, der schon auf ihn wartete. Nach mehreren Fehlzündungen des Nash sprang der Motor nur widerwillig an und setzte sich in Bewegung. Dave sah Angus fragend an. »Werden wir auch ankommen?«, wollte er wissen. »Bis jetzt hat er mich noch nie im Stich gelassen«, sagte Angus ganz stolz. Der Nash lief aber doch besser, als er aussah. Darüber staunte Dave in der Tat.

Big Willy versuchte alles, um den Buick von der Straße zu schieben. Doch der Fahrer des anderen Autos wusste, wie man fährt. Es war, als ob er immer früher wusste, was zu tun war. Dies brachte Big Willy fast um den Verstand. Sie kamen bald an die Stelle, wo Peter ums Leben gekommen war. Der Buick klebte an dem Rocket, und Willy konnte ihn nicht loswerden. Doch Big Willy hatte nicht vor, aufzugeben. Er trat das Gaspedal ganz durch.

Mit sehr großer Geschwindigkeit fuhren die beiden Autos in die leichte Linkskurve. Der Buick verringerte sein Tempo nicht. Big Willy verlor die Nerven und versuchte, nach rechts zu ziehen, um ihn zu rammen. Der Rocket kam ins Schleudern und

Big Willy verlor die Gewalt über das Auto. Der mattschwarze Buick lief wie auf Schienen und der Fahrer schien nicht beeindruckt zu sein von Big Willys Fahrweise. Big Willy wollte noch das Gas wegnehmen. Doch das Heck brach aus und der Rocket hatte für einen Moment keine Bodenhaftung mehr. Er fing an, sich zu drehen. Der Motor brüllte, und der Wagen kam von der Straße ab und überschlug sich. Der Rocket drehte sich mehrmals. Nach dem zweiten Überschlag brach der Kompressor ab und Metallteile flogen durch die Luft, ebenso der Rocket. Metall splitterte und Funken sprühten. An einer Felswand kam der Rocket ziemlich verbeult zum Stehen. Rauch stieg aus dem Motor auf. Big Willy lag kopfüber im Auto und schrie: »Meine Beine, verdammt, meine Beine! Helft mir doch!« Der Buick bremste, kam zurück und hielt neben dem Rocket. Der Fahrer stieg aus und half Big Willy, der immer noch schrie. Kurz darauf kamen Joe und Frank mit dem Bel-Air an und halfen mir. Big Willy lag am Boden und schrie noch immer. Joe ging in die Knie und sah sich die Wunden näher an. »Das sieht nicht gut aus«, meinte er und schüttelte den Kopf. »Du solltest mit Frank und dem Buick von hier verschwinden«, sagte Joe zu mir. »Wenn uns die Bullen hier finden«, sagte Frank, »dann haben wir noch mehr Probleme als sonst.« Frank und ich machten uns auf den Weg zum Buick. Doch die Heimfahrt verlief langsamer als zuvor. Auf der Hälfte des Weges trafen wir noch Dave und Angus, der mit seinem alten Nash einen Rekordversuch unternahm.

»Was ist denn los?«, fragte Dave der sich sichtlich nicht wohl fühlte. »Big Willy hat es ganz übel erwischt«, sagte ich. »Ist er tot?«, fragte Angus. »Nein, aber es ist etwas mit seinen Beinen«, sagte Frank. »Dann bis später«, sagte Angus und fuhr weiter. Wir fuhren genauso weiter, denn der Buick musste von der Straße verschwinden. Ich gab dem Buick die Sporen und ließ ihn laufen. »Und du hattest das Vergnügen, mit solch einem Auto ein Rennen zu fahren?« »Yes, und es hat Spaß gemacht«, gab ich zur Antwort. »Und die paar Beulen bekommt Joe auch wieder hin«, meinte Frank. Nach wenigen Minuten hatten wir Joes Garage erreicht. Wir parkten den Buick wieder auf seinem Platz. »Wie wäre es mit einem Bier?«, fragte Frank und machte sich auf den Weg ins Haus. »Gute Idee«, sagte ich. »Komme gleich.« Ich blieb noch eine Weile vor dem Buick stehen und dachte über die letzten Stunden nach. Kopfschüttelnd machte ich mich auf den Weg zu Frank, der schon mit dem Bier auf mich wartete. »Na, denn Prost«, sagte er und reichte mir eine Flasche. Das Bier war kalt und löschte den Durst. Frank schien nichts aus der Ruhe zu bringen. Rauchend und mit einem Bier war er zufrieden. »Ob Joe und Angus zurecht kommen?«, wollte Frank wissen. »Ich hoffe doch, dass die beiden bald wieder hier sind«, sagte ich und nahm einen Schluck aus der Flasche.

Joe, der mit Angus noch immer bei Big Willy stand, überlegte angestrengt. »Du«, und er zeigte auf Angus, »fährst in die Stadt und meldest einen Unfall«, sagte Joe ernst. »Wir beide, ich und Dave, fahren zu mir. Dann sehen wir weiter«, meinte Joe. Angus lief zu seinem Nash und fuhr los. Bei seiner Fahrweise würde er so eine halbe Stunde bis zur Stadt brauchen. Big Willy lag noch immer am Boden und schrie. »Hilfe ist auf dem Weg«, sagte Joe zu ihm. Dave wusste noch immer nicht, was geschehen war. Er hatte auf einmal Mitleid mit Big Willy. Dessen blinde Wut hätte ihn fast umgebracht. So war er noch einmal mit einem blauen Auge davongekommen. Angus, der sein Auto zur äußersten Geschwindigkeit trieb, war doch schneller in der Stadt als vermutet. Bei einem Polizeirevier sprang er rein und fing an, mit den Händen zu wedeln.

»Unfall ...Unfall ...«, keuchte er. »Wo? Und was ist geschehen?«, wollte der Beamte wissen. »Oben«, sagte Angus. »Oben wo?«, fragte der Beamte. »Na dort, wo Peter ums Leben gekommen ist«, sagte er und wedelte dem Beamten mit den Händen vor dem Gesicht herum. »Ich war auf dem Weg zu Joe und dort hat es einen Unfall gegeben«, meinte Angus völlig außer Atem. »Ist gut. Wir werden uns darum kümmern«, sagte der Beamte und griff zum Telefon. »Brauchen Sie mich noch?«, wollte Angus wissen. »Ich habe noch ein paar wichtige Berechnungen zu machen«, sagte Angus, drehte sich um und ging. Angus beschloss, wieder zu den Jungs und Joe zu fahren. Ein weißer Krankenwagen verließ die Stadt mit lauten Sirenen. Angus schaute ihm nach und musste anfangen zu lachen. »Oh Junge, die haben mehr Glück als Verstand«, brummte Angus in seinen Bart. Er stieg wieder in sein Auto, das mit einer Fehlzündung ansprang, und fuhr wieder zu Joe. Auf der Veranda standen Frank und Dave und unterhielten sich angeregt. B.C saß auf der Treppe der Veranda und rauchte und schien etwas zu überlegen. »Oben ist der Krankenwagen eingetroffen«, sagte Angus. »Big Willy haben sie auf einer Trage mitgenommen«, sagte er. »Ich bin noch einmal vorbeigefahren. So wie es aussieht, gibt es Probleme mit der Wirbelsäule«, meinte Angus, und er schien zu überlegen, dass Big Willy vielleicht nie wieder richtig gehen oder laufen könnte. »Das muss ganz gut gelaufen sein«, meinte Joe und sah mich fragend an. »Der Buick ist sehr gut gelaufen. Er lag gut auf der Straße. Bei der Kurve hatte ich noch nicht einmal das Gas weggenommen«, bemerkte ich. »Du musst gefahren sein wie ein Profi«, meinte Frank, »denn sonst wärst du an Big Willys Stelle und würdest jetzt im Krankenhaus liegen.«

»Ich habe doch die ganze Zeit gesagt, dass er es schafft, gegen Big Willy zu gewinnen«, sagte Joe ganz stolz. Von Angus' Seite hatte es mehr mit einer Gleichung zu tun, die aufging oder nicht. Glück kam für Angus nicht infrage, denn was man nicht berechnen konnte, war für einen Wissenschaftler nicht real. Real war, dass Big Willy im Krankenhaus lag und nicht Franks Freund. Der freute sich nicht wirklich über seinen Sieg. Jetzt saß er hier und trank sein Bier, als ob nichts gewesen wäre. Angus dachte nach. So handelte nur ein Mensch, der gar nichts mehr zu verlieren hatte. Oder dem das Liebste auf der Welt genommen worden war. Mit so einem Grad an Mut oder Todessehnsucht konnte man locker ein Rennen gegen Big Willy fahren und am Leben bleiben.

»Schade, dass ich nicht dabei war«, meinte Joe und sah mich an. »Ja, der Buick ist so gelaufen, wie du gesagt hast. Big Willy hatte nicht die geringste Möglichkeit, davonzufahren«, sagte ich. Frank, der Angus ansah, nickte nur. »Stimmt wirklich. Mit diesem Auto wäre ich auch gerne mehr gefahren als nur wieder in die Garage«, sagte Frank beleidigt. »Fahren wir später noch in die Bar?«, fragte ich Frank. »Siehst du. Die haben nur Autos und Frauen im Kopf«, brummte Angus zu Joe. »Und ein wenig Rock 'n' Roll«, lachte Frank und steckte sich eine neue Zigarette an. Mit dem Bier und der Kippe in der Hand ließ es sich Frank gut gehen. Joe und Angus sahen sich fragend an. »Ich hab dir doch die ganze Zeit gesagt«, unkte Angus, »die Beiden gehören doch ins Hell's Gate als Dauergäste. Ein normaler Mensch wäre das Risiko nie eingegangen« sagte Angus und schlug die Arme übereinander. Joe sah Angus nur an und zog die Schultern hoch. »Wenn du glaubst Angus«, sagte Joe erleichtert. »Und der große Held macht sich nichts aus seinem Sieg?«, fragte Angus, der neben ihm stand. »Ja, ganz toll«, brummte ich. »Big Willy liegt im Krankenhaus und wird vermutlich nie wieder gehen können«, sagte ich wütend. »Und du hättest dabei draufgehen können oder Gott weiß was!«, schrie Frank mich an. »Hallo, hallo«, rief Angus. »Jetzt werden wir uns alle mal wieder beruhigen«, schlug er vor. »Angus hat recht, denn wenn wir uns an die Gurgel gehen, bringt das nichts. Wir sollten wieder auf den Boden der Tatsachen zurückkommen«, schlug Joe vor. Joe ging ins Haus und kam mit mehreren Flaschen Bier zu uns. Jeder nahm sich eine. Dave, der noch immer bei uns war, trank sein Bier auf einen Zug aus. Angus, der keinen Alkohol trank, kam mit einem Glas Limonade aus dem Haus und trank mit großem Genuss. Das half auch gegen den Durst. »Hey, Angus' Bier ist auch gut gegen den Durst«, sagte Frank. »Aber kalt muss es sein«, rief er und trank weiter. Dave hielt die leere Flasche hoch und sah Joe an. Der gab ihm eine neue. »Und wie geht es jetzt weiter?«, fragte Dave. »Ich sollte längst wieder in der Stadt sein.« »Angus kann dich fahren, wenn du willst«, sagte Joe. Dave zuckte wie vom Blitz getroffen, als er an Angus' Auto und dessen Zustand dachte. »Danke, dann warte ich noch, bis ihr in die Stadt fahrt«, meinte er und trank von seinem Bier. Als Dave an das Auto von Angus dachte, hatte er es auf einmal nicht mehr so eilig, in die Stadt zu kommen. Er würde besser noch ein paar Bier zu sich nehmen und später mit den Jungs zurückfahren. »Damit hast du einem alten Mann einen großen Gefallen getan«, meinte Joe und sah mich an. »Aber Peter wird dadurch auch nicht mehr lebendig«, stellte ich fest. » Es tut aber verdammt gut, zu wissen, das Big Willy seine Lektion bekommen hat«, stellte Joe fest. »Aber ich wäre auch gerne dabei gewesen«, meinte Frank, »nur um zu sehen, wie du mit dem Buick umgegangen bist«, sagte er fast beleidigt. So vergingen die Stunden, die wir mit vielen Zigaretten und Bier verbrachten und mit den Gedanken an die letzten Stunden. Dave und Angus unterhielten sich über Big Willy. Joe saß neben Frank und sah auf die Flasche in seiner Hand. Ich ging nach einer Weile ums Haus herum und kam zur Garage. Der Buick stand im Halbdunkel. Er sah auf der rechten Seite ein wenig verbeult aus. Doch der Schaden hielt sich in Grenzen. Ich ging in die Knie und sah mir alles näher an. Ich fuhr mit den Fingern darüber. »Das ist keine große Sache. In ein, zwei Tagen ist davon nichts mehr zu sehen«, sagte die Stimme, die Joe gehörte. »Da er so lange gestanden hat, ist es nicht so wild«, meinte Joe.

»Wenn ich dieses Auto in meiner Zeit hätte, dann würde es aber richtig gut abgehen«, und ich zeigte auf den Buick. »Keiner würde sich damit anlegen«, sagte ich. »Den könntest du mitnehmen, wenn das ginge, jederzeit«, sagte Joe. »Aber laut Angus müsst ihr wieder mit dem alten V8 ins Jahr 2009 zurück«, stellte Joe fest. So blieben wir noch eine Weile vor dem Auto stehen, gingen aber bald zu den anderen, die noch auf der Veranda waren und sich unterhielten. »Frank, wollen wir zur Bar fahren?«, wollte ich wissen. Frank stellte die leere Flasche auf die Seite und sprang auf. »Na, denn los. Ich weiß schon gar nicht mehr, wie Marie aussieht«, lachte er. Dave stand nur da und sah Frank fragend an. »Kann ich mit euch in die Stadt zurückfahren?«, fragte er. »Wenn Frank soweit ist, dann können wir fahren«, sagte ich ruhig. Nicht ganz drei Minuten später stand Frank vor dem Bel-Air und wartete. Dave stieg nach hinten, Frank machte die Tür zu und wir fuhren los.

»Siehst du! Autos und Frauen haben die beiden im Kopf«, murmelte Angus. Joe drehte sich um, ging ins Haus und ließ Angus einfach stehen. Angus war ein wenig stolz, dass er die beiden kennen gelernt hatte, die sich von niemandem vorschreiben ließen, was sie taten. Sich mit Big Willy mehrmals anzulegen, war fast beneidenswert, fand Angus.

Seit wir mit dem Bel-Air zur Stadt fuhren, wollte Dave wissen, wo wir herkamen. »Ihr kommt von wo?«, wollte er wissen. Frank verzog das Gesicht, denn Dave konnte er noch immer nicht richtig ab. »Von weit, von ganz weit«, sagte Frank. »Von weit?« echote Dave. »Ja, von ganz weit«, sagte ich. Doch mit dieser Antwort gab sich Dave nicht ganz zufrieden. Er schien zu überlegen und gab es nach kurzer Zeit auf.

Kurz darauf parkten wir vor der Bar. Frank wollte wie immer Marie sehen. Dave wollte sich so schnell wie möglich vom Acker machen. Am Bel-Air stehend steckte ich mir eine Zigarette an, und Dave kam und streckte mir die Hand entgegen. »Danke, Mann, für alles«, sagte er. Ich nahm seine Hand entgegen und drückte sie. Danach drehte sich Dave um und ging die Straße hinunter. Nach einer Weile war Dave in der Dunkelheit verschwunden. Mit der Zigarette in der Hand stand ich noch eine Weile am Auto und machte mir Gedanken über Dave. Warum ließ er sich mit Big Willy überhaupt ein? Der war mit sich eh nicht im Klaren. Lag es doch an dem Rennen, bei dem er für den Tod von Peter zur Verantwortung gezogen wurde? Solche Menschen brauchen dann andere, um ihre Schuld von sich abzuwenden. Ich zog noch einmal an der Zigarette und schnippte sie in hohem Bogen in die Dunkelheit. Als ich die Bar betrat, fiel mir auf, dass es wieder ziemlich voll war. Wie gestern war kein Platz mehr zu finden. Frank, der an einem Tisch saß und auf mich wartete, winkte mir zu. Kaum war ich bei Frank und hatte mich gesetzt, drehten sich an der Bar einige Leute nach mir um. »Sieht so aus, als habe es sich schon herumgesprochen«, meinte Frank. Er zog sein Glas zu sich und trank. »Du meinst die Sache mit Big Willy?«, fragte ich. Frank nickte zwischen zwei Schlucken aus seinem Glas. »Yes, Sir. Warum, glaubst du, sind die hier?«, und er zeigte in den Raum. »Nicht schon wieder«, dachte ich. Die sehen mich als den großen Helden an. Der war ich aber im Grunde nicht. Ich habe doch nur für Joe dieses Rennen gefahren. Doch die Menschheit glaubt nur, was sie liest oder hört. Dementsprechend wird ein Bild von jemand zurechtgelegt.

Marie kam zu uns an den Tisch und hatte mehrere Flaschen Bier dabei. Sie setzte sich und sah uns an. »Das ist doch nicht wahr?«, fragte sie. »Was meinst du, Marie?«, wollte Frank wissen. »Die ganze Stadt redet über das Rennen, bei dem Big Willy fast ums Leben gekommen wäre«, sagte Marie wütend. »Ich bin mir keiner Schuld bewusst«, sagte Frank und hob die Hände. Marie blickte mich an und zog die linke Augenbraue hoch. »Du ... du«, fauchte sie. »Du bist doch nicht ganz richtig im Kopf«, und sie legte den Finger dorthin. »Es war doch nur eine kleine Autofahrt, die sich zu einem Rennen entwickelt hat«, sagte ich und zog an meiner Zigarette und sah Marie an. »Hast du nicht vor, am Leben zu bleiben?«, fragte Marie. »Seit das geschehen ist, hat Louise die ganze Zeit nach dir geschaut und gehofft, dass du noch am Leben bist«, sagte Marie. Marie zog die Luft durch die Nase, drehte sich um und ging zur Bar zurück. »Ja es scheint, als hättest du noch mehr Probleme als vorher«, meinte Frank. Nach einer Weile kam Louise an den Tisch und setzte sich. Mit hochrotem Kopf sah sie mich an. »Bin ich froh, dass es dir gut geht«, meinte sie, zog ein Taschentuch und schnäuzte kräftig hinein. Danach schien es ihr besser zu gehen. »Mir geht es gut. Es ist doch nichts groß passiert«, sagte ich. »Big Willy liegt im Krankenhaus, und so wie es aussieht, wird er nie wieder laufen können«, sagte Louise und sah mich und Frank an. Frank, der am Tisch saß, überlegte eine Weile und kam zu keinem Ergebnis. »Ja, wir haben auch schon davon gehört, was mit Big Willy passiert ist«, sagte Frank. »Wie kann man so mit seinem Leben spielen?«, wollte Louise wissen. »Dem alten Joe hat die ganze Sache gefallen. Nun ist eine alte Rechnung beglichen«, sagte ich. Louise wusste, was ich meinte. Denn jeder wusste von dieser Sache, die vor Jahren geschehen war und die nun für immer aus der Welt geschafft war. Frank, der zu Marie hinübersah, bemerkte, dass sie fabelhaft aussah. Louise rückte näher an mich und legte den Arm um mich. Sie hatte ein leichtes Glänzen in den Augen.

Marie hörte ihm nur mit halbem Ohr zu. Sie sah sich in der Bar um, in der jede Menge zu tun war. Ich ging an die Bar, wo Louise am Arbeiten war. Als sie mich sah, blieb sie stehen und sah mich fragend an. »Ist alles in Ordnung bei dir?« fragte sie. »Bei mir ja. Aber warum fragst du?« »Die Sache mit Big Willy hat jede Menge Staub aufgewirbelt. Warum, glaubst du, ist die ganze Umgebung heute hier in der Bar?«, fragte sie. »Diese Sache mit Big Willy und mir als Held, der ihn bezwungen hat in einem Rennen, wird völlig überbewertet«, sagte ich. Louise hob die Schultern und sah mich an. »Mancher hatte mit Big Willy angefangen, aber am Schluss doch den Kürzeren gezogen. Dann kommst du und machst Big Willy fertig. Mit dem hat sich kein anderer freiwillig angelegt«, sagte sie. »Und so steigt man zum Helden auf?«, fragte ich, trank aus der Flasche und stellte sie vor mich hin. »Im Grunde ja«, sagte Louise und sah mich an. »Aber auf diese Art hast du deine Ruhe«, meinte Louise. Ich dachte über alles nach und bemerkte, das Louise recht hatte. Blieb nur noch, wie uns Angus mit seiner Berechnung wieder ins Jahr 2009 zurückschicken wollte. Alles andere würde von selbst geschehen. Noch waren wir im Jahr 1956 und mussten das Beste daraus machen. »Morgen werden wir versuchen, mit der Hilfe von Angus wieder nach Hause zu kommen«, überlegte ich laut. »Dann ist heute unser letzter Abend?«, fragte Louise. »Ich fürchte, ja. Aber noch sind wir hier und uns bleiben noch ein paar Stunden«, sagte ich. Frank saß noch immer am Tisch und überlegte sich, warum und weshalb alle so einen Trubel um die beiden Helden machten. »Bevor ihr beiden hier wart, hat sich kein Mann für mich interessiert, und auf einmal wollen alle Männer etwas von mir«, sagte Louise stolz. »Hast ja recht«, sagte Marie und sah nach Frank, der mit seinem Freund am Tisch saß. Beide schienen sich angeregt zu unterhalten. Bis von der Bar ein älterer Mann zu den beiden an den Tisch kam. »Ich wollte dir einmal die Hand geben«, sagte er und zeigte auf mich. »Ist mir eine große Ehre, mit dem Mann, der Big Willy besiegt hat, in einem Raum zu sein«, brabbelte er. Der Alkohol hatte seiner Stimme den Rest gegeben. »Wenn du noch etwas trinken willst, dann gehst du an die Bar und sagst Marie, dass es auf uns geht«, meinte ich. Er drehte und ging wieder auf seinen Platz zurück, und seine Freunde schlugen ihm auf die Schulter. Sie wollten alle auf einmal von ihm wissen, was die beiden zu ihm gesagt hatten. »Die halten dich für einen gottverdammten Helden«, lachte Frank, der dies alles noch immer für einen Spaß hielt. Doch diese Sache war kein Spaß, sondern blutiger Ernst. Wenn wir hier bleiben sollten, waren wir in 1956 gefangen oder würden hier draufgehen, wenn wir nicht aufpassen würden. So verlief der Rest des Abends ohne große Schwierigkeiten. Ab und zu sahen ein paar der anderen Gäste zu uns herüber. Einige sprachen über dieses und jenes. Doch der große Punkt war das schnelle Ende von Big Willy, bei dem mancher gerne dabei gewesen wäre.

Einige Stunden später bekamen wir Besuch von Ace, der das Auto von Big Willy entsorgt hatte. Frank winkte ihn zu uns an den Tisch. Ace winkte Marie, um etwas zu trinken zu bekommen. Sie kam und brachte einige Flaschen Bier, die sie abstellte, und ging wieder. Ace nahm eine Flasche und trank. Nach einem großen Schluck war nicht mehr viel in der Flasche. »Jetzt geht es mir besser«, sagte Ace und fuhr mit der Hand über den Mund. »Was ist mit dem Auto geschehen?«, wollte Frank wissen. »Die Karre ist zu gar nichts mehr zu gebrauchen, nicht einmal zum Ausschlachten«, meinte Ace und drehte die Flasche zwischen den Fingern. »Den hat es ja ganz übel erwischt«, brummte Ace und sah uns an. »Eigentlich hat er sich nur zwei bis drei Mal überschlagen«, sagte ich. »Dafür sieht er aber ziemlich übel aus. Könnte aber auch an dem Tempo gelegen haben, so wie der gerast ist«, sagte ich. »Von wie viel Tempo sprechen wir?«, fragte Ace. »So ungefähr 230 bis 240 km/h. Warum fragst du?« »Weil kein Teil mehr zu gebrauchen ist«, sagte Ace und trank den Rest aus seiner Flasche. »Und Peters Buick, wie sieht der aus?«, wollte Ace wissen. »Der hat nur ein paar Dellen rechts abbekommen, als Big Willy versuchte, mich von der Straße zu schieben«, sagte ich. »Verdammt, und du hast nicht den kleinsten Kratzer abbekommen?«, fragte Ace. »Ja, ich hatte einfach nur Glück, denn sonst läge ich auch im Krankenhaus, ein Bett weiter von Big Willy«, stellte ich fest. »Mit Glück hat das nichts zu tun« sagte Ace und zog die Augenbrauen hoch. »Eher mit dem Fahren. Wenn man mit dem Auto eins wird, dann kann man alles damit erreichen«, sagte Ace trocken. Ace nahm sich noch ein Bier und trank. Er sah aus, als überlegte er. Doch nach einer Weile sah uns Ace an und meinte nur: »Aus euch werde ich nicht schlau. Zuerst legt ihr euch mit Big Willy an. Dann mit den beiden Kerlen, die ihr im Hell's Gate Sanatorium abgeliefert habt, und er gewinnt ein Rennen gegen Big Willy und bleibt am Leben«, sagte Ace und nahm die Flasche und trank sie aus. Louise kam an den Tisch. Sie sah Ace an. »Na, Ace, wie gehen die Geschäfte?«, fragte sie und blickte ihn von oben an. »Du weißt ja Louise, zu viel Arbeit und zu wenig Geld«, lachte er und fasste sie am Arm. »Aber am Hungertuch musst du nicht nagen«, stellte Louise fest und fuhr mit der Hand über den Bauch von Ace. Der strahlte wie ein kleiner Junge von zehn Jahren. »Du bist aber auch etwas schlanker geworden«, stellte er fest. Louise wurde wie immer rot und sah auf den Boden. »Ich weiß, dass ich einige Kilos verloren habe«, sagte sie und legte den Arm um mich. »Ihr seid ein Paar?«, wollte Ace wissen. »Genauso wie Marie und Frank«, sagte Louise und sah Ace an.

»Ihr beiden macht keine halben Sachen?«, fragte Ace. »Mit Louise und Marie ist es schon eine ganze Weile so«, meinte Frank. Ace, der nur den Kopf schüttelte, dasaß und sein Bier trank, verstand auf einmal die Welt nicht mehr. Marie kam und setzte sich neben Frank, der ihr einen Kuss gab. »Einer der Gäste hat gesagt, dass Big Willy nie wieder laufen könnte und dass bei dem Unfall mehrere Wirbel zerstört worden sind und er seine Beine nie wieder gebrauchen könnte«, sagte Marie. »Besser er als du«, sagte Frank und zeigte auf mich. »Ja«, meinte Louise und drückte sich noch näher an mich und fuhr mit der Hand über meine Wange. »Der alte Joe hatte doch recht, dass du es schaffen könntest«, meinte Frank und machte sich eine neue Zigarette an. Er zog den Rauch tief in die Lunge ein. »Lasst doch die Sache ruhen. Big Willy wird für den Rest seines Lebens daran denken müssen, was an diesem Tag geschehen ist«, sagte ich mit ruhiger Stimme. Louise, die neben mir saß, nickte nur. Marie und Frank sahen uns erstaunt an. »Ja, das Leben geht weiter«, brummte Ace und stand vom Tisch auf. »Morgen liegt noch jede Menge Arbeit vor mir«, stellte er fest und verließ die Bar so schnell, wie er gekommen war. »Bei Ace weiß man nicht, wie man mit ihm umgehen muss«, meinte Marie. »Der hat wohl den Kopf zu oft im Motor stecken gehabt«, lachte Frank. »Oder er hatte einmal eine Zündkerze in der Nase stecken«, sagte ich. »Aber sonst ist Ace ganz in Ordnung und er kennt sich mit Autos und Motoren aus«, sagte Frank ernst.

Louise saß neben mir und drückte sich noch immer an mich. Dieser Glanz in den Augen ließ sie noch reifer wirken. Ihre Brust hob und senkte sich und ihr Herz schlug ihr bis zum Hals. »Und wenn euch Angus nicht ins Jahr 2009 schicken kann, dann habt ihr ein neues Zuhause«, sagte Louise. Marie, die neben Frank saß, blickte auf uns und nickte auch. »Hier seid ihr willkommen und ihr habt, wenn ihr wollt, auch Arbeit«, sagte Marie und hieb Frank in die Seite. Dieser schnaufte tief durch und sah Marie fragend an.

»Was sollen wir dann tun, wenn wir hier bleiben? Gläser spülen oder was?«, fragte Frank lachend. Marie sah ihn an und zog wie immer, wenn sie leicht wütend war, die linke Augenbraue hoch. »Zuerst werden wir heiraten«, schlug Marie vor. »Du ... du ... willst was?«, fragte Frank. »Heiraten, du weißt doch, Kirche mit allem Drumherum«, sagte Marie bestimmt. Louise war bei diesem Thema auch sofort Feuer und Flamme. Sie sah alles schon vor ihrem geistigen Auge. »Hey, hallo ... hört mich jemand?«, fragte ich. »Noch wissen wir nicht, ob wir mit der Hilfe von Angus wieder zurückkommen. Wenn ihr wisst, was ich meine«, bemerkte ich. Ich drehte den Kopf und schaute Frank an. Der hob nur die Schultern und nippte dabei an seinem Glas, in dem sich nur noch ein kleiner Rest befand. Heiraten – das war für Frank überhaupt nicht das Thema! Wo blieben dann die Partys, Drinks, Frauen und ab und zu eine kleine Schlägerei? Und ich hatte genug damit zu tun, den Tod meiner Frau zu vergessen, dass sie aus meinem Leben gegangen war. Nun konnten wir nur noch hoffen, dass Angus auch die richtige Formel fand, sodass wir wieder nach Hause kommen würden.

Louise stand auf, drückte mir noch einen Kuss auf die Wange und ging zur Bar, um die Gäste weiter zu versorgen. »Wir könnten doch eine kleine Werkstatt aufmachen«, sagte Frank. »An Autos herumschrauben für andere Leute.« »Auf gar keinen Fall. Wenn, dann müsste es irgendetwas mit Musik sein, oder ich würde doch in der Bar arbeiten«, sagte ich. Frank schien über diese Situation nachzudenken. »Das mit der Bar ist keine üble Sache. Essen und Trinken geht immer«, dachte er laut. »Und mit dem Ruf, den wir hier haben, würde die Bar noch eine ganze Weile laufen«, sagte Frank. »Und ab und zu fahren wir ein kleines Rennen, nur zum Spaß«, meinte er. »Zu Hause warten dann Frau und Kinder auf uns, bis wir wieder zu Hause sind«, sagte ich. Frank, der mich ansah, zog die Schultern hoch. »Könnte doch alles noch viel schlimmer kommen. So wie es aussieht, haben wir es gar nicht so übel getroffen«, meinte Frank. Ich dachte an Angus, der sich mit aller Mühe daransetzte, uns mit seinen Berechnungen wieder zurück ins Jahr 2009 zu bringen. Doch was wäre, wenn die Formel von Angus nicht genau war? Dann hätten wir ein Problem. Wir könnten auch in einer ganz anderen Zeit ankommen. Im Moment saßen wir hier und hatten ein paar Bier vor uns stehen und ließen es uns gut gehen. Die Nachricht über unsere unsere Vaterschaft hatte Frank und mich etwas aus der Fassung gebracht. Doch es gibt für alles eine Lösung, wenn man danach sucht.

So in Gedanken öffnete sich die Tür und die Gang von Big Willy kam in die Bar. Allen voran Dave, der sich als Big Willys Nachfolger sah. Die anderen Gäste drehten die Köpfe und mancher wusste, wie das enden könnte. »Scheiße, das könnte Ärger geben«, meinte Frank und sah mich fragend an. Ich stand auf und ging zu Dave, der von seiner Gang umringt war. »Hallo Dave«, sagte ich. »Wir wollen keinen Ärger«, und ich stieß ihm mit dem Finger auf die Brust. »Wer will hier Ärger?«, fragte er. »Wir wollen nur etwas trinken und dann gehen wir wieder«, sagte er. Der Rest der Gang nickte zustimmend. »Na, denn viel Spaß«, sagte ich und ging zu Frank an den Tisch zurück. »Und?«, fragte er. »Sie wollen etwas trinken und gehen dann wieder, ohne Ärger zu machen«, meinte ich. Dave und seine Gang verhielten sich ruhig; außer dass sie ein wenig herumalberten, gab es keine weiteren Vorkommnisse. Doch wir hatten mehr als ein Auge auf die Gang. Frank saß schon da, als ob er jeden Moment aufspringen würde, um für Ruhe zu sorgen. Es war aber nicht nötig, denn sie verhielten sich ganz ruhig. Marie und Louise beobachteten die Gang mit großem Argwohn. Sie rechneten immer damit, dass es Ärger geben würde. Louise, die mit der Arbeit kaum nachkam, blieb für einen Moment stehen und winkte zu uns herüber. »Und diese Frau wollte keiner haben?«, fragte Frank. »Ist irgendwie merkwürdig, und jetzt kann sie sich vor Verehrern kaum bewegen«, lachte er. Ich sah nach Dave, der mit seiner Gang am Feiern war. Es war eine Feier um Big Willy oder dass er jetzt der große Boss geworden war. Man konnte es sehen, wie man wollte. Uns war das egal, solange sie ruhig blieben. Marie, die mit mehreren Flaschen Bier zu der Gang kam, schaute Dave misstrauisch an. Doch er bezahlte gleich. So verlief der Abend weiter ohne große Störungen. Die anderen Gäste ließen sich von Dave und der Gang nicht großartig stören. Lange würden wir nicht mehr bleiben. Doch kaum dachte ich daran, zu gehen, machte sich Dave mit der Gang auf den Weg nach draußen. Dave blieb an der Tür stehen und hob die Hand zum Abschied. »Aus dem soll man schlau werden«, meinte Frank und trank aus seiner Flasche, die vor ihm stand. Louise, die hinter der Bar stand, wurde sichtlich ruhiger, als sie sah, dass Dave mit seiner Gang zur Tür ging. Früher mussten Marie und sie nach einem Besuch von Big Willy die Bar wieder aufbauen. Stühle und Tische gingen meistens zu Bruch. Marie stand neben ihr. »Das ist ja noch mal gut gegangen«, sagte Louise. »Nur gut, dass unsere Freunde noch drüben am Tisch sitzen«, meinte Marie und zeigte auf Frank, der sie anstrahlte.

Langsam leerte sich die Bar und die meisten Gäste machten sich auf den Weg nach Hause. »Wenn das so weitergeht, dann brauchen wir noch Hilfe, um hier klarzukommen«, sagte Louise. »Wir werden mal darüber nachdenken«, sagte Marie. Louise machte sich daran, die Kasse abzurechnen. »Dieser Abend war noch besser als der letzte. Der Umsatz ist doppelt so hoch«, meinte sie und sah auf das Geld, das vor ihr lag. »Lass uns noch zu den Jungs gehen«, schlug Marie vor. »Von denen hatten wir nicht sehr viel heute Abend«, stellte sie fest. So machten sich die beiden auf den Weg zu uns an den Tisch. Frank machte eine Handbewegung und meinte: »Sieh dir das mal an.« Marie sah ja schon gut aus mit ihrer Figur und ihrer kupferroten Mähne, die wie eine Fahne im Wind wehte. Louise, die einige Kilos abgenommen hatte, war zu einer Frau geworden. Sie sah aus wie eine Diva, die sich die Männer aussuchen konnte. Louise war kunstvoll frisiert und die schwarzen Haare trug sie würdevoll wie eine Krone. Im Gleichschritt kamen sie an den Tisch und nahmen Platz. Marie saß kaum und drückte Frank einen langen Kuss auf, den er auch erwiderte. Louise setzte sich und fuhr mit ihrer Hand über meine Wange. Ihre Augen bekamen wieder diesen Glanz, den ich schon kannte. Es erinnerte mich an den Abend, an dem ich bei Louise vorbeikam und sie mit mir zum ersten Mal einen Mann hatte. »Sehen wir uns morgen?«, fragte Louise.

»Wir werden sehen«, meinte Frank und dachte daran, dass wir morgen vielleicht von Angus wieder ins Jahr 2009 zurückgeschickt werden sollten. »Woran denkst du?«, fragte Louise. »Daran, dass uns Angus vielleicht morgen wieder ins Jahr 2009 schicken will«, sagte ich. »Dann ist das unser letzter Abend?«, wollte Louise wissen. »Wenn es schiefgeht, dann sehen wir uns die nächste Zeit jeden Tag«, meinte ich. »Die Möglichkeit, dass alles gut geht und er uns wieder zurückbringen kann, besteht aber laut Angus«, sagte Frank. Marie sah ihn mit großen Augen an und dachte an die letzten Tage, in denen so viel geschehen war. Vor ihrem geistigen Auge lief alles wie in einem Film ab. Vom ersten Tag an bis zu dem, als sie mit Frank ins Bett gegangen war. Seitdem hatte sie nur noch Gedanken für Frank, der mehr Mann war als die anderen. Je länger Marie nachdachte, umso mehr fing sie an, darüber zu grübeln was wäre, wenn Frank weg war. Sie würde nach keinem Mann mehr suchen. Bei ihrer Schwester lag das Problem noch tiefer. Sie hatte bis vor diesem Tag, als die beiden hier aufgetaucht waren, noch nie einen Freund oder Mann gehabt. Und nun verließ er sie wieder.

Denn er war nicht aus ihrer Zeit und wollte auch in seine Zeit zurück. Aber in dieser kurzen Zeit war Louise glücklich gewesen. Im Stillen hoffte Marie, dass die Berechnungen von Angus nicht ganz stimmen würden. Dann wären alle zusammen und jeder hätte einen Partner fürs Leben.

Solange sie diese Bar hatten, war an Geldmangel nicht zu denken. Denn jeder, der im Ort oder in der Umgebung wohnte, wollte hier, wo Big Willy fertiggemacht worden war, ein oder mehrere Bier trinken. Im Laufe der Zeit würde diese Geschichte eine Legende werden. Von dem Mann mit 178 cm und einem zwei Meter großen Riesen, von dem Rennen gegen Big Willy würde man reden. Das Auto hätte dann vermutlich 400 PS gehabt und wäre nur so davongeflogen. So entstehen Legenden. Aber in jeder Legende steckt oft etwas Wahrheit. Mit diesen Gedanken im Kopf sah Marie Frank an, der noch immer neben ihr saß. Marie schaute auf ihre Brust, die in den letzten Tagen größer geworden war. Sie hatte beim Anziehen ihres BHs ein Häkchen weiter vorne zugemacht. Sonst ging es Marie gut. Besser als ihrer Schwester, die jeden Morgen über Übelkeit klagte. Louise schmiegte sich an ihren Freund und sah ihn an, als wollte sie jede Einzelheit in ihrem Kopf einprägen. Bis Frank meinte: »Wir können doch einige Bilder von uns machen.« »Gute Idee«, sagte Louise, sprang auf und holte hinter der Bar einen Fotoapparat. Sie wollte ein paar Bilder von uns allen haben. An der Bar sprach sie einen jungen Mann an. Der machte ein paar Bilder von uns allen und der Blitz zuckte durch den Raum. Nach wenigen Minuten ging Louise mit ihm an die Bar und stellte ihm einige Bier hin. Dann kam sie wieder. Anschließend machte Marie noch einige Bilder von Frank und mir, bis der Film voll war. »Jetzt haben wir doch noch ein paar Andenken von euch«, sagte Marie mit dumpfer Stimme. Louise nickte, sah Frank an und fing an zu lächeln. »Jungs, ihr seid einfach eine Nummer. Wir werden euch ziemlich vermissen«, sagte sie, zog ein Taschentuch hervor und blies kräftig hinein. »Noch sind wir da«, stellte Frank fest. »Noch ein paar Stunden und dann sollten wir uns wieder bei Joe blicken lassen«, meinte ich. »Ja, der alte Joe wird schon voller Sorge sein und auf den Nägeln kauen«, sagte Frank. »Angus wird auch noch mal die Formel durchgegangen sein«, meinte ich. Dann standen wir auf und gingen alle zusammen zur Tür. Der Weg zum Auto schien weiter als sonst zu sein. Marie versuchte, Frank einen Kuss zu geben. Er hob sie einfach hoch und sie schlang die Arme um seinen Nacken. Louise blickte mich an und zog mich näher an sich. Ihre Lippen fanden die meinen. Sie küsste mit aller Leidenschaft. »Frank, wir müssen los«, sagte ich und schob Louise auf die Seite. Er setzte Marie wieder auf den Boden und gab ihr noch einen Kuss auf die Stirn. Wir stiegen in den Bel-Air und fuhren los. Im Rückspiegel sah ich die beiden wie sie sich im Arm hielten. »Etwas schnell!«, sagte Frank. »Je länger, umso schmerzhafter ist es für alle«, sagte ich. Mir war auch nicht gerade wohl. Doch es half alles nichts. Wir mussten wieder zurück zu Joe und Angus.

»Auf eine Art hast du recht«, meinte Frank. »Glaubst du, mir geht das am Arsch vorbei oder es macht mir Spaß?«, wollte ich wissen. Mit diesen Gedanken im Kopf fuhr ich zu Joe, der bestimmt schon auf uns wartete. Bei meiner Fahrweise waren wir auch bald bei Joe. Kaum hatten wir den Bel-Air geparkt, waren Joe und Angus bei uns. »Jungs, ihr bringt mich noch ins Grab«, schnaufte Joe. Angus, der neben ihm stand, hatte die Arme ineinandergelegt. »Siehst du, ich hatte recht. Frauen und Autos ist alles, was die im Kopf haben«, sagte Angus und zog die Augenbraue hoch. »Ja, wir haben dich auch vermisst, Angus«, lachte Frank. »Joe ist fast an die Decke gegangen«, meinte Angus, »aber nach ein paar Bier ist er wieder ruhiger geworden.« »Habt ihr Probleme gehabt?«, fragte Joe »Keine, die wir ohne Hilfe nicht regeln konnten«, lachte Frank und zog sich eine Zigarette aus der Packung. »Außer dass Dave mit der Gang da war.« »Dave ... Dave«, keuchte Angus. »Es ist doch nichts geschehen, Angus. Alles ist gut«, sagte Frank. Er zog an seiner Zigarette und blies den Rauch zu Angus hinüber, der den Rauch mit den Händen wegwedelte. »Ihr und eure Kippen. Das sollte doch verboten werden«, rief er voller Aufregung. »Angus, bleib doch ruhig«, sagte ich und sah ihn an. Joe stand da und sah sich alles an. Dann ging er ins Haus und kam mit einigen Bierflaschen wieder. Jeder nahm sich eine, außer Angus, der das Gesicht verzog. So saßen wir noch eine ganze Weile, bis Joe meinte: »Wir sollten ins Bett gehen. Morgen will Angus versuchen, euch wieder nach Hause zu bringen.« »Morgen«, rief Angus. »Ach du lieber Himmel. Dann wird es aber höchste Zeit«, rief er. Frank und Joe machten sich auf den Weg ins Haus. Angus blieb noch neben mir sitzen.

19 »Angus Blacks Überlegung«

»Weißt du, ich würde am liebsten mit euch kommen«, meinte er. »Weshalb willst du mit?«, fragte ich. »Diese Möglichkeiten, Technik, Forschung alles das, was ein Wissenschaftler braucht«, überlegte Angus laut. Angus war in seinem Element und er überlegte angestrengt, was für Möglichkeiten er in dieser Zeit hätte. Angus rauchte fast der Kopf, wenn er nur daran dachte, was er im Jahre 2009 leisten könnte. »Weißt du, Angus, ich glaube, dass ein Mann wie du mit so einem Wissen in zehn bis fünfzehn Jahren locker Professor oder ein Doktor sein könnte«, meinte ich. Er sah mich fragend an. »Du glaubst, dass ich noch soweit kommen kann, wenn ich weiter studiere?«, fragte Angus erstaunt. »Ja sicher. Warum nicht? Diese Fächer sind in der Zeit nicht mehr wegzudenken. Sie werden sehr wichtig sein«, sagte ich. Man merkte, wie es im Kopf von Angus arbeitete und er über alles nachdachte. Er sah mich an. »Du meinst wirklich, ich ein Professor, der anderen etwas beibringt?«, fragte er. »Wenn nicht du, wer denn sonst? Ein Mann, der überdurchschnittlich intelligent ist, dem es aber keiner ansieht. Nur solchen Leuten sollte man erlauben, Wissen an andere weiterzugeben«, sagte ich und legte den Arm auf seine Schulter. Ich griff in die Jacke, zog einen Umschlag hervor und hielt ihn Angus vor die Nase. »Was ist das denn?«, fragte Angus und starrte auf das dicke Päckchen, das ich in der Hand hatte. »Das wird dir helfen, dass du etwas besser dein Studium machen kannst«, sagte ich und legte es Angus in die Hand. Er öffnete den Umschlag und holte einige Geldscheine heraus. »Das ist doch nicht dein Ernst?«, fragte Angus, der so viel Geld wie noch nie in der Hand hatte. Ich zündete mir eine Zigarette an und schaute Angus zu, der zum ersten Mal, seit Frank und ich hier waren, doch etwas sprachlos war. »Woher kommt das Geld?«, fragte Angus, der es nicht fassen konnte. Ja, dank Frank, der es unseren Freunden abgenommen hatte, mussten wir uns keine Sorgen machen. »Und genau aus diesem Grund solltest du nicht mit uns ins Jahr 2009 fahren, Angus«, sagte ich und blies den Rauch in die Nacht hinein.

»Ich glaube dass es an der Zeit ist, eine Runde pennen zu gehen. Morgen wird es ein aufregender Tag werden«, sagte ich und ging ins Haus. Angus folgte mir einige Minuten später. Er hatte noch kurz darüber nachgedacht und wusste, was zu tun war. Nun stand für Angus fest, er würde sich in seine Fächer voll reinknien, um bald so weit zu sein. Dann konnte er beweisen, was alles in ihm steckte. Er sah sich schon vor vielen Schülern stehen, die ihm zuhörten und seinem Wissen lauschten, das er ihnen weitergab. Mit dieser Erkenntnis ging Angus ins Bett. Morgen oder besser gesagt in ein paar Stunden würde der größte Tag in seinem Leben sein. Denn das Ergebnis dieser Berechnung fand nicht nur auf dem Papier, sondern ganz wirklich statt. Minuten später lag Angus im Bett und drehte sich um.

Die Nacht war einfach zu kurz. Die Sonne kam durchs Fenster und weckte uns. Joe war schon lange auf und gab sich mit dem Frühstück Mühe, sodass alle was zu futtern bekamen. Nach einer ausgiebigen Dusche und einer guten Rasur, die Haare mit etwas Pomade in Form gebracht, stand ich am Fenster, machte mir eine Zigarette an und sah rauchend zum Fenster hinaus. Frank kam ins Zimmer, blieb stehen und blickte ebenfalls hinaus. »Heute ist der große Tag«, sagte er. »Sieht so aus«, sagte ich, »oder willst du hier gar nicht weg?« »Im Grunde schon, aber ...«, fing Frank an. »Aber was willst du?«, wollte ich wissen. Frank wusste nicht mehr weiter. Auf der einen Seite wollte er bleiben und gleichzeitig wieder ins Jahr 2009 zurückgehen. Ob wir hier blieben oder nicht: Das Leben ging auf alle Fälle weiter. Hier oder im Jahre 2009. Frank drehte sich um und ging nach unten, wo die anderen schon beim Essen waren. Angus füllte sich wie immer mit viel Speck und noch mehr Eiern den Bauch. Joe saß bei einer Tasse Kaffee und überlegte. Ich kam in die Küche und nahm etwas Kaffee mit Speck und Eiern. Hunger hatte ich nicht wirklich. So hielt ich mich an Kaffee und Zigaretten. Frank, der mir gegenübersaß, ließ es sich schmecken, genau wie Angus. Joe sah mich fragend an. »Na, heute keinen Hunger?« »Nicht wirklich«, sagte ich und trank einen Schluck Kaffee, der heiß und stark war. Ich zog an meiner Zigarette und blies den Rauch langsam aus. Den anderen schien der Hunger nicht vergangen zu sein. Joe saß noch immer mit seiner Tasse da und schien zu überlegen, wie es weitergehen sollte, wenn die Jungs weg waren. Er hatte in dieser kurzen Zeit die beiden Jungs ins Herz geschlossen. Zu lange war Joe in diesem großen Haus alleine gewesen. Dann waren die beiden aufgetaucht und es hatte wieder einen Sinn in seinem Leben gegeben. Joe stand auf, nahm seine Tasse und ging auf die Veranda. Er sah in die Landschaft. »Ein schöner Tag heute«, sagte ich. »Ja«, meinte Joe und trank einen Schluck Kaffee. »Heute ist es soweit?«, fragte Joe. »Laut Angus ist heute der große Tag, um uns nach Hause zu bringen«, meinte ich. »Und was passiert dann?«, wollte Joe wissen. »Ich weiß es auch nicht«, und ich zog die Schultern hoch. »Für Frank ist das alles ein großer Spaß und er glaubt, dass ihm nichts passieren kann«, sagte ich. »Das Leben ist kein Spiel. Alles, was du zu verlieren hast, ist dein Leben«, brummte Joe. »Wer in der Vergangenheit lebt, dem geht die Zukunft verloren«, meinte Joe.

Auf einmal standen Frank und Angus auf der Veranda. »Na, wollen wir loslegen?«, wollte Angus wissen. »Nicht so hastig«, sagte Frank und fasste Angus am Arm. Frank ging zur Garage, fuhr den alten V8 zur Veranda und stieg aus. Joe machte sich auf den Weg zum Auto, lief einmal herum, öffnete die Haube und sah noch einmal nach dem Motor. »Ist alles in Ordnung«, stellte Joe fest und schloss die Haube wieder.

»Woher seid ihr gekommen, aus welcher Richtung?«, fragte Angus. »Von dort«, sagte Frank und zeigte in die Richtung, aus der wir vor wenigen Tagen mit dem alten V8 gekommen waren. »Dann solltet ihr diese Richtung auch wieder nehmen und die gleiche Geschwindigkeit haben, mit der ihr hier angekommen seid«, überlegte Angus und wedelte mit den Händen herum. Joe kam auf mich zu und streckte die Hand aus »Es war mir eine Ehre, dich und Frank kennen zu lernen«, sagte Joe und drückte mir die Hand. Ich sah eine Träne an seiner Wange herunterlaufen. Der alte Joe hatte vermutlich Angst, wieder ganz alleine zu sein. Frank stand nur da und sah sich alles an. Er ging auf Joe zu und streckte seine Hand aus, die Joe auch nahm, und er sah ihn lange an. Angus stand noch immer da und wartete, bis wir soweit waren. Ich ging auf Angus zu und streckte ihm die Hand entgegen. »Angus, du weißt, was du zu tun hast?, fragte ich. Angus verzog das Gesicht und fing an zu lachen. »Klar, ich werde daran arbeiten«, meinte er. Frank, der neben mir stand, meinte nur: »Bring me back, Angus Black«, und fing an zu lachen.

Wir setzten uns in den alten V8 und zogen die Türen zu. Frank ließ den Motor an, der auch bestens lief. Joe kam noch einmal ans Auto. »Machts gut, Jungs, und denkt ab und zu mal an den alten Joe und seinen Neffen Angus Black und die ganzen Leute, die ihr hier kennen gelernt habt«, sagte Joe mit leiser Stimme, drehte sich um und ging zu Angus zurück. Frank ließ den alten V8 langsam rollen und fuhr in die Richtung, die wir nehmen sollten. Der Motor dröhnte, bis wir auf der Geschwindigkeit waren, die wir brauchten. Von Weitem sahen Joe und Angus dem alten V8 nach. »Sieht ganz gut aus«, meinte Angus. »Wenn alles gut läuft, müsste es schon gehen«, sagte Joe. Frank wollte gerade richtig Gas geben, als er plötzlich bremste. »Was ist dein Problem?«, schrie ich Frank an. Angus und Joe sahen von Weitem die Bremslichter aufleuchten. »Ob sie Probleme mit dem Motor haben?«, fragte Angus. »Nein, damit ist alles in Ordnung. Der läuft besser als zuvor«, sagte Joe und fuhr mit der Hand über den Bart. »Du willst hier nicht wirklich weg, oder?« fragte ich Frank. »Ja und nein«, brummte Frank. »Hier habe ich alles, was ich wollte und schon immer gewollt habe«, gab Frank zu. »Dann steig aus und ich fahr wieder alleine zurück«, sagte ich und sah Frank an.

Ich konnte sehen, wie Frank mit sich mit kämpfte. Nach einigen Minuten, die er überlegte, zog er eine Zigarette aus der Packung und fing an zu rauchen. Nach einigen Zügen blickte Frank mich an. »Na, denn mal los. Ab nach Hause«, lachte er. Frank fuhr wieder an und der alte V8 lief auf die Strecke, auf der wir gehalten hatten. »Siehst du, Angus«, sagte Joe und zeigte auf das Auto, das sich wieder in Bewegung setzte. Frank trat das Pedal so durch, dass der alte V8 wie eine Rakete über die Straße schoss. »Gleich müssten sie die Geschwindigkeit haben, die sie brauchen«, brummte Angus und blickte die Straße hinunter. Die Reifen des Autos krallten sich in den Belag der Straße. »Halt dich irgendwo fest«, schrie Frank. Die Nadel des Tachos kletterte weiter nach unten. Ich sah, dass wir noch viel zu langsam waren. Doch Frank trat so drauf, dass er fast das Bodenblech durchtrat, bis er auf einmal den Knopf der Lachgaseinspritzung zog. Er sah zu mir und blickte mich fragend an. Kurz darauf war wieder dieses blaue Licht zu sehen. Genau wie vor einigen Tagen. Wie lange wir fuhren, wussten wir nicht genau. So wie es gekommen war, verschwand das blaue Licht. Der alte V8 rumpelte wieder auf eine Straße, wo wir zum Halten kamen.

»Wo sind wir?«, fragte Frank. »Sind wir im Jahr 2009 oder nicht?«, wollte ich wissen. Frank ließ den alten V8 wieder an und wir fuhren weiter, bis aus einer Seitenstraße ein anderes Auto auf uns zu kam. Frank versuchte noch, das Steuer herumzureißen. »Verdammte Scheiße«, schrie Frank. Dann wurde es dunkel. Lange herrschte diese Dunkelheit. Als ich die Augen wieder öffnete, sah ich das Gesicht meiner Frau, die sich über mich beugte. »Frank, wo ist Frank?«, fragte ich. »Hier ist kein Frank«, bekam ich zur Antwort. Ich sah mich um und stellte fest, dass noch mehr Personen im Raum waren. Warum zum Henker lag ich in der Küche auf dem Boden, angezogen mit Jacke und Stiefeln? Mein Hemd stand offen und irgendetwas klebte auf meiner Brust. »Das würde ich noch etwas dran lassen«, sagte eine tiefe Stimme. Die beiden Männer waren in weiß gekleidet und auf dem Arm war ein rotes Kreuz zu sehen. In meinem Kopf brummte eine Bohrmaschine.

»Ja, das wird eine riesige Beule geben«, sagte der zweite Mann. »Du bist einfach so umgefallen«, sagte meine Frau und fuhr mir mit der Hand über die Wange. »Wie lange war ich eigentlich bewusstlos?«, fragte ich. »So ein bis zwei Stunden«, sagte einer der Männer. Ich sah nach diesem Mann, der mir bekannt vor kam. »Joe?« fragte ich. »Joe ist nicht mein Name«, gab dieser zur Antwort. »Heinz Müller«, sagte er gelassen. »Ah, und mein Stiefvater ist James Dean«, sagte ich, »und weshalb sind Sie hier?«, fragte ich. »Ihre Frau hat uns angerufen, nachdem Sie in der Küche umgefallen sind und nicht wieder zu sich kamen. Wir haben dann versucht, Sie wieder ins Leben zurückzuholen«, sagte er. Ich wollte aufstehen. Doch der Mann in Weiß meinte nur: »Sie sollten noch ein wenig sitzen bleiben.« »Welches Jahr haben wir?«, fragte ich. »Noch immer den 18. Juli 2009. Warum fragst du?«, sagte meine Frau, die mich erstaunt ansah. »Weil ich eben noch im Jahr 1956 gewesen bin«, sagte ich. »Das könnte von dem Sturz kommen. Wenn man mit dem Kopf an eine Heizung donnert«, sagte der ältere Mann in Weiß. »Aber eben saß ich noch in einem alten V8, den Frank von 1956 hierher fuhr. Ich bin doch nicht irre«, überlegte ich. »Dann waren da noch Marie und Louise und jede Menge anderer Leute, die ich dort kennen gelernt habe«, rief ich. »Bleib ruhig, Schatz«, sagte meine Frau, die neben mir auf dem Boden saß. Die zwei Männer in Weiß machten sich daran, ihre Koffer mit der Arznei und den Tabletten wieder zu schließen. »Es scheint, als ob wir nicht mehr gebraucht werden«, meinte der Ältere. Für mich sah der andere Sanitäter aus wie Angus. Er sah mich verwundert an. »Etwas Schlaf könnte helfen«, meinte er und grinste mich an. In meinem Kopf schien die Bohrmaschine auf voller Leistung zu laufen. Ein stechender Schmerz war zu spüren. Es war heftig. Nach wenigen Minuten waren die beiden verschwunden. Nun saß ich mit meiner Frau noch eine Weile auf dem Boden.

20 »Wirklich zurück?«

»Es war alles so real. Die Autos und die Leute, einfach alles«, sagte ich. »Du warst die ganze Zeit bei mir und ganz plötzlich bist du umgefallen, auf den Boden.« Ich versuchte aufzustehen. Das ging aber nicht sofort. »Langsam, Schatz«, meinte meine Frau, fasste mir unter den Arm und half mir auf. Mit weichen Knien und dröhnendem Kopf machten wir uns auf ins Schlafzimmer. Auf dem Bett sitzend schaute ich an mir herab. Und warum habe ich Stiefel, Hose und Jacke an?«, fragte ich. »Weil wir heute auf eine Party gehen wollten«, sagte meine Frau zu mir. Ich versuchte, mir die Stiefel auszuziehen, was nur sehr langsam ging. Nach einer Weile hatte ich die ganzen Sachen vor dem Bett auf dem Boden verteilt. Ich ließ sie einfach liegen. Was am merkwürdigsten war, ein kleines Päckchen lag vor mir auf dem Boden. Es musste aus der Jacke gefallen sein. Ich hob es auf und wog es in der Hand. Woher ich es wohl hatte? Keine Ahnung. Ich legte es auf die Seite. Später wäre noch genug Zeit, danach zu sehen. Ich legte mich aufs Bett und kurz darauf schlief ich ein. Im Schlaf sah ich immer wieder die Leute, die ich 1956 kennengelernt hatte. Hatte ich das alles nur im Traum erlebt? Ich wusste es nicht.

Stunden später wurde ich wieder wach. Die Kopfschmerzen waren nicht mehr so heftig. Mit langsamen Schritten ging ich zu meiner Frau ins Wohnzimmer, die vor dem Fernseher saß und die Nachrichten sah. »Na, Schatz, wie geht es dir?«, fragte sie. »Endlich hat die Bohrmaschine in meinem Kopf aufgehört zu laufen«, gab ich zur Antwort. Ich setzte mich aufs Sofa und steckte mir eine Zigarette an. Ich rauchte sie langsam und drehte sie zwischen den Fingern. Auf einmal musste ich lachen. »Junge, Junge, was für ein Traum, wenn es einer war. Dann war alles ziemlich real«, sagte ich laut vor mich hin. So saßen wir eine

Weile auf dem Sofa und sahen, was auf der Welt geschehen war. »Und was ist alles so in deinem Traum passiert?«, fragte meine Frau. Ich erzählte ihr von Joe, der seinen Sohn bei einem Autorennen verloren hatte. Von Angus Black, dem Neffen von Joe, der uns wieder nach Hause geschickt hatte, von Dave, der linken Hand von Big Willy, einem der größten Psychos. »Und dieser Frank, den du vorhin gerufen hast, als du aufgewacht bist?«, fragte sie. »Frank war so 203 cm groß und hatte die Arme voller Tattoos«, sagte ich. »Irgendwie kommt mir das alles ziemlich bekannt vor. Jeder zweite Rockabilly sieht so aus«, meinte meine Frau. »Aber die anderen Leute«, überlegte ich. »Ich glaube, dass du durch den Sturz in einer Art Koma gelegen bist«, sagte meine Frau und sah mich lange an. Nach einiger Zeit vor dem Fernseher machten wir uns auf, um schlafen zu gehen. Als ich im Bad stand und mir die Zähne putzte, sah ich in den Spiegel. Meine Haare, die noch mit Pomade frisiert waren, glänzten und rochen anders als sonst. Mit den Fingern fuhr ich durch die Haare und roch an der Pomade. Doch dieser Geruch kam mir nicht so bekannt vor. Ich hatte schon jede Art von Pomade in den Haaren. Doch diese kannte ich nicht. So machte ich mich auf den Weg ins Bett. Kaum lag ich da, war ich auch schon eingeschlafen.

Der nächste Morgen war wie immer. Nach einer heißen Dusche und einem guten Frühstück mit Kaffee und einer Zigarette ging es mir besser. Beim Frühstück saß ich meiner Frau gegenüber, die in der Tageszeitung und den Prospekten blätterte. Im Hintergrund plärrte das Radio die Hits des Tages, was nicht gerade mit Musik zu tun hatte. Nach einer Weile suchte ich ein paar Platten raus, die im Regal standen. Von denen legte ich eine auf, um richtige Musik zu hören. Meine Wahl fiel auf Buddy Holly. Die Platte fing mit Peggy Sue an. »Buddy Holly haben wir auch kennen gelernt«, sagte ich zu meiner Frau, die immer noch in die Zeitung vertieft war. »Ach so«, meinte sie, hob kurz den Kopf und las dann weiter. Ich musste an den Traum denken, wenn es einer gewesen war. Dort hatte ich Buddy Holly auch den Text zu diesem Lied gegeben. Doch wer würde mir glauben? Langsam fing ich auch an zu zweifeln. Den Rest des Tages verbrachten wir mit Hören von Platten von allen möglichen Rock-'n'-Roll-Stars. Nach einiger Zeit machten wir Abendessen, das wir gemeinsam kochten. Später saßen wir noch in einem kleinen Straßencafé und ließen den Tag an uns vorbeiziehen. Bis auf einmal das Dröhnen eines alten V8 zu hören war, das auch immer näher kam. Auf einmal fuhr ein grauer V8 an uns vorbei. »Verdammt, das war Frank«, rief ich und zeigte auf das Auto, das die Straße hinunterfuhr. Sekunden später war von dem alten V8 nichts mehr zu sehen.

»Schatz, bleib ruhig. Du weißt doch, dass diese Autos alle gleich aussehen«, sagte meine Frau. Ich sah noch in die Richtung, in die der alte V8 verschwunden war. Langsam wusste ich nicht mehr weiter. Alles musste doch geschehen sein, oder doch nicht? Auf dem Weg nach Hause dachte ich nicht mehr daran. Der Abend verlief mit einigen Zigaretten und TV-Gucken. Am nächsten Morgen klingelte der Wecker und ich machte mich auf den Weg zur Arbeit. Die Tage verliefen alle, ohne dass etwas passierte. Der Alltag hatte mich wieder. Aufstehen, zur Arbeit gehen und zu Partys mit viel Rock 'n' Roll und viel Pomade in den Haaren. Den meisten Leuten, die ich kannte, erzählte ich nichts von meinem Erlebnis. Denn die würden mich glatt in eine Anstalt einweisen lassen. Die Tage vergingen, und mit der Zeit dachte ich immer weniger an das Erlebte, falls es stattgefunden hatte. Doch eines Tages bekam ich Zweifel daran, denn ich fand das kleine Päckchen, das mir vor ein paar Tagen aus der Jacke gefallen war. Das Papier schien alt zu sein. Es wirkte dünn und ziemlich verspielt. Nach dem Öffnen hatte ich ein Feuerzeug vor mir liegen. Es war nagelneu und auf der Frontseite war eine Gravur zu sehen. Dort stand in schönen Buchstaben »Freunde für immer«. Ich konnte es nicht glauben und dachte nach. In meiner Erinnerung hatte ich so ein Päckchen erhalten. Aber von wem es war, wusste ich nicht. Das Feuerzeug lag vor mir und ich sah es lange an.

21 »Der Beweis«

Ich nahm eine kleine Schachtel und packte das Feuerzeug ein. Einige Tage später, als ich in der Stadt war, ging ich in einen Laden, wo man sich mit solchen Feuerzeugen auskannte. Als ich den Laden betrat, kam der Besitzer auf mich zu und schaute mich an. Mit jeder Menge Pomade im Haar, hellblauen Jeans und schwarzen Stiefeln war ich nicht wirklich sein Kunde für ein solches Geschäft. Der Mann hatte ein Gesicht drauf, das sagte, dass ich hier fehl am Platze sei. »Was kann ich für sie tun?«, wollte er wissen. »Ich hätte da ein Feuerzeug, von dem ich wissen wollte, wie alt es ist«, sagte ich ganz ruhig. Ich holte die kleine Schachtel aus der Jacke und legte das Feuerzeug auf ein Samtkissen auf dem Tresen. Der Mann langte in eine Schublade. Er zog weiße Stoffhandschuhe an, mit denen er ganz langsam das Feuerzeug hochhob und es drehte, dabei sah er es von allen Seiten an. Als er die Gravur sah, begann er zu schwitzen. »Solche Gravuren werden seit den 50er-Jahren nicht mehr gemacht«, keuchte er. »Darf man fragen, woher Sie dieses Stück haben?«, wollte er wissen. »Es ist ein Geschenk gewesen«, sagte ich. Der Ladenbesitzer starrte noch immer auf das Feuerzeug, das vor ihm lag. »Ich würde Ihnen einen sehr guten Preis dafür bezahlen«, sagte der Mann hinter dem Tresen. »Von wie viel Geld sprechen wir?«, wollte ich wissen. »Mehrere Tausend Euro«, sagte der Mann. »Bei diesem Zustand«, und er zeigte auf das Feuerzeug, das immer noch vor ihm lag. »Später vielleicht. Wenn ich einmal Geld brauche«, meinte ich und nahm das Feuerzeug von dem Kissen, auf dem es gelegen hatte. Langsam packte ich es wieder ein und steckte es in die Jacke. Ich drehte mich um und ging zur Tür. Der Ladenbesitzer stand auf einmal hinter mir. »Nur für den Fall, dass Sie das gute Stück einmal verkaufen wollen«, und er reichte mir seine Karte. »Sie können mich jederzeit anrufen, egal ob Tag oder Nacht«, sagte er fast heiser. »Ich werde an Sie denken, wenn es soweit ist«, sagte ich, öffnete die Tür und ging hinaus.

Die Autos fuhren wie immer auf der Straße. Nach wenigen Metern blieb ich stehen und machte mir eine Zigarette an, die ich im Mundwinkel stecken ließ. Beim Laufen schlug ich den Kragen der Jacke hoch. Ich kam an einigen großen Schaufenstern vorbei. Immer mehr Leute mit mehreren Taschen und Tüten bepackt kamen mir entgegen. Obwohl ich jetzt im Jahre 2009 war, fühlte ich mich doch im Jahre 1956. So gut ging es mir. Beim Gedanken an das Feuerzeug und wie der Ladenbesitzer darauf reagiert hatte, musste ich lachen. Wie konnte man so wegen eines Feuerzeugs die Nerven verlieren? Gut, es war alt und ganz gut in Schuss. Weshalb flippte er so aus? Für ihn musste es der Gral sein. Eines wusste ich, dass ich dieses Feuerzeug niemals verkaufen würde. So lief ich durch die Stadt und machte eine Pause in einem kleinem Café. Kaum saß ich, kam die Bedienung und fragte, was ich haben wollte. »Kaffee, heiß und schwarz«, sagte ich. Nach ein paar Minuten stand die Tasse vor mir. Ich sah auf die Tasse und machte mir so meine Gedanken. Vor einigen Tagen trank ich meinen Kaffee noch mit viel Zucker und noch mehr Milch. Und jetzt trank ich den Kaffee ohne Zucker oder Milch. So saß ich eine Weile da und rauchte eine Zigarette nebenbei und sah mir die Leute an, die draußen vorbeigingen. Ich genoss den Kaffee und meine Zigarette. Die anderen Gäste, die noch anwesend waren, sahen mich mit merkwürdigen Blicken an. Seit dem Erlebnis brachte mich nichts mehr aus der Fassung. Nach dem letzten Schluck Kaffee und dem letzten Zug von der Zigarette legte ich ein paar Münzen auf den Tisch und ging wieder den Weg nach Hause. Als ich zu Hause ankam, stand meine Frau in der Küche und bereitete das Abendessen vor. Nachdem ich Jacke und Stiefel ausgezogen hatte, half ich meiner Frau beim Kochen. »Na, wie geht es dir heute?«, fragte sie. »Ganz gut, ich war etwas in der Stadt unterwegs. Ich war hier und da, warum fragst du?« »Nur so, ob noch etwas geschehen ist«, sagte sie. »Außer dass die Beule am Hinterkopf nicht mehr so groß ist, gibt es nichts«, sagte ich zu ihr. »Na, dann ist ja gut«, meinte sie und arbeitete weiter, um das Abendessen fertig zu bekommen. Ich half ihr, um etwas zu arbeiten. Ich deckte den Tisch, damit wir bald essen konnten. Kauend und essend saßen wir da. Wir blieben danach noch eine Weile sitzen, räumten dann den Tisch ab und steckten das Geschirr in die Spülmaschine. Wenig später legten wir noch ein paar Platten auf, um ein wenig runterzukommen. Der Tag war lang. Stunden später gingen wir ins Bett. Beim Putzen der Zähne dachte ich nicht mehr groß über den Tag nach. Morgen mussten wir beide wieder zur Arbeit und früh aufstehen.

Als ich am Morgen wach wurde, hörte ich dass meine Frau unter der Dusche stand. Ich schwang die Beine aus dem Bett, rieb mir die Augen und fuhr mir mit den Händen durch die Haare. Dann machte ich mich auf den Weg zur Küche. Ich setzte mich auf einen Stuhl und suchte im Halbdunkel nach den Zigaretten. So saß ich rauchend früh morgens in der Küche und wartete darauf, bald ins Bad zu kommen. Wenige Minuten später kam meine Frau in die Küche und sah mich an. »Morgen, Schatz« sagte sie. »Wie geht es dir?«, fragte sie. »Gut, außer wenn ich daran denke, arbeiten zu gehen«, lachte ich.

»Da müssen wir wohl oder übel durch« sagte sie und kam auf mich zu. Sie setzte sich auf meinen Schoß und gab mir einen Kuss. Nach dem Kuss stand sie auf und machte sich fertig, um zur Arbeit zu kommen. Ich ging ins Bad. Die Dusche tat gut. Das warme Wasser machte mich wieder fit. Nach dem Anziehen von Jacke und Stiefeln fuhr ich zur Arbeit. Im Radio lief Musik, mit der ich nichts anfangen konnte. »Es gibt keine gute Musik mehr«, brummte ich vor mich hin. Ich legte eine CD ein, und nun lief gute Musik im Auto. Dann fuhr ich zur Arbeit. Der Tag bei der Arbeit hatte es wieder in sich. Jeder kam oder wollte etwas von mir. Doch alles hat ein Ende. Nach dem Verlassen des Geländes der Firma wollte ich noch etwas einkaufen für die nächsten Tage. Beim Supermarkt parkte ich und ging los, um das, was ich brauchte, zu suchen. Das fand ich auch nach kurzer Zeit.

22 »Irene hier?«

An den Kassen herrschte wie immer Hochbetrieb. Mir blieb nichts anderes übrig, als zu warten. Bei solchen Gelegenheiten hat man Zeit, die Menschen etwas näher zu beobachten. Da stand ein Rentner, der es ganz eilig hatte, aber nur zwei oder drei Brötchen eingekauft hatte. Er hatte keine Zeit. Gut, wenn er sonst keine anderen Hobbys hatte. Da sah ich eine blonde Frau an der Kasse stehen, die mir bekannt vorkam. Ich überlegte und ging auf sie zu und legte ihr die Hand auf die Schulter. »Irene?«, fragte ich. Sie sah mich an und schüttelte den Kopf. »Kennen wir uns?«, fragte sie. »Ich muss sie mit jemanden verwechselt haben«, meinte ich und ging wieder in die Reihe zurück. Ich sah aber diese Frau weiter an. Als sie ihre Tasche hochnahm, lächelte sie mich an und ich sah, dass ihr links oben ein Zahn fehlte. Beim Hinausgehen fing die blonde Frau die Melodie von »Stray Cat Strut« zu pfeifen an und ging in Richtung ihres Autos. Draußen war nur noch das dumpfe Dröhnen eines alten Autos zu hören. Ich wusste nicht, ob ich richtig gehört hatte oder ob es eine Täuschung war. Diese blonde Frau habe ich seither nicht wieder gesehen. Wer war sie oder woher kam sie?

Für mich ist alles noch heute ein Rätsel, und es bleibt die Frage, was davon passiert ist. Denn ich bin mir noch immer nicht ganz sicher, ob es Zeitreisen gibt oder was mit mir geschehen ist. Wenn es ginge, dann wollte ich nicht in dieser Zeit von 1956 leben. So verging die Zeit und nach und nach lebte ich wieder im Jahre 2009 weiter. Hier endet vorläufig meine Geschichte, die für manche real ist oder nicht. Das sollte jeder für sich selbst entscheiden.

31. 12. 2011
Burt Lennart Arthur.